L'enfant arriéré et sa mère

Ouvrages de
Maud Mannoni

AUX MÊMES ÉDITIONS

L'enfant, sa « maladie »
et les autres
1967; coll. « Points » 1974

Le psychiatre, son « fou »
et la psychanalyse
1970; coll. « Points » 1979

Éducation impossible
(avec une contribution de S. Benhaïm,
R. Lefort et d'un groupe d'étudiants)
1973

Un lieu pour vivre
1976

La théorie comme fiction
1979

CHEZ D'AUTRES ÉDITEURS

Le premier rendez-vous
avec le psychanalyste
Préface de F. Dolto
Denoël-Gonthier
1965

Psicosis infantil (Maud Mannoni y otros)
Galerna, Nueva Vision,
Buenos Aires, *1971*

Maud y Octave Mannoni
El estallido de las instituciones
Cuadernos Sigmund Freud – 2/3
Buenos Aires, *1973*

Maud Mannoni

L'enfant arriéré et sa mère

Étude psychanalytique

PRÉFACE DE COLETTE AUDRY

Éditions du Seuil

La première édition de cet ouvrage
a paru dans la collection « Champ freudien »
dirigée par Jacques Lacan

EN COUVERTURE : photo François Leclaire.

ISBN 2-02-005984-3
(ISBN 2-02-002751-8, 1re publication)

Préface

Ce livre prend son lecteur par des histoires bouleversantes. Ce n'est pas pour autant un ouvrage facile.

Nous vivons sur des notions psychologiques, éthiques et pédagogiques qui collent à nous, même lorsqu'elles ont cessé pour tout ou partie de nous satisfaire. Y renoncer exigerait un travail considérable. Plus grave encore : nous pressentons qu'un tel effort équivaudrait à nous dépouiller de nous-mêmes pour sauter dans l'inconnu.

A ce fonds hérité de nos littératures, de l'histoire humaine telle qu'elle est généralement racontée, des leçons de morale et de catéchisme, des manuels de philosophie, sont venus s'amalgamer aujourd'hui quelques termes freudiens. Nous en usons d'ordinaire pour nommer certaines zones d'obscurité et pour nous prouver que nous connaissons l'importance du passé infantile dans notre propre développement, des pulsions sexuelles parmi les forces qui mènent le monde. Nous décrétons donc qu'un adolescent est timide ou paresseux « parce qu'il a des complexes », hébété ou agressif « parce qu'il a été traumatisé ». Ce qui revient à glisser une couche verbale supplémentaire et parfaitement superflue entre nos explications défaillantes et notre ignorance. Nous n'avons pas encore commencé à nous voir selon l'optique freudienne, même pour ceux d'entre nous qui pratiquent les ouvrages de psychanalyse. Qu'y a-t-il de commun, croyons-nous, entre « l'homme aux loups » et nous-mêmes? Sortis de ces lectures qui nous enlèvent un moment au quotidien – véritables westerns de la psychologie –, nous replongeons dans notre univers tout fait, nous recommençons à juger des autres et de nous-mêmes d'après les normes et les motivations qui nous ont toujours servi.

Or, l'étude de Maud Mannoni exige de nous le courage de nous reconnaître et de nous compromettre. Car, pour saisir la signification de ces rapports si « naturels » et si incroyables entre parents et enfants, il faut se contraindre à retrouver tel souvenir, telle conduite d'un passé infiniment lointain; à ressusciter tel rêve emmêlé à la vie, telle vision puérile dont on hésite à décider si elle fut ou non réalité, telles impressions de délire d'une rougeole infantile; toutes expériences presque informulables parce qu'elles se situèrent en dehors de la parole, soit à une époque, soit dans des instants où nous ne pouvions accéder au langage, où seul notre corps disait aux autres et à nous-mêmes ce qu'il y avait à dire. Si nous accomplissons l'effort requis, si nous parvenons à nous rappeler comment ça se passait *dans ces moments-là, alors seulement nous pourrons reparcourir à tâtons le chemin de notre formation à tous, et nous saurons que tout au long de ces aventures « anormales » il s'agit bien de nous-même.*

Et ainsi seulement nous pourrons recueillir le véritable fruit des recherches et des observations de l'auteur, c'est-à-dire entrevoir ce que devraient être des rapports corrects d'adultes à enfants.

Médecins, pédagogues, ou tout simplement parents, nous nous croyons convaincus que les enfants sont des êtres humains; cependant nous ne cessons de les traiter en choses, sous prétexte que leur humanité est pour demain. Nous ne cessons de les soumettre à des jugements de fait qui, sous des formes diverses, constituent autant de verdicts écrasants. Diagnostics, mesures du quotient intellectuel, choix de méthodes rééducatives, nos efforts pour comprendre et aider l'enfant débile risquent souvent de le figer dans son infirmité. La preuve en est que ces appréciations et ces mensurations sont plus d'une fois démenties par l'évolution du malade. Tel enfant à quotient intellectuel assez bas finira par se tirer mieux d'affaire qu'un autre qui frôle la moyenne. La notion de débilité elle-même vacille : c'est, dit-on alors, qu'il y a de faux débiles et de vrais débiles. Maud Mannoni, qui l'a cru un temps, nous apprend comment elle a dû abandonner la distinction.

Cela ne signifie pas pour autant que « l'encouragement », le système qui consiste à « faire confiance » à l'enfant, tel que nous le pratiquons, vaille beaucoup mieux. Car l'enfant perce à jour l'adulte et devine le doute sous l'éloge de commande. Il y découvre une autre forme d'emprisonnement et son angoisse n'en est pas allégée.

Faut-il donc renoncer à tous nos moyens d'approche, à nos remèdes et nos instruments? Sans doute pas. A condition de ne jamais les prendre que pour ce qu'ils sont. A condition de ne jamais ligoter l'enfant par leur entremise. De toujours ménager au travers d'eux assez de jeu pour laisser passage à la liberté du sujet, *le jour où elle s'éveillerait et voudrait prendre son essor.*

Pour son enfant débile, la mère n'a jamais fini de se battre. Quand tous désespèrent autour d'elle, elle est la seule à poursuivre les consultations, à exiger de nouveaux diagnostics, de nouvelles investigations, de nouveaux traitements. La résignation lui est impossible.

Miracle de l'amour maternel, pense-t-on; sublime aveuglement. Elle lutte pour un autre être comme s'il y allait de sa propre existence.

Soudain, il arrive qu'elle interrompe une psychothérapie en bonne voie, qu'elle s'enfonce elle-même dans la maladie à mesure que l'esprit de son enfant ressuscite, qu'elle se jette au suicide la veille de la guérison. N'était-elle donc pas prête à sauver son petit à n'importe quel prix?

Pas à n'importe quel prix sans doute. Car c'était bien pour sa propre existence qu'elle luttait; il n'y avait pas ici de métaphore — ou plutôt, la vie elle-même est *métaphore. Et on découvre que l'existence propre de la mère englobait aussi la débilité de l'enfant; que la maladie de l'enfant servait à protéger la mère contre son angoisse profonde. Qu'en luttant pour lui — pour le guérir sans le guérir — c'est bien pour elle qu'elle luttait, au risque de finir par lutter aussi* contre lui, *au nom de cette partie malade de lui qui est elle et dont elle ne peut supporter la disparition.*

L'amour maternel est un des tabous de notre civilisation. Pourtant, l'homme n'abordera à la pleine humanité que le jour où apparaîtra en pleine lumière le visage vrai de chaque tabou. Maud Mannoni nous révèle quelles frustrations, quels regrets d'un paradis perdu, quelles détresses — eux-mêmes infantiles — façonnent d'avance le sentiment qui rive la mère dès sa grossesse à l'être qui va sortir d'elle. Nous découvrons le rôle que peut jouer la maladie d'un enfant dans une famille, ce qu'elle va représenter pour tout un groupe, de telle sorte qu'il devient impossible de discerner au cœur de cette totalité l'atteinte organique originelle et de savoir où commence la maladie de l'enfant, où finit la névrose des parents.

Toute mère — tout père aussi — devrait méditer ce livre. Car le drame d'un enfant s'est joué parfois vingt ans, quarante ans avant sa naissance. Les protagonistes en ont été les parents, voire les grands-parents. Telle est l'incarnation moderne du destin.

Quel sera, dans ce drame, le rôle du psychanalyste, si mal connu, si mal compris?

Ni sorcier ni hypnotiseur, ce qu'on voudrait trop souvent l'obliger à être, tantôt dans l'espoir du miracle, tantôt pour mieux l'accabler.

Mais ni médecin, ni pédagogue, ni confesseur, ni réformateur social non plus, toutes fonctions auxquelles on voudrait le réduire mais qu'il doit se garder d'assumer s'il entend mener à bien sa tâche.

Il est celui qui délie les fils du destin en faisant accéder à la parole l'univers imaginaire qui hante son petit malade. Celui qui désobstrue les chemins de la liberté.

Le rôle n'est pas de tout repos.

Colette Audry.

A la mémoire de mon père

– Tante, dis-moi quelque chose, j'ai peur parce qu'il fait si noir.

– A quoi cela te servirait-il puisque tu ne peux pas me voir?

– Ça ne fait rien : du moment que quelqu'un parle, il fait clair.

SIGMUND FREUD,
Trois Essais sur la théorie de la sexualité.

Introduction

L'étude qui suit entend se placer dans le sens de la tradition freudienne la plus authentique, dans la mesure où celle-ci, à travers le vêtement biologique d'époque, nous a surtout révélé l'importance de l'histoire subjective pour la constitution et la compréhension des troubles psychologiques.

Jacques Lacan nous a appris, ces dernières années, que, dans une cure psychanalytique, qu'il s'agisse de névrose ou de psychose, le sujet est avant tout un être de dialogue et non pas un organisme. C'est pour rendre compte de faits névrotiques et psychotiques qu'il en est venu à montrer comment les textes de Freud, y compris les plus anciens, impliquent un inconscient structuré comme un discours, dont relève tout le symbolisme qui se rapporte à la naissance, à la parenté, au corps propre, à la vie et à la mort. Mais ce n'est pas le lieu d'exposer ces considérations théoriques.

L'étude qui suit pourrait être envisagée comme l'extension de cette orientation à un troisième champ jusqu'ici négligé – celui des arriérations mentales, domaine auquel on ne pouvait assurer que la même méthode serait applicable tant que l'emploi n'en avait pas été tenté.

Si l'œuvre de Freud s'ouvrait sur la direction, encore inexplorée, de la parole, la croyance à la nature organique de certaines affections continue néanmoins à nous influencer de façon ambiguë : théoriquement, une meilleure connaissance des facteurs organiques devrait simplifier et renforcer nos moyens d'action; mais trop souvent, en fait, la croyance initiale au caractère déterminant des facteurs organiques sert fâcheusement d'excuse à notre impuissance.

Un des domaines où la question mérite d'être examinée sans parti pris est celui des enfants anormaux — qu'il s'agisse soit de l'entrée par accident d'un enfant anormal dans une famille qui n'y est pour rien, soit d'enfants dont on peut dire que c'est leur destin familial qui les pousse du côté de l'anomalie. Les problèmes réels, quand on les voit de près, sont moins simples qu'on ne l'imagine; et, s'il peut sembler paradoxal de traiter à la fois, comme je le fais, des réactions de la mère dite normale et des réactions de la mère pathogène en présence d'un enfant qu'un accident a rendu anormal et en présence d'enfants simplement retardés ou débiles sans aucun fondement organique établi, l'explication est assez simple : je me propose de comprendre dans son ensemble la variété des réactions fantasmatiques de la maternité.

Quelle que soit la mère, l'arrivée d'un enfant ne correspond jamais exactement à ce que celle-ci attend. Après l'épreuve de la grossesse et de l'accouchement devrait venir la compensation qui ferait d'elle une mère heureuse. Or, l'absence de cette compensation produit des effets qui valent d'être considérés, ne fût-ce que parce qu'ils nous introduisent à un autre ordre de questions encore plus importantes.

Car il arrive que ce soient les fantasmes de la mère qui orientent l'enfant vers son destin.

Même dans les cas où un facteur organique est en jeu, tel enfant n'a pas seulement à faire face à une difficulté innée, mais encore à la manière dont sa mère utilise cette défectuosité dans un monde fantasmatique qui finit par leur être commun à tous deux.

A étudier depuis quinze ans ces enfants, que bien souvent on considérait comme non traitables, j'en suis arrivée à mettre en question la notion même de débilité.

Elle n'est pas suffisamment définie par cette autre notion : le déficit intellectuel.

J'étais entrée dans ce travail sans aucun jugement préconçu et les premiers succès m'avaient orientée vers la distinction entre une « vraie » et une « fausse » débilité.

Aujourd'hui, je ne sais plus ce que peut signifier cette distinction.

J'ai été amenée à prendre une tout autre direction. A chercher d'abord le sens que peut avoir un débile mental pour la famille, surtout pour la mère, à comprendre que l'enfant donnait lui-même inconsciemment à la débilité un sens qui était commandé par celui que lui donnaient ses parents. Je pense être arrivée à trouver un abord psychanalytique qui ouvre des possibilités de succès et de développement.

Cet ouvrage est le résultat de longues années de clinique. Il n'aurait pas été possible sans Nyssen et Ernest De Craene (Bruxelles) qui m'initièrent à la psychiatrie et à la criminologie, sans Dellaert (Anvers), Sylvain Decoster et Drabs (Bruxelles) qui, à mes débuts, m'ont généreusement ouvert leurs services, sans la Société belge de psychanalyse où j'ai été formée, sans Schlumberger, Leuba et Lagache à Paris. Je dois à Françoise

Dolto d'avoir pu bénéficier de son énorme expérience; la justesse de son sens clinique en psychanalyse s'est révélée décisive dans l'orientation de mes travaux.

J'adresse mes remerciements à tous les membres de la Société française de psychanalyse, à qui je dois d'avoir pu faire ce travail.

Je suis reconnaissante à Colette Audry et à mon mari pour leurs conseils durant la rédaction de cet ouvrage.

Ce livre, enfin, n'aurait pu être écrit sans Jacques Lacan qui m'a encouragée à me poser des questions plutôt qu'à apporter d'avance des réponses.

NOTE TECHNIQUE

Au cours de ce livre, les termes *psychothérapie* et *psychanalyse* seront employés alternativement. Il importe de souligner au départ qu'il ne s'agit pas d'une différence essentielle, et qu'en réalité ce sont bien là deux formes de psychanalyse proprement dite (il s'agit de différences dans la position, assise ou couchée, et d'un rythme plus espacé des séances).

Cette question de terminologie est certes à revoir, à un moment où, dans certains milieux psychanalytiques, le terme *psychothérapie* est opposé à celui de *psychanalyse* (il s'agit alors d'une psychothérapie de soutien ou de suggestion ou tout simplement d'une aide affective, comme tout psychiatre ou pédiatre peut être amené à en donner). Comme l'a remarqué Held au « Congrès des langues romanes » (Paris, 1963), toute une série de facteurs interviennent à partir de là pour distinguer nettement, voire opposer, l'esprit de la psychothérapie et celui de la psychanalyse (notamment par l'absence constatée de névrose de transfert et la réduction dans le temps de la durée de la cure).

Lorsque j'emploie le terme *psychothérapie,* il s'agit toujours d'une pure appréhension psychanalytique du cas (avec possibilité d'une névrose de transfert). Qu'il soit bien entendu pour le lecteur que ma position est toujours strictement psychanalytique et que je suis, de ce fait, en désaccord avec l'extension rééducative donnée dans certains milieux analytiques à l'esprit de la psychothérapie dite analytique, lorsqu'elle s'éloigne, dans la conduite de la cure, de la rigueur analytique indispensable.

Quant à la durée d'une psychothérapie, j'ai abordé cette question au chapitre 5. Si, en psychothérapie, on accepte plus facilement l'interruption de la cure motivée par la seule disparition des symptômes, s'il est un fait que chez les enfants l'intervention d'un psychanalyste à certains moments d'une crise peut dénouer celle-ci « magiquement » et si certaines cures psychanalytiques peuvent être frappantes par leur brièveté, il n'en reste pas moins que ce sont là des notions qui sont à revoir sur le plan théorique.

La mise en question de mes propres « cures courtes » m'a conduite à une réserve prudente : il est un temps moyen de cure, semble-t-il indispensable, quel que soit le nombre de séances par semaine. Si *la durée* de la cure est trop raccourcie *dans le temps,* on risque de laisser le sujet aux prises, ultérieurement, avec une autre forme de névrose; cette question, j'ai essayé de l'aborder au chapitre 6.

Je tiens à souligner que je ne suis pas d'accord avec les distinctions apportées par certains, lors du diagnostic, entre les indications de cures courtes, de soutien, et les indications de cures psychanalytiques, longues. Ceci, bien entendu, lorsqu'il s'agit d'un psychanalyste; car il est évident que tout médecin est amené parfois à faire en quelque sorte des « psychothérapies » de type court.

Si le cas d'un sujet relève d'entretiens psychanalytiques, au point de vue de la *technique,* la meilleure attitude pour le psychanalyste est de ne pas avoir d'idée préconçue sur la durée (il risque, sinon, des erreurs identiques à celles dénoncées tout au long de ce livre et par lesquelles un enfant, étiqueté débile, s'inscrit comme tel dans un rôle). La perspective de cure courte ou longue risque de fixer également le psychanalyste dans un rôle et d'avoir une influence fâcheuse sur ses attitudes contre-transférentielles. S'il est vrai qu'en fait nous avons tendance à « lâcher plus tôt » une certaine catégorie d'enfants, il y a là une question qui mérite d'être revue et repensée sur le plan théorique. Elle est de grande importance, mais n'a rien à voir avec la distinction apportée par certains entre psychanalyse et psychothérapie.

1

L'atteinte organique

A. Description phénoménologique.

J'examinerai ici le cas des enfants arriérés graves ou mongoliens, dont l'organicité, dès le départ, va souligner le caractère fatal de la maladie, les médecins étant amenés à poser très tôt un diagnostic sans appel.

Mon étude est forcément partielle, puisqu'elle ne porte que sur les cas où les parents ont été amenés à consulter un psychanalyste; il ne s'agit pas d'une étude générale du problème, mais bien d'un examen très délimité de parents mis en difficulté par l'arrivée d'un enfant infirme, dit, au départ, irrécupérable, et en passe donc d'être un jour asilaire.

Le diagnostic (c'est-à-dire l'affirmation du caractère quasi irrécupérable de la maladie), les parents vont essayer de le faire mettre cent fois en question; aussi, dès sa naissance, le bébé va-t-il devenir un habitué des consultations médicales.

C'est la mère qui va engager contre l'inertie ou l'indifférence sociale une longue bataille dont l'enjeu est la santé de son enfant déshérité; santé qu'elle revendique, gardant un moral de fer au milieu de l'hostilité ou du découragement.

Si le père est abattu, résigné, aveugle, ou inconscient

du véritable drame qui se joue, la mère, elle, est le plus souvent terriblement lucide. Faite pour donner la vie, elle est à ce point sensibilisée à toute atteinte à la vie issue d'elle, qu'elle peut aussi se sentir maîtresse de la mort quand l'être qu'elle a mis au monde lui rend, à elle, toute projection humaine impossible [1].

La relation d'amour mère-enfant aura toujours, dans ce cas, un arrière-goût de mort, de mort niée, travestie la plupart du temps en amour sublime, quelquefois en indifférence pathologique, parfois en rejet conscient; mais les idées de meurtre sont bien là, même si toutes les mères ne peuvent en prendre conscience.

L'aveu de ce fait est d'ailleurs lié, la plupart du temps, à un désir de suicide, tant il est vrai qu'il s'agit là, réalisée d'une façon exemplaire, d'une situation où mère et enfant ne font qu'un. Toute dépréciation de l'enfant est ressentie par la mère comme une atteinte à sa personne propre. Toute condamnation de l'enfant signifie son arrêt de mort à elle. Si elle décide de vivre, il faudra qu'elle vive contre le corps médical, avec le plus souvent la complicité silencieuse du mari, impuissant dans un drame qui jamais ne le concernera au même titre.

La mère va donc vivre *contre* les médecins, mais tout en recherchant sans cesse leur appui.

Elle ira de consultation en consultation, pour obtenir quoi, au juste?

— La guérison de son enfant?

Elle n'y croit pas; et cet enfant la concerne, il n'est pas question qu'elle le donne.

1. Pourquoi? Parce que, disons-le dès maintenant, l'infirmité d'un enfant atteint la mère sur un plan narcissique : il y a perte brusque de tout repère d'identification, avec, comme corollaire, la possibilité de conduites impulsives. Il s'agit d'une panique devant une image de soi qu'on ne peut plus reconnaître ni aimer.

— Un diagnostic?

Il a été posé de multiples fois par des spécialistes éminents.

— La vérité, alors?

Mais quelle vérité, puisque seule la mère *sait*?

— Que sait-elle exactement?

Elle veut surtout ne pas savoir et ne rien recevoir de ce médecin à qui elle vient demander — quoi?

Rien, en ce qui concerne l'enfant. Un peu, en ce qui la concerne elle-même. Elle souhaite obscurément que sa question ne reçoive jamais de réponse, pour qu'elle puisse continuer à la poser. Mais il lui faut la force de continuer, et c'est cela qu'elle vient demander. Il lui faut un témoin, un témoin qui sente que c'est elle qui n'en peut plus, derrière cette façade de tranquillité.

Un témoin qui, au besoin, sache qu'elle a envie de tuer.

Mme B. sait dès la naissance de son fils qu'il est mongolien. Seulement, elle *n'entend pas* les paroles de l'accoucheur. Quand l'enfant a 3 mois, un pédiatre confirme le premier diagnostic. Cette fois, la mère l'entend et refuse les examens organiques qui permettraient d'asseoir d'une façon irrévocable le diagnostic.

« A quoi ça sert, ce qu'ils me demandent? Un être anormal, on le tue, on ne peut le laisser vivre. Ce n'est pas le cri d'une mère, ajoute-t-elle, mais une révolte métaphysique. »

Cette mère a choisi de ne pas savoir, au prix d'une agoraphobie qui est apparue le jour où elle s'est posé nettement le problème du meurtre de son enfant et de son propre suicide.

Cet enfant se trouve à 18 mois dans un état de stupeur phobique, qui paralyse un développement déjà perturbé. A l'anorexie, succède le refus moteur (alors que techniquement il a acquis la marche). La seule manière, pour Pierre, de ne pas se laisser entraîner dans les désirs de mort de la mère, est d'être négatif. C'est dans son opposition qu'il trouve l'appui du père, qui peut alors reconnaître en son fils une « virilité ».

Joëlle est une belle petite fille de 8 ans, condamnée à sa naissance par trois professeurs. « C'est une mongolienne, il n'y a même pas d'espoir qu'elle marche. »

A 2 ans et demi, elle est soignée par un spécialiste allemand qui déclare que l'enfant a les sept vertèbres cervicales bloquées. Quelques jours après, l'enfant marche, ses tics disparaissent.

Puis, commence pour la mère la bataille de l'éducation : cette enfant, qui lui doit de ne pas être une infirme totale, elle la veut désormais instruite. Mais le contexte phobique est tel que, sans sa mère, Joëlle est perdue. Est-ce tout à fait cela? J'examine l'enfant, seule, malgré l'opposition de la mère. Que va-t-il se passer?

Un désarroi contenu du côté de l'enfant (désarroi qui s'exprime en malaises somatiques divers), mais une panique du côté de la mère, qui par trois fois fera irruption dans le bureau *pour voir si Joëlle est encore là* (c'est-à-dire si Joëlle est encore vivante).

C'est dans des cas analogues que les tentatives de psychothérapie sont généralement refusées, parce que la mère ne peut que difficilement admettre l'intrusion d'un tiers : il faut que l'enfant échappe en quelque sorte à la loi du père. C'est la mère seule qui va lui assigner sa place. La ronde des médecins continuera : mais il s'agira, sans plus, cette fois, de trouver une cause organique « soignable ».

Telle est également la situation de *Liliane,* 14 ans, QI : 0,49, anorexique dès la naissance. Une épreuve de psychothérapie proposée a été refusée par la mère qui choisit de laisser sa fille enfermée dans une chambre, pendant qu'elle-même travaille à l'usine, plutôt que de la confier à une étrangère. Elle ne renonce pas toutefois à d'autres examens, cherchant dans une organicité endocrinienne le facteur responsable de l'état de l'enfant.

Dans tous ces cas, les pères ne se sentent pas le droit d'être traités en interlocuteurs valables. « Un enfant malade, me disait l'un d'eux, c'est l'affaire de la femme. »

Et quand, par exception, le père se sent concerné, il n'est pas rare qu'il réagisse par des épisodes dépressifs ou persécutifs. Il intervient alors pour interrompre une psychothérapie entreprise, car il sait que « tout est fichu ». « Il en a marre des médecins qui l'exploitent », etc.

Si le père accepte avec sérénité l'infirmité de son enfant, c'est presque toujours au prix d'une culpabilité énorme : en tant qu'homme, en tant que père, il est toujours en quelque sorte démissionnaire. La mère se sent à tel point en jeu, elle, dans son enfant, qu'il lui est difficile de renoncer. Son rôle est tracé : elle puisera l'essentiel de son dynamisme dans les instincts de vie et de mort; revendicante, révoltée, elle sera sublime dans son abnégation, intransigeante s'il s'agit de tuer, et gardienne d'une forteresse si une psychothérapie est tentée. La conscience de son rôle de mère, elle l'aura jusque dans le refus du droit, pour son enfant « en danger », à devenir un sujet autonome. C'est en s'identifiant aux hommes de sa lignée, qu'elle trouvera dans le malheur une force surhumaine, jamais tarie.

B. Approche analytique du problème.

Qu'est-ce, pour la mère, que la naissance d'un enfant? Dans la mesure où ce qu'elle désire au cours de sa grossesse, c'est avant tout la revanche ou la répétition de son enfance à elle, la venue d'un enfant va prendre une place parmi ses rêves perdus : un rêve chargé de remplir ce qui fut laissé vide dans son propre passé, une image fantasmatique qui se superpose à la personne « réelle » de l'enfant. Cet enfant de rêve a pour mission de rétablir, de réparer ce qui dans l'histoire de la mère fut jugé déficient, ressenti comme manque, ou de prolonger ce à quoi elle a dû renoncer.

Cet enfant, chargé donc de tous ses rêves perdus, s'il arrive *infirme,* que va-t-il devenir? L'irruption dans la réalité d'une image du corps infirme va causer chez la mère un choc : à l'instant où, sur le plan fantasmatique, un vide était rempli par un enfant imaginaire, voici l'être réel qui, par son infirmité, va non seulement réveiller les traumatismes et les insatisfactions antérieurs, mais va empêcher ultérieurement, sur le plan symbolique, que puisse se résoudre enfin pour la mère son propre problème de castration. Car cette véritable accession à la féminité doit inéluctablement passer par le renoncement à l'enfant fétiche, qui n'est rien d'autre que l'enfant imaginaire de l'Œdipe.

En revanche, voici que, dans la réalité, une certaine situation fantasmatique se réalise : cet enfant, on le lui donne comme objet à soigner, hors de l'influence du mari – et c'est bien souvent en référence à *son propre père* (et non à sa mère) qu'elle trouvera la force de l'élever.

La situation qui pour un enfant normal serait une situation névrosante, puisque satisfaisant un désir maternel de type hystérique – la voilà reconnue dans le réel, comme conforme au bien de l'enfant : n'est-ce pas à la mère que revient tout naturellement le soin de gester éternellement son enfant déficient?

Cet enfant qu'on va lui laisser, n'est-ce pas justement là la dimension véritable du drame? C'est ailleurs, c'est-à-dire en elle, que la mère va dès lors se sentir en insécurité d'être [1].

Chaque femme, face aux repères d'identification qui lui font défaut dans son enfant infirme, va vivre son angoisse [2] en fonction de ce qui l'a marquée, elle, dans

1. L'absence de dialogue, une situation à deux dans une solitude totale, est responsable de l'angoisse et de la dépression de ces mères qui aux yeux du monde « tiennent admirablement le coup ». Cette angoisse qu'elles ne peuvent donner à partager est lourde à supporter. C'est pourquoi, il y a un moment dans l'histoire de l'enfant infirme où, au-delà de son problème, c'est celui de la mère qui se pose avec acuité.

2. Angoisse et castration : « Le propre de l'angoisse, déclare Aulagnier, est de ne point se nommer. *Dire* qu'on est angoissé, c'est avoir pris la distance pour reconnaître l'angoisse.

« Parler de *castration,* c'est une métaphore. Nous voyons l'angoisse, ou le symptôme.

« La *castration*? C'est ce qui apparaît sous forme d'angoisse quand l'Autre ne reconnaît plus le sujet comme objet du désir (parallèlement à l'absorption du lait, il y a absorption d'une relation fantasmatique, désirs de l'un et de l'autre)... Le fantasme fondamental, c'est quand le sujet ne peut plus se repérer face au désir de l'Autre. L'angoisse surgit autour de ce qui ne peut se nommer : c'est devenir un objet dont les *enseignes* ne sont plus déchiffrables. En disant : oral, anal, phallique, on définit les enseignes dont le moi se pare pour se reconnaître. »

son histoire, c'est-à-dire en fonction de sa propre castration orale, anale, phallique. Chaque mère vivra ainsi dans son style propre un drame réel qui toujours fait écho à une épreuve vécue précédemment sur le plan fantasmatique, et dont elle est sortie marquée d'une certaine façon.

« J'étais sûre, me dit Mme B., que l'accouchement allait être une épreuve terrible, mon accoucheur avait la main mutilée. »

« Je voulais être une bonne mère, me disait une autre, j'essayais, en imagination, de me sentir comme mon arrière-grand-mère. » Cette femme, en effet, n'avait pu trouver dans sa mère et sa grand-mère des repères d'identifications valables.

L'arrivée d'un enfant infirme chez une femme qui a entretenu *de mauvaises relations avec sa propre mère* risque de réveiller des conflits névrotiques compensés par le mariage. Il y a angoisse, et parfois réactions phobiques.

En revanche, si la femme est restée *très attachée à son propre père,* l'enfant va trouver une place définie dans la famille. Il sera souvent le préféré, celui que, dans le fantasme maternel, les autres frères et sœurs auront à servir jusqu'à leur mort.

On l'a vu : l'enfant infirme est rarement accueilli dans une situation vraiment triangulaire. Mais il existe des cas où c'est *le père* qui se préoccupe de l'enfant; il s'agit alors la plupart du temps d'une identification à sa propre mère. Car en tant que garant de la loi, le père ne peut que se sentir perplexe devant un enfant qui, au départ, est destiné à vivre en dehors de toutes règles.

S'il s'agit enfin d'une *mère dite normale,* l'arrivée d'un enfant infirme ne peut pas ne pas avoir d'incidence sur elle. En réponse, en effet, à la demande de l'enfant, elle devra poursuivre, en quelque sorte, une éternelle gestation (qui remplit un désir sur le plan du fantasme inconscient). Cet enfant qui ne peut pas se dégager d'elle par agressivité, elle va le laisser dans un état a-dynamique, comme l'oiseau couvant un œuf qui jamais ne pourra éclore. De telles mères finissent par être marquées par l'épreuve, et en viennent à prendre un aspect schizoïde à force de se comporter, elles aussi, en réponse à l'enfant, d'une manière a-tonique, a-dynamique.

Nous sommes ici dans une situation duelle. On retrouve à l'intérieur même de l'arriération un éventail divers de réactions perverses (dites même : fond organique pervers), psychotiques, phobiques, qui vont évidemment de pair avec un certain mode de relation mère-enfant. Car la mère répond à la demande de l'enfant avec ses fantasmes propres. Mais il y a un autre facteur à ne pas sous-estimer, c'est la manière dont l'enfant va façonner lui-même sa mère, même normale, et l'induire à adopter à son égard un type de liens sadomasochistes. Ce lien, la mère l'a vécu à un moment de son histoire sur un plan fantasmatique, il lui rappelle quelque chose de très primitif, de très fugitif, éprouvé parfois avec une poupée fétiche d'elle-même; il s'agit de quelque chose qui a un caractère destructeur et difficilement situable dans une relation à l'Autre, il serait même plus exact de dire difficilement avouable : l'enfant va réveiller quelque chose de cet ordre-là qui chez la mère ne fut jamais symbolisé [1].

1. Non symbolisé : qui ne peut être traduit en paroles, comme n'entrant ni dans l'ordre de la loi ni dans l'ordre de la culture.

Il s'agit d'une expérience très particulière, vécue dans une relation imaginaire à l'autre, l'autre qui n'est pas ce sujet mon semblable, mais mon double dans une sorte de réflexion spéculaire. La

L'état de stupeur de l'enfant appelle l'éducation dite d'acquisition d'automatismes. L'enfant est tout naturellement *aliéné comme sujet autonome,* pour devenir objet à soigner. Dans ce cas de l'enfant a-dynamique, mère et enfant se laissent aller à une vie végétative, où l'effort n'a pas de place, pourvu que la vie soit. La mère acceptant d'être parasitée, ou plutôt habitée, par un être qui n'a d'existence que dans un corps morcelé [1].

Si, au contraire, l'enfant se manifeste comme *sujet désirant,* c'est son corps qui ne lui appartient plus et qui est comme aliéné. Une situation se crée où mère et enfant n'ont plus de support d'identification. A cet animal méchant que devient l'enfant par moments, la mère réagit par le dressage qui masque l'angoisse devant l'humain qu'elle ne reconnaît plus.

Et cependant, toutes les mères sont toujours à la recherche d'une lumière, heureuses d'un rien qui est parfois de l'ordre d'un au-delà. « Ce que je demande, me dit une mère, c'est de pouvoir m'imaginer que Dieu habite

---

situation créée ainsi est sans issue, ou plutôt la seule issue en est la violence.

Un troisième terme est nécessaire pour arriver à dépasser cette lutte imaginaire. Pour Hegel, il se constitue dans le don du travail par lequel le sujet trouve une maîtrise de lui-même et une possibilité d'expression. Pour Lacan, cette tierce détermination, autre qu'imaginaire, c'est précisément le symbolique.

1. Il arrive que des états de stupeur phobique viennent aggraver l'arriération et la dépendance de l'enfant à sa mère, créant même un état voisin de ce que l'on rencontre dans certaines formes psychotiques : l'enfant ne peut avoir de lui-même une image de corps unifié, son « morcellement », qu'il traduit dans ses dessins, indique son impossibilité à être sujet; il arrive ainsi qu'il nous signifie qu'il ne peut être qu'une bouche, une bouche à nourrir. L'absence d'image unifiée de lui-même le met en état de danger, en panique d'être rejeté; c'est pourquoi il cherche refuge dans un adulte qu'il vient parasiter.

mon enfant. » Dieu et non un gouffre qui n'a pas de nom.

Seule la musique est d'ailleurs capable d'apporter à ces enfants une sorte de joie pure.

Les mères oscillent entre le dressage et une sorte d'insouciance paisible hors du temps, à l'image de l'enfant qui se sent bien hors d'un corps et hors d'une relation à l'Autre.

Mères sublimes, tranquilles ou féroces, mais que l'angoisse habite toujours; leur maîtrise est de la nier, le refus de savoir étant pour elles gage de santé.

Leur angoisse, ces mères la situent nettement dans leur rapport avec l'Autre; leur question tourne, en effet, autour de ce qu'elles imaginent que l'Autre attend ou peut supporter d'elles.

Quand on a un enfant anormal, semblent-elles dire, on est à la fois très *seule,* car à travers cet enfant, on ne se sent pas reconnu comme humain, et très *surveillée,* car, plus qu'une autre mère, on a à donner de soi-même une certaine figure supportable.

Autrement dit : tout ce qui reste dans l'inconscient de fantasmes inemployés, de résidus d'une meurtrissure restée forclose, il faut bien qu'on le garde pour soi, sinon, comme le disait une mère, il y a « retour à l'envoyeur ». « Une petite fille mit un jour aux ordures quelque chose qui n'avait pas figure humaine[1]. La poubelle vidée, un *reste* lui fut expédié *retour à l'envoyeur*. Que voulez-vous que j'en fasse de ce rêve, et de ce reste? » acheva la cliente.

1. *1971.* J'utilise dans ce livre le terme *dialogue* d'une manière qui risque de prêter à confusion. Je formulerais aujourd'hui les choses d'une manière différente. Il s'agit en fait d'une référence à la théorie lacanienne selon laquelle c'est le symbolique (le langage) qui permet de sortir d'une situation imaginaire ou spéculaire. Le dialogue dont il s'agit n'est pas un échange d'information. Il s'agit de la présence du langage dans la situation.

La vérité et la douleur ne sont en effet reconnues que dans la mesure où l'Autre en accepte l'épreuve à travers sa propre angoisse.

Un des drames des mères d'anormaux est bien leur solitude hantée de fantômes dont elles ne peuvent parler; l'enfant, toujours, participe au monde fantasmatique de la mère, il en est marqué d'une certaine façon; mais que dire de la mère, pour toujours fascinée, façonnée, par ce qui dans son enfant jamais ne prendra figure humaine?

2

L'insuffisance mentale

J'ai examiné dans les pages qui précèdent la relation très particulière qui lie l'*arriéré grave* à sa mère. Le diagnostic d'irrécupérabilité pèse de lui-même sur les deux destins et les façonne d'une certaine manière.

Pour l'enfant *débile,* la situation est différente. Le retard n'est pas toujours perçu d'emblée, l'anormalité n'apparaît pas dès le départ comme fatale; il arrive même souvent que l'insuffisance mentale ne soit découverte que d'une façon quasi accidentelle, lors d'une consultation médicale.

Nous savons qu'en consultation de pédiatrie il arrive qu'une mère consulte pour des maux de foie, d'estomac, et que ces symptômes ne soient en l'occurrence rien d'autre qu'une manifestation d'angoisse (de la mère ou de l'enfant), se traduisant dans cette langue sans paroles qu'est la maladie. L'écoute psychanalytique, que le pédiatre peut avoir dans ces cas-là, permet le dénouement de certains cas « d'urgence »; tant il est vrai que le danger de mort dans lequel se trouve un enfant est parfois d'abord une impuissance à supporter seul une charge d'angoisse trop grande.

L'intervention d'un médecin qui se laisse, à la place de l'enfant, marquer par le désarroi maternel permet une reprise de rapports normaux mère-enfant, indispensable pour que le tout petit puisse continuer à vivre [1].

Un fait est à souligner : on consulte pour un symptôme précis qui prend une allure de réelle gravité – et il s'agit souvent de tout autre chose. La charge émotionnelle, la culpabilité qui marque ce que l'on tient caché, non seulement à sa conscience, mais à celle du médecin, est d'une importance telle qu'on ne peut la mettre d'emblée en question.

C'est en soignant la maladie somatique, tout en ayant l'écoute psychanalytique pour ce qui *ailleurs* ne va pas, que le médecin aide la mère à faire elle-même le déplacement qu'elle se refusait à faire.

Il en va de même, dans une certaine mesure, lorsqu'on vient nous consulter pour « retard mental ». Rares sont les cas où les parents acceptent de bon cœur qu'une dimension psychanalytique soit donnée à un problème qui pour eux ne doit se résoudre qu'à un niveau pratique : nous devons soit nier qu'il y ait retard, soit donner un remède concret (classe spéciale, opération, médicament) pour venir à bout d'un mal très précis, sans lequel, nous dit-on, « tout irait bien ».

Or, qu'est-ce en réalité que la débilité mentale?

Deux attitudes sont ici possibles : ou bien le consultant « sait », et fort de sa conscience oriente l'enfant vers un service de rééducation compétent; ou bien il cherche à comprendre, et le temps lui importe peu : pour condamner un être, l'heure sonne toujours assez tôt.

J'ai, délibérément, choisi de ne pas savoir. Je veux dire que, consciente du problème psychiatrique qui se

1. Des études sur cette question sont faites dans le service de Mme Aubry. D'autre part, le Dr Benoît a contribué à des travaux sur la signification des cas d'urgence en pédiatrie.

pose, je me suis toujours donné le temps de la réflexion – pour l'enfant, le temps du dialogue poussé le plus loin possible.

C'est alors que, dans chaque cas, s'est dégagée au-delà du symptôme une signification qui pourrait avoir son importance dans un traitement éventuel. Chaque fois apparaissait un type de relation interhumaine qui permettait, si on l'éclaircissait, d'introduire dans le langage ce qui souvent restait figé dans le seul symptôme. A rééduquer hâtivement le symptôme, non seulement j'aurais laissé échapper une possibilité essentielle d'expression, mais je me serais faite complice d'un mensonge au niveau des parents. Mensonge que le sujet respectait en quelque sorte, en restant lui aussi dans son univers clos.

J'ai pris, pour illustrer mon propos, des cas d'enfants différents au point de vue du degré de gravité du symptôme. Il s'agit, en premier lieu, de ce que l'on appelle couramment le *débile simple,* celui dont le QI s'échelonne de 0,50 à 0,80 et qui ne manifeste ni troubles caractériels évidents ni évolution psychotique caractérisée.

Cette « étiquette » de débile a été donnée aux enfants lors d'une consultation médicale. Les parents ont reçu une indication d'orientation basée sur l'examen du sujet.

Pour des raisons diverses, les parents ont cherché une confirmation du diagnostic posé – et le hasard les a amenés dans le circuit psychanalytique. Il ne s'agissait plus, dès lors, « d'orienter » hâtivement, mais de faire, même au prix de plusieurs mois d'entrevues ou de psychothérapie, le tour d'un problème complexe (qui, à notre avis, ne se trouvait pas résolu par la seule orientation). A la faveur de plusieurs cas – ceux de *Daniel, Philippe, Raymonde, Charlotte, Irène* –, je poserai, par étapes, les questions qui me préoccupent lors de l'examen d'un enfant retardé.

Cette porte « débilité simple » s'est ouverte pour moi sur un univers inconnu. J'y ai rencontré des drames, des relations humaines pathogènes, comme nous en rencontrons dans les anamnèses de psychotiques. Les cas choisis vont servir ici à marquer des points, à accentuer des notes qui seront reprises ultérieurement.

Quittant le domaine du « débile simple », j'ai pris l'exemple d'un cas dit *« suite d'encéphalite »* et l'exemple d'un enfant marqué par une histoire massive de *traumatisme,* puis deux cas d'enfants à *structure psychotique.*

Ma recherche, dans tous les cas, refuse d'être figée. Il ne s'agit pas pour moi de trouver une cause nouvelle au retard, il ne s'agit pas non plus d'établir un diagnostic meilleur. Je m'efforce tout simplement d'aller au-delà d'une étiquette qui fut le point de départ de la cristallisation d'une angoisse familiale.

La question que je me pose n'est pas : est-il débile ou non? Elle serait plutôt de l'ordre suivant : qu'y a-t-il de perturbé au niveau du langage (dans la relation mère-enfant), qui s'exprime par une voie détournée, figeant le sujet dans le statut social qui lui a été conféré, figeant la mère dans le rôle qu'elle s'est donné?

La méthode de composition que j'emploie dans ce chapitre va donc, d'une façon très primaire, prendre pour point de départ des diagnostics posés par d'autres que moi. Je ne cherche pas à réintroduire une classification différente. Bien au contraire, je me borne, à partir d'un verdict, à le mettre en question. A travers ces cas, j'indique ce que je peux y déceler d'aberrant : traits psychotiques, perversité, drames familiaux. Comment ces traits vont-ils ensuite se rassembler pour former la figure de l'enfant retardé, tel que je le conçois? La suite du livre est là pour reprendre ces thèmes, pour accentuer ce qui a été indiqué, laissant malgré tout le portrait du « retardé » dans une pénombre, car, à ce stade de recherche, une promenade dans la nuit est préférable à l'assurance que donne la lumière.

« Veuillez, semblent m'avouer ces enfants, me dire ce que je suis, me le dire une fois pour toutes, afin que je puisse, en toute tranquillité, regagner ma place à l'ombre et me retrouver à l'aise dans la nuit. »

Je ne veux justement pas, par mon *dire,* entraîner *l'agir* du sujet.

Il a ses raisons de rester dans la nuit. Je cherche à le suivre. La lumière ne vient que par à-coups – et je m'excuse auprès du lecteur de le laisser dans cette angoisse, indispensable, de la pénombre et du désordre.

C'est à travers le désordre qu'un certain ordre va se dégager. Il ne sera peut-être ni le mien ni le vôtre, mais celui du sujet, et déjà on comprendra mieux.

L'aventure psychanalytique, qu'est-elle d'autre que ce cheminement à travers des sentiers sans cesse inexplorés, où la vérité s'entrevoit, mais ne se saisit jamais?

A. Le débile simple.

Revenons maintenant à notre étude : j'étudie, comme je viens de l'expliquer, les enfants non caractériels dont le QI s'échelonne de 0,50 à 0,80.

Ce qui pour moi pose un problème, c'est la diversité très grande de réussite scolaire et sociale chez ces enfants à QI insuffisant : que certains réussissent un CEP avec QI de 0,65, alors que d'autres à QI de 0,80 ont du mal à se qualifier sur le plan professionnel, voilà qui pose une question et mérite un examen attentif; à étudier la chose de plus près, on ne peut manquer d'être frappé par la diversité des cas qui s'offrent à nous : chaque enfant a son histoire bien particulière, qui joue sur tout son devenir humain. Il n'y a là rien que de banal, mais le contexte affectif dont la débilité est issue a été pendant des années négligé, au profit d'une orientation basée strictement sur un facteur quantitatif déficient. Or, la gravité du désordre psychomoteur de ces enfants est parfois, elle aussi, fonction de la relation fantasmatique du sujet à la mère et à son corps propre.

C'est donc cette relation qu'il importe d'abord d'éclaircir.

Daniel est un enfant de 7 ans lors de l'examen; QI : 0,60. Enfant non désiré, mais qui a été bien accueilli à sa naissance. Développement normal, semble-t-il, jusqu'à l'âge de 6 mois où une opération chirurgicale (hernie) dut être tentée d'urgence. La mère note cependant qu'elle s'inquiéta au sujet de cet enfant dès la naissance, parce qu'elle ne sentait pas en lui d'appel vers l'Autre. Les médecins la rassurèrent : « Votre bébé est normal. » Cependant, si l'enfant n'avait pas de difficultés alimentaires, il allait présenter un retard dans tout son développement psychomoteur (marcher à 2 ans, parler à 4 ans, etc.). A l'examen physique il montre un retard d'ossature de 2 ans et un retard staturopondéral de 2 ans également. Ce retard de maturation apparaît à l'examen psychologique : enfant doux, gentil, ne connaissant pas son âge, ou disant plutôt qu'il a 5 ans; il a du mal à exécuter des consignes simples. Il s'est mis sous la domi-

anamnèse → ensemble de renseignements

nation d'une sœur de 2 ans sa cadette, qui prend à son compte la motricité déficiente du frère (lui lace ses souliers, l'oriente dans la rue, etc.).

Ce qui frappe à un examen approfondi, c'est la manière dont le sujet vit entièrement dans un monde fantasmatique où prédominent les idées de mort, de meurtre, et spécialement la mort d'un enfant de 5 ans (de son âge somme toute, puisqu'il dit avoir 5 ans, ou de l'âge de la sœur à qui il est jumelé). Cette crainte de la mort répond d'ailleurs à tout un contexte phobique touchant les moteurs, les chevaux; tout ce qui est dynamique est ressenti comme dangereux et se traduit dans des fantasmes de dévoration anthropophagique.

Une anamnèse plus poussée va révéler qu'à l'âge de 5 ans l'enfant a assisté à un accident de voiture au cours duquel son père a écrasé son compagnon de jeux (5 ans). Or, ce père est lui-même un phobique, élevé par une mère autoritaire, exclusive, et traité toujours de « minus » par son propre père.

L'accident a laissé le père de Daniel accablé « comme si, dira-t-il, ça voulait dire que mon père avait raison ».

La mère ne m'avouera qu'en cours de psychothérapie que celui qu'elle appelle « papa », et à qui elle semble si fixée, n'est en réalité pas son propre père. Ses parents ont divorcé quand elle avait deux ans; quant à son père réel, elle le détesta toujours.

Si la mère de Daniel a eu dès la naissance de son fils le pressentiment qu'il serait anormal, c'est par crainte qu'il ne ressemblât à ce père réel, dont elle cachait l'existence à tous.

De son côté, le père de Daniel voit dans le retard de son fils une confirmation de sa propre non-valeur, en écho aux prédictions de son père.

Même si Daniel avait été normal, il aurait été inclus

dans le fantasme des parents, qui, au départ, avaient la crainte de retrouver dans l'enfant l'évocation ou les traces de ce qui les avait blessés l'un et l'autre d'une façon irrémédiable dans leur enfance.

Et le retard global de maturation de cet enfant ne pouvait qu'être vécu par les deux parents avec une intensité dramatique équivalant à l'épreuve de castration, puisqu'ils savaient, avant même les constatations médicales, que cet enfant symboliserait ce qui toujours leur avait *manqué*. C'est autour de ce manque que s'est cristallisée la demande de la mère dans toutes les consultations médicales. Ce manque est devenu lieu d'appel d'un désir qui dès lors a tendu à se réaliser. Et l'enfant, en réponse, s'est voulu oiseau, pour « ne pas avoir de corps, ne pas avoir d'envie, hors celle de ne jamais rester longtemps au même endroit ».

Rappelons-le à présent : Cet enfant offrait lors de sa présentation un tableau physique et psychique si uniforme de débilité simple classique, sans présenter par ailleurs aucun trouble caractériel, que je ne l'aurais jamais pris en psychothérapie si le médecin de la famille n'avait particulièrement insisté sur l'intérêt d'une épreuve de psychothérapie, afin de soulager la mère qui réclamait désespérément « qu'on fasse quelque chose ».

Seul un IMP [1] me semblait indiqué : le tableau clinique était banal, l'anamnèse pauvre. L'essentiel du contexte familial n'est apparu que petit à petit à travers les fantasmes apportés par l'enfant (fantasmes que les parents s'efforcèrent « d'expliquer » quand je leur en parlai).

1. Instituts médico-pédagogiques : internats spécialisés, ouverts aux enfants d'intelligence inférieure à la moyenne. Les enfants arriérés s'y trouvent, du fait même de l'internat, coupés de tout rapport avec le monde « normal ».

Ce qui trompe dans ce genre d'examen, c'est la réserve des parents, qui ne veulent orienter les investigations que sur le seul retard intellectuel, refusant très souvent l'abord psychanalytique du problème, et tenant à ce que leur demande d'aide scolaire soit prise à la lettre.

« J'en ai marre des docteurs, me disait une femme de vigneron, c'est pourtant simple. On leur montre notre gosse, il y a là dans le cerveau quelque chose de pas rempli, donc il faut le remplir, l'opérer. On enlève bien des appendices et tout ça, il doit y avoir aussi *un médecin qui les met,* ces machins qui manquent. Le reste, c'est des histoires. »

Et l'enfant à qui il manque ce quelque chose va reproduire avec le médecin ou l'analyste l'attitude qu'a induite en lui celle de ses parents, risquant ainsi d'être victime d'une réponse identique : le thérapeute ne songera qu'à réformer la déficience sous l'angle essentiellement pédagogique.

Car ce vide appelle bel et bien l'angoisse, l'angoisse du thérapeute devant sa propre impuissance; or, le seul abord psychothérapique possible est de ne rien désirer *à la place de l'enfant;* sinon, celui-ci se fait, comme le disait si joliment Daniel, oiseau, pour éviter d'avoir un corps et des envies. L'enfant souhaite recevoir de l'Autre une réponse qui le prendrait en charge sur le plan instinctuel; mais devant cette réponse, paniqué, il s'évade. C'est en s'interdisant toute réponse qu'on lui ménage la seule issue possible, vers une éventualité non pas de guérison, mais d'utilisation maxima de ses possibilités intellectuelles, dans un corps par lui reconnu.

Si la maladresse psychomotrice de ce type d'enfant est souvent le signe clinique qui confirme le retard intellectuel, il n'en reste pas moins que ce corps infirme a une relation fantasmatique avec l'enfant imaginaire de la mère.

« Je ne voulais pas d'enfant, me dit la mère de *Philippe* (QI : 0,80; anorexique dès la naissance). Ma mère est morte quand je suis née, ma sœur jumelle est morte et l'autre est folle. Ma belle-mère m'a dit : « Ta place n'est plus ici, rien dans cette maison n'est à toi. » Mon père m'a laissé mettre dehors. Je me suis mariée, pour ne pas me sentir orpheline. Un enfant, ça vous sépare du mari, ça n'est plus jamais la même chose. »

Philippe est devenu le protégé du père (lui-même culpabilisé par une scolarité déficiente et des échecs professionnels); le père fait tous ses efforts pour que l'enfant ne gêne pas sa mère, c'est-à-dire ne passe pas par les rigueurs de la loi qu'elle incarne. Ce qui frappe chez ces enfants, c'est la manière dont toujours ils réussissent à développer une situation à deux, en devenant l'objet d'un des parents. Le sens de la maladresse motrice s'inscrit dans ce rapport (le corps de l'enfant appartient toujours à un des deux parents).

« Maman et moi, on est deux contre un, avoue *Nestor,* un débile de 16 ans, difficilement récupérable sur le plan professionnel. C'est toujours moi qui gagne, et ça lui fait les pieds. » « Lui », c'est-à-dire le père. Le père eut toujours honte de ce fils qui ne lui faisait pas honneur – et la mère de l'enfant, fixée à son propre père sur un mode hystérique, revendiquait en quelque sorte un mâle pour elle seule, un mâle qui n'ait pas à faire honneur aux hommes qui n'étaient pas de sa lignée à elle.

De telles conduites parentales produisent, par la suite, leur lot de comportements asociaux, comportements dont l'origine est moins organique que fruit de la réaction à une situation familiale pathogène.

Ce caractère pathogène passe très souvent inaperçu quand l'enfant est jeune, car le médecin, à l'instar des parents, se préoccupe avant tout de la réadaptation scolaire, sans toujours se rendre compte à quel point le milieu familial pèse sur la genèse des troubles caractériels qui s'ajoutent à la débilité, ou simplement sur le freinage même de la réussite scolaire ou professionnelle. Le débile à qui sa place est assignée comme tel dans la famille rencontrera toujours beaucoup plus de difficultés que celui qui, malgré son retard, est justiciable des sanctions paternelles.

Pourquoi rencontre-t-on des débiles « sots » et des débiles « intelligents » avec des QI identiques?

La réponse n'est certes pas du côté de la distinction entre vraie et fausse débilité; elle réside bien plutôt dans le sens qu'a pris leur malaise dans la constellation familiale – et c'est ce que je vais essayer d'éclaircir à travers les deux cas suivants.

Raymonde a 14 ans quand on vient consulter pour elle. Elle obtient à tous les tests un niveau homogène de débile (QI : 0,63).

Physiquement, elle a l'apparence d'une grande retardée; elle présente une très grande incoordination et de la débilité psychomotrice; elle a une démarche « en canard » et ses bras semblent être là pour la gêner plus que pour la servir; d'une maladresse extrême, l'enfant ne se montre manuellement bonne à rien.

Un examen affectif plus approfondi révèle une fillette complètement neutralisée, élevée dans l'impossibilité d'opposer le moindre négativisme actif. Tout est « gentil », les humains sont décrits par elle comme des êtres sans vie, sans contact. Dans ses relations avec sa mère,

agoraphobie : angoisse en traversant 1 place ou 1 rue

Raymonde oscille entre le négativisme passif et l'agoraphobie[1].

La question qui se pose pour moi est de savoir à quoi pourrait servir l'intelligence de Raymonde si elle en avait une. (Les autres enfants de la famille, non débiles, ont en effet un retard scolaire énorme, ils sont dyslexiques et caractériels; or, le père est universitaire.)

Pour être en bons termes avec cette mère rigide et phobique, il faut, à la limite, ne pas exister. « Dès que ça bouge, me dit la mère, je crie. » En fait, elle ne supporte rien de ses enfants, surtout pas leur dynamisme. La mère *est* la terreur, enfants et mari sont en quelque sorte réduits à l'état d'objets qui se laissent manipuler pour lui éviter une dépression. Les garçons réagissent par des troubles caractériels; Raymonde, elle, se fait momie, pour ne pas être rejetée.

Sa débilité a en quelque sorte un caractère compulsif de défense. En réponse à la demande de la mère, elle est une terrorisée mignonne, prête à se faire oublier.

Si le père exerce la loi, la mère hurle ou tombe dans des états confusionnels. Dès lors, c'est la mère qui va *être* la loi, sans aucun support symbolique[2]. « Un enfant, dit-elle, je n'ai jamais pu imaginer ce que ça pouvait être. Quand j'étais enceinte, je sentais sa vessie peser sur la mienne, d'ailleurs elle fait toujours pipi au

1. Son opposition est passive, le négativisme n'est pas franc, elle est une « mignonne qui, par moments, ne comprend plus rien, ne peut plus exécuter aucun ordre ». Culpabilisée par une attitude ressentie comme frondeuse, l'enfant est à d'autres moments agoraphobe, obligeant la mère « détestée » à l'accompagner partout.

2. C'est-à-dire sans aucune référence à une image humaine structurante – et sans que son enfant représente vraiment pour elle un être humain situé dans un devenir. Il lui faut, à cette mère, exercer une puissance d'une manière quasi « gratuite » et, partant, absurde.

lit. Sa tête, ajoute la mère en touchant la sienne, a eu peut-être un épisode méningé. » Raymonde est ressentie par la mère comme faisant partie de son corps à elle. Si la mère se montre si sévère pour l'éducation de la propreté c'est, ajoute-t-elle textuellement, « parce que je n'aime pas *me* sentir mauvais ».

La débilité de Raymonde semble avoir une base organique indéniable. Les spécialistes sont tous d'accord pour dire qu'il s'agit d'une « histoire *in utero* ». Tout le premier développement physique de l'enfant fut perturbé : marche à 2 ans, parole à 6 ans, après une période d'aphasie.

Or cette grossesse, que fut-elle psychologiquement pour la mère?

Non mariée, enceinte malgré les médicaments abortifs, elle fut jusqu'au bout en danger d'être abandonnée par celui qui devint son mari et qui ne l'épousa que lorsque la viabilité de l'enfant fut dûment constatée. « Si elle n'avait pas vécu, me dit le père, je ne me serais pas senti obligé de l'épouser. »

« Si elle n'avait pas tenu comme un de mes propres organes, je n'aurais pas connu la honte », me dit la mère.

Et chacun des deux parents de se reporter alors à sa propre famille.

La mère a eu elle-même une mère rigide qui jamais ne supporta l'intrusion de l'homme dans ses affaires.

Le père eut une mère surprotectrice qui jamais ne put se résigner au mariage de son fils préféré.

Chez tous les deux existe donc la panique d'avoir un enfant, c'est-à-dire quelque chose d'inavouable qui ne serait pas *reconnu* par leurs propres ascendants, avec en outre, pour la mère, la hantise de mettre au monde un être qui risquait d'être hermaphrodite comme ce fut le cas, dit-elle, de la sœur d'une aïeule.

Donc, avant de naître, Raymonde avait déjà son destin tracé. Elle serait ce quelque chose de non symbolisable pour les deux parents, persécutant la mère au niveau des organes, obligeant le père à se nommer comme tel, alors qu'il aurait voulu, au regard de sa mère, taire toute idée de commerce sexuel.

Cette enfant de 14 ans, énurétique, nulle scolairement après 6 ans de classe de perfectionnement, était nulle également sur le plan moteur : ne pouvait ni rouler à bicyclette, ni nager, ni faire la vaisselle, ni coudre; tout juste descendre les escaliers sans tomber.

Une psychothérapie amena une récupération motrice telle que la jeune fille est actuellement aide-jardinière d'enfants, prend le train, voyage; et une récupération scolaire qui lui permet de se situer au niveau d'une 7e. Le QI se modifia à peine (0,67). La récupération sociale fut spectaculaire, au point que la jeune fille fait partie de groupes de jeunes et évolue dans un milieu de son âge, en exécutant un travail à sa mesure.

Le traitement de la fille amena chez la mère à plusieurs reprises des accès confusionnels. Il ne se fit qu'à travers des troubles caractériels violents, qui alternèrent avec des crises d'agoraphobie.

L'analyse mit en lumière chez Raymonde un noyau persécutif avec, à un certain moment, l'apparition d'« esprits » mauvais l'habitant. Ces esprits mauvais s'opposaient à une guérison. Or, il n'est pas inutile ici de rapprocher ce contexte persécutif des traits hypocondriaques de la mère – de la manière en particulier dont elle s'était sentie dès le départ envahie dans sa grossesse par un « organe supplémentaire », et impuissante comme mère, à la naissance de l'enfant, sauf pour les soins de propreté et de nourrissage.

Raymonde ne put devenir « intelligente » et débrouillée

socialement que le jour où elle put habiter seule dans un corps à elle. Tant que ce corps était habité par les esprits de la mère, elle ne pouvait être qu'un animal terrorisé, terrorisant, sans références symboliques humaines aucunes.

Ici encore, le retard de maturation a été vécu par la mère avant toute constatation médicale. Elle *savait* qu'elle enfanterait le malheur. Mais à la différence de la mère de Daniel, elle ne rechercha jamais la guérison de sa fille. C'est le père qui prit l'affaire en main, et permit, à travers des drames familiaux, une normalisation de l'état de l'enfant.

La mère, ravagée par l'angoisse, avait besoin que cette partie malade d'elle-même restât malade *aux yeux de tous*. Raymonde devenait ainsi l'objet témoin qui protégeait la mère contre sa propre phobie.

Sa « guérison » ne put, comme nous l'avons vu, être obtenue qu'au prix d'une crise grave chez la mère. Celle-ci se trouvait en effet en danger dès lors qu'on modifiait un certain type de rapport avec son enfant, qualifié par elle-même d'« équilibre humoral ».

Raymonde n'a pas recouvré aux tests une intelligence normale. Mais le fait de ne plus être paralysée, figée, par tout ce qui est qualifié de « méchant », le fait de pouvoir bouger malgré les colères maternelles, lui a permis de prendre le chemin qui l'a conduite vers une autonomie effective, le jour où elle a cessé enfin d'habiter en parasite le lieu même du corps maternel.

Elle s'est, dit son entourage, « adaptée socialement ». Qu'est-ce à dire?

Son QI est resté quasi inchangé – et cependant, elle n'est plus sotte; est-ce donc qu'elle se débrouille bien avec les 60 % d'intelligence qui lui restent?

En d'autres termes, est-ce sur le plan d'efficience

qu'il faut situer la notion d'intelligence? En ce cas les rééducations spécialisées entreprises auraient dû suffire à la « réadapter ».

Or, les rééducations furent inopérantes, tant que la psychothérapie n'eut pas rendu à l'enfant sa dimension de sujet autonome. Tant qu'elle était parasite de la mère, son intelligence et sa motricité ne lui appartenaient pas.

C'est donc qu'au-delà d'un déficit capacitaire, intervient un autre élément qui joue le rôle de frein dans toute relation interpersonnelle que le sujet va établir. Et c'est de quoi « cet autre élément » est fait, que va dépendre souvent le degré possible de récupération.

Charlotte, 16 ans, est une enfant dont le déterminisme organique va jouer, comme chez Raymonde, un rôle important.

Son QI se situe entre 0,50 et 0,60. Mise en classe de perfectionnement à 8 ans, elle en sort, à 16 ans, sachant à peine lire et écrire. Énurétique, la jeune fille a, au surplus, un caractère tyrannique qui rend toute insertion familiale pénible.

L'électro-encéphalogramme donne « un tracé anormal pour l'âge de l'enfant du fait de la lenteur des rythmes dominants, mais sur lequel on ne met pas en évidence de signes de comitialité, ni de signes de souffrances en foyer ».

Suivie très régulièrement sur le plan médical, l'enfant reçoit, entre autres, des extraits thyroïdiens, du maxiton glutaminique, de la vitamine B 12.

Au point de vue neurologique, on ne signale pas de troubles importants du tonus. « Possibilité d'un petit syndrome pyramidal au membre inférieur gauche. »

Au point de vue moteur, une rééducation spécialisée est entreprise.

Suivie pendant 8 ans dans un cours spécialisé, la jeune fille en sort inapte professionnellement, avec un niveau scolaire égal à la 10ᵉ.

L'origine du retard? Elle reste énigmatique. Le premier développement fut d'emblée celui d'une enfant retardée (marche à 19 mois, parole 6 ans).

Charlotte, enfant non désirée, vint au monde 6 ans après la naissance de la sœur aînée, à un moment où le père fatigué par des troubles cardiaques avait besoin de ménagements particuliers.

Elle fut l'enfant préférée du père, et la mère « la lui laissa » en quelque sorte, pour le distraire – ne lui rapportant jamais les difficultés caractérielles de sa fille, « puisque, avait affirmé le cardiologue, la moindre contrariété peut le faire mourir ».

L'état du père empira, en effet, quand l'enfant avait 5 ans. Le père mourut quand elle avait 14 ans, sans avoir jamais voulu admettre l'état pathologique de sa fille cadette. Le grand-père paternel qui vivait une partie de l'année à la maison mourut quelques jours après d'un « transport au cerveau », comme son fils et sa femme.

A 14 ans, Charlotte se retrouve donc seule avec sa mère et sa sœur aînée, sans image masculine. La mère de Charlotte perd avec son mari la seule image masculine qu'elle ait vraiment connue (orpheline de père à 2 ans, elle a vécu dans un milieu essentiellement féminin).

Et c'est ce milieu féminin que les trois femmes vont essayer à nouveau de ressusciter. Cependant, c'est à la faveur de la disparition du père que, la première fois, une consultation psychanalytique est demandée pour Charlotte.

Car, du vivant du père, Charlotte n'avait d'autre fonction que d'être cet objet mal défini, qui servait au désir paternel.

Son besoin de destruction, ses attitudes masochiques (se taper la tête par terre jusqu'à en saigner) étaient en quelque sorte une réponse à une demande supposée. Ce qui comptait pour Charlotte, c'était moins l'existence du père en tant qu'Autre, que sa présence en tant que support phallique devant lequel Charlotte faisait en quelque sorte de l'exhibitionnisme caractériel [1].

A l'examen affectif, Charlotte refuse de se situer dans le temps. Elle dit en clair qu'elle est contre tout, et qu'elle envisage d'être « papa auprès de maman ».

A la question :

– Et si maman n'était plus là?

– Eh bien, je serais papa auprès de ma sœur.

– Et si la sœur n'était plus là?

– Eh bien, je serais papa pour un autre.

La jeune fille ajoutera à un autre moment qu'elle ne sait pas ce que c'est que d'avoir de la peine dans son cœur. « Il n'y a que le mal physique qui vaille la peine pour pleurer. »

Restée au fond d'elle-même une « méchante guenon », Charlotte ne vit que pour embêter un tiers.

Cette sorte d'identification au père, qui est apparue au décès de ce dernier, n'est en réalité rien d'autre qu'une identification à un objet de jouissance.

La tentative de psychothérapie analytique, entreprise bien tardivement (après que toutes les formes de rééducation eurent été tentées), mit en lumière combien l'échec dans le travail, la non-insertion sociale étaient devenus pour Charlotte son mode de relation à l'Autre (à l'Autre qui était par ce fait même négativé). La psychanalyse

1. Il y avait négation du père en tant que sujet. Elle se servait de lui comme objet de torture ou de jouissance, dans une construction fantasmatique perverse.

permit à Charlotte de ne pas devenir asilaire, mais la récupération ne fut que très partielle; la jeune fille put au moins être acceptée comme aide-cuisinière dans une communauté religieuse et ne pas vivre chez elle en parasite.

Charlotte avait donné un tel sens de perversion à son retard, qui s'était ainsi installé d'une façon massive, qu'aucune rééducation spécialisée n'avait pu en venir à bout. Mieux : l'analyse permit de mettre à jour que toutes ces rééducations suivies d'échec avaient été pour Charlotte la principale source de plaisir.

En étudiant le sens que peut prendre pour l'enfant retardé son retard, on découvre des situations qui rappellent étrangement celles que nous voyons dans les familles de psychotiques ou dans des structures perverses.

En changeant d'abord le type de relation au monde de ces enfants, on leur donne du même coup plus de chance de bénéficier d'une rééducation spécialisée.

Tandis qu'à méconnaître les troubles psychogènes sous-jacents, on risque, comme ce fut le cas pour Charlotte, de faire le jeu de la névrose.

Une psychothérapie précoce est d'autant plus précieuse que ces enfants sont bien plus exposés que les autres à se figer irrévocablement à une place où ils représentent inconsciemment pour l'Autre un manque qu'ils ont pour mission de remplir de leur place d'objet. Si tel est bien le cas, on comprend pourquoi la sottise de certains débiles n'est rien d'autre que la rançon d'un lien que seule une psychanalyse peut dénouer, à condition qu'elle soit entreprise assez tôt, avant qu'une rigidité de structure perverse ne l'ait définitivement figée comme telle.

Les troubles temporo-spatiaux de ces enfants (même

dans l'hypothèse d'une organicité établie) vont toujours de pair avec des difficultés de repérage dans l'imaginaire. Ces enfants ont du mal à se situer par rapport au signifiant paternel. Une rééducation spatiale, par le truchement de la parole qui en elle-même porte un élément signifiant, a parfois des incidences négatives chez l'enfant au niveau même du langage. Tant il est vrai qu'une rééducation risque toujours d'être prise par le sujet dans le sens de ses troubles plutôt que dans le sens de sa guérison [1].

Un même type de pédagogie spécialisée peut, dès lors, s'avérer enrichissant pour l'un et déformant pour l'autre, sans que la nature de la pédagogie soit à mettre en question pour autant.

Ce qui est à mettre en question, c'est le type d'enfants auquel cette rééducation s'adresse, et le rôle surdéterminant qu'elle est amenée à jouer à son insu, dans la relation mère-enfant. Dans les cas où le rééducateur remplace une mère gavante, l'enfant risque de répondre à sa demande par une évasion...

Une étude systématique de réussites et d'échecs dans les rééducations spécialisées mettrait en lumière le sens que prennent celles-ci dans le fantasme de chaque enfant, en réponse à la place que le même enfant occupe dans les fantasmes parentaux.

Un autre aspect non négligeable est le contre-transfert de l'éducateur devant l'enfant retardé. Il est fréquent

1. En soignant trop vite le symptôme par une « rééducation », on risque en effet, dans certains cas, de provoquer une éclosion psychotique soudaine : c'est d'une autre manière que l'enfant « en rééducation » va dès lors exprimer son aliénation. Un discours perturbé, une désorganisation complète dans l'orientation et le rythme ont souvent une cause psychogène, qui mérite d'être prise en considération.

que cet éducateur se conduise avec lui en fonction de sa situation de mère adoptive, faisant table rase de tout l'acquis positif qu'une mère, même maladroite, a pu apporter à son enfant, réclamant la séparation d'avec la mère et le placement dans un établissement où l'attention sera surtout portée sur « l'acquisition d'automatismes ». Cette réaction inopportune est assez courante pour qu'elle mérite d'être mentionnée. Elle est généralement l'expression d'une peur devant le gouffre instinctuel présenté par l'enfant. C'est une manière de ne pas s'y laisser entraîner que de refuser un enfant à QI dit notoirement insuffisant. Ces enfants répondent à la panique de l'adulte par une attitude encore plus figée ou encore plus violemment caractérielle. Il arrive qu'un milieu normal du type école nouvelle amène une amélioration spectaculaire, contredisant les pronostics pessimistes des rééducateurs spécialisés.

Pourquoi?

Parce que le sujet va enfin se trouver dans un milieu où rien ne lui est positivement demandé. Devant l'absence de désirs de l'adulte à son égard, l'enfant répondra alors en manifestant des désirs propres.

Tel fut le cas d'*Irène,* 12 ans, grande phobique, au QI de 0,62, « refusée » dans un établissement spécialisé, dont la directrice fit l'impossible pour l'envoyer dans un établissement d'enfants plus atteints qu'elle. Irène s'épanouit à ce point dans un milieu d'école nouvelle qu'elle arrive à y suivre une classe de 7e, excepté en calcul (où les lacunes dans le domaine temporo-spatial sont telles qu'elles relèvent d'une technique spécialisée).

Des cas de ce genre ne sont pas rares, et montrent à quel point nous devons nous méfier, nous autres adultes, de toute attitude normative à l'égard d'un être déshérité; celui-ci, plus encore qu'un enfant normal, réclame cette dimension de sujet qui lui est si parcimonieusement accordée.

Ces enfants qui, au départ, se trouvent être, de par leur état, l'objet exclusif de soins maternels, sans l'intervention de la loi incarnée par une image paternelle, recréent dans leur scolarité un même type de relation duelle, avec une femme de nouveau toute dévouée à eux et soucieuse d'incarner à leur place le désir (désir de s'adapter, de progresser). Une situation très particulière se crée ainsi, où dans la relation à l'Autre, le désir de l'Autre n'est pas symbolisé : l'enfant, mis à l'abri par la sollicitude de l'adulte, n'a pas la possibilité d'affronter l'épreuve de castration. Le message du père ne lui parvient jamais. Il est voué à rester dans un certain rapport fantasmatique avec la mère qui, de par l'absence du signifiant paternel en elle, le laisse réduit à l'état d'objet, sans espoir aucun d'accéder au niveau de sujet. Bien au contraire, l'impossibilité pour ce type d'enfants d'établir une identification signifiante, les laisse sans défense contre les situations de dépendance duelle. Ils n'ont pas la possibilité de s'interroger sur leur manque à être, puisque ce manque, pris au niveau de la réalité par l'entourage, va en quelque sorte les conditionner à ne pas souffrir, mais à remplir un vide (leur vide intellectuel, scolaire) sans que jamais la question se pose de savoir si ce vide réel ne se double pas, chez la mère, de son manque à être à elle dont l'accès se trouve rarement barré pour l'enfant par le signifiant paternel.

Ces enfants qui, à un niveau inconscient, n'ont pas été en mesure d'avoir à passer par la castration signifiante ont, vis-à-vis du monde objectal, un comportement particulier : les objets, ils ne peuvent les investir [1] — et c'est

1. Ils restent dépourvus de sens.

spécialement dans le domaine temporo-spatial et les mathématiques qu'un type assez particulier de difficultés, rebelle à la pédagogie traditionnelle, va se faire jour.

Une certaine dimension du symbolique fait à ce point défaut que la notion même des chiffres en tant que tels est refusée : trois pommes, dans leur réalité, peuvent être acceptées comme une entité correspondant au chiffre 3. Mais à la disparition des pommes va correspondre la disparition du signifiant, et le chiffre 3, dès lors, ne correspond plus à rien.

La rééducation des mathématiques, telle qu'elle a été conçue jusqu'à présent par Francine Jaulin, vise essentiellement, dans un premier temps, à réintroduire, par des jeux progressifs dans le domaine abstrait, ce support essentiel qui fait défaut, et qui n'a rien à voir avec une carence au niveau de la réalité ou de la compréhension. Au-delà des pommes, des pions, quelque chose ne peut être assimilé par le débile, les exercices dans le domaine concret ne suffisent pas; dès le départ doit être introduit un travail qui introduise à une confrontation au *sens,* à partir du sens le plus élémentaire des choses. Inutile d'aborder les rudiments du calcul, ajoute Francine Jaulin, si le sujet ne peut se situer par rapport à son corps, par rapport au miroir, par rapport à l'espace, à sa famille, à son rang dans la famille. Il faut donc introduire d'abord un dialogue, comme si on se trouvait au départ avec un enfant de 18 mois.

« A quoi ça sert, me disait par exemple Isabelle, d'être la 2e de 5, ou la 7e de 5? » A quoi ça sert en effet, dans la mesure où le sujet n'a pas assimilé en lui une situation triangulaire qui lui permette de donner un sens à tout ce qui dépasse une relation primitive à la mère?

De plus, l'inquiétude de l'entourage, en ce qui concerne les lacunes intellectuelles ou motrices de l'enfant, fixe celui-ci comme objet partiel, lui donnant dans son fantasme une valeur privilégiée. « Mon intelligence est bloquée, me dit Pierre. Le Dr X. a dit que je suis un débile mental de la fièvre que j'ai eue à 5 ans, alors j'ai des trous de mémoire, des trous pour le passé, et pour le calcul. » Cet enfant, en fait très doué, mais traité comme débile après une encéphalite, ne s'est jamais remis de ne pas avoir à passer par la Loi du Père. Il s'est enfoncé dans une sorte d'autisme où la préoccupation principale était de ne pas souffrir. « Je me ferai moine, me dit le même enfant, pour ne pas avoir de problèmes. »

C'est parce que le signifiant paternel ne s'est pas heurté à l'inconscient maternel que le sujet se trouve, lui, dépossédé du sens de sa propre vie, et en danger de ne pas se sentir le maître de ses pulsions.

B. Séquelles d'encéphalite, traumatismes...

L'atteinte organique d'encéphalite crée des réactions persécutives si profondes que le caractère du sujet s'en trouve sur-le-champ altéré. L'intervention précoce de la psychothérapie (un mois après la maladie) prévient des troubles graves qui, en se figeant, pourraient aboutir à des conduites perverses. L'atteinte intellectuelle de certains de ces enfants n'est pas toujours aussi inguérissable qu'on le croit. Une psychanalyse met souvent en lumière, au début, des sentiments persécutifs (dus à l'agression de la maladie, assimilée souvent à une image parentale) – et si l'atteinte a été précoce, nous verrons que l'absence de signifiant paternel va créer chez ces sujets une véritable panique à l'égard de leurs pulsions, panique qui peut se traduire aussi par l'apathie, l'obésité, la « bêtise massive » d'un enfant qui positivement ne veut rien savoir de rien.

Pierre, 13 ans, QI : 0,70, encéphalite à 5 ans, a présenté au cours de sa maladie une sorte d'épisode anxieux : il se sentait habité par un diable qui lui courait dans la tête, avec, à d'autres moments, l'impression de voir sur le balcon un homme qui menaçait de le tuer.

Des difficultés sont survenues ensuite au niveau du langage. Caresse signifiait âne gentil. Méchant signifiait chien dangereux. Il se produisit un véritable arrêt dans la possibilité de communication, comme si la chaîne verbale se trouvait interrompue par des mots dont le rôle essentiel était de renvoyer à d'autres objets rassurants ou paniquants, c'est-à-dire susceptibles ou non d'être incorporés.

L'inhibition s'installant, l'enfant se ferma de plus en plus aux questions intellectuelles, jusqu'au jour où le médecin apporta sa réponse qu'il fit sienne immédiatement : « débile mental ».

Que m'apporta d'essentiel la première entrevue que j'eus avec le père?

L'âge réel de l'enfant n'était pas celui de son état civil.

La mère en effet, pour lui faire « oublier » son retard, l'avait installé après sa maladie dans un retard officiel de 2 ans – d'où, me dit le père, tout un imbroglio familial, mais « pour ce qui est de cet enfant, j'ai toujours laissé faire ma femme, elle pouvait, mieux que moi, se rendre compte de ce qu'exigeait sa maladie ».

Au cours de l'analyse, la révélation au sujet, par la médiation du père, de la tricherie maternelle provoqua une crise grave, équivalant à un véritable refus de l'épreuve de castration. « Je ne veux plus continuer, on souffre trop, je veux être moine. »

C'est le père qui intervint pour que l'analyse se poursuive, causant ainsi chez la mère et l'enfant un désarroi identique, dû à l'intervention de la Loi.

Ce n'est qu'à la faveur de cette crise que j'appris l'existence d'une sœur aînée schizophrène, et d'une autre caractérielle. Et toute l'analyse de l'enfant se déroula dès lors *à travers la peur de trahir un secret,* c'est-à-dire la peur de déplaire à la mère en révélant des paroles dites « terribles ou féroces », prononcées en l'absence du père et visant la grand-mère maternelle. Ces paroles avaient été en réalité ressenties par l'enfant comme un danger de meurtre dirigé contre lui, « parce que maman comme ça avait l'air plus puissante que tous ».

Il n'est pas inutile d'ajouter que ce fut à partir de l'intervention paternelle que les signes mathématiques + et — purent être acquis, et qu'un espoir de scolarisation se fit jour.

C'est à partir encore d'une action paternelle que la scolarité de *Nicolas* fut, elle, arrêtée et définitivement compromise en mathématiques, tout problème plongeant le sujet dans un état de panique voisin d'une stupeur phobique.

A l'âge de 7 ans, l'enfant avait été arraché aux siens : son père dans un accès de violence venait de tuer sa femme et la mère de celle-ci.

Ce même père, dans un accès d'énervement, avait fendu à la hache le doigt de son fils quand celui-ci avait 4 ans.

L'irruption dans la réalité d'une image paternelle castrante devait fermer à l'enfant l'accès à la castration symbolique en le fixant à un corps fantasmé morcelé. Toute exigence sociale allait dès lors porter sur l'objet partiel auquel Nicolas était identifié à l'époque du drame, et réveiller en lui l'angoisse que manifestait son fantasme.

Tout allait se passer ensuite comme si chaque épreuve mettait en jeu son corps. Nicolas, pour s'en protéger, deviendrait obèse, « gentil passif », et d'une bêtise que ne justifie en rien un QI relativement élevé : 0,87.

Ce n'est qu'après 7 ans de rééducations diverses qu'une psychanalyse fut enfin acceptée, dans des conditions difficiles, puisque le sujet avait eu le temps de structurer ses défenses contre toute rééducation qui aurait risqué de le rendre intelligent.

Il fallait en effet à tout prix que Nicolas garde pour lui seul le secret (le crime du père) sans que pour autant il ait à le *reconnaître.*

Cependant, à la mort de sa mère, l'enfant avait eu ces paroles[1] : « Dois-je mourir pour la rejoindre... ah, quand je serai grand je lui demanderai un fusil et on verra. »

Ce devait être ses dernières paroles agressives (le drame des parents allait lui être caché), et l'enfant allait sombrer dans des « absences » de plus en plus nombreuses, qui l'isoleraient de l'entourage.

Des troubles de la parole allaient s'installer – et une inhibition scolaire énorme le rendait rebelle à toutes les rééducations. Cette inhibition était du type « refus de reconnaître ce qui était acquis la veille ».

Donc, stagnation dans un présent qui ne devait surtout pas avoir de relation avec un passé et un avenir.

Le passé, Nicolas l'avait oublié.

L'avenir, il refusait de l'entrevoir.

Il s'agissait manifestement d'un cas de *fausse débilité,* mais le prix qu'on avait attaché à l'insuffisance intellectuelle avait amené l'enfant à cultiver ce symptôme (auquel manifestement toute la famille d'adoption tenait, puisqu'il

1. Rapportées par un ami de la famille chez qui l'enfant avait trouvé refuge au moment du drame.

s'agissait là d'un déplacement de la vraie nature de la maladie de Nicolas, en relation avec l'importance du drame).

Nicolas s'était donc enfermé dans un cercle, à l'abri de l'angoisse; le symptôme était le signifiant de quelque chose que le sujet ne voulait pas amener à la conscience. La famille d'adoption s'employait d'ailleurs à ne pas lui donner la clef qui permettrait le dévoilement du secret.

La bêtise de Nicolas, sa gentillesse n'étaient que l'envers d'idées de meurtre, de sentiments de haine et de révolte.

La débilité, dans ce cas, avait tout résolu, et les troubles de la parole, que d'aucuns s'ingénièrent à rééduquer, n'étaient rien d'autre que l'entrée du chemin qui mène à la nuit, à une sorte d'oubli que donne la folie.

Ce cas exemplaire illustre à quel point l'intelligence n'est pas un pur facteur quantitatif, pas plus qu'elle n'équivaut à une adaptation. Elle est là pour servir à des fins qui risquent de nous échapper. Ici, le manque d'intelligence permettait l'oubli et l'absence de révolte.

C. Enfants à structure psychotique.

L'insuffisance intellectuelle sert parfois d'autres buts.

Mais avant d'aborder cette question, voyons comment se présentent d'apparentes débilités dans des cas qui ne sont rien d'autre que des structures psychotiques (non reconnues comme telles à la première consultation).

Édouard a 7 ans lors d'un premier examen. Inclassable aux tests, il risque l'internement.

Cette solution paraît convenir à merveille à la mère.

oligophrénie : arriération mentale

« Vous comprenez, madame, ce que l'on fait pour un homme, on ne le fait pas pour un enfant. »

La mère est universitaire, le père, sans emploi, est le « nourrisson » de la mère, il fait de fréquents séjours en maison de santé.

Édouard naquit après plusieurs fausses couches, il arriva comme un intrus, délogeant son père de sa place d'enfant unique. Dès le début, il fut traité par ce père en rival (croc en jambes dès qu'il s'essaya à marcher), puis sadisé en présence d'une mère passive. « Tu me tueras, n'est-ce pas, quand tu seras grand? » C'est sur ce mode que le père harcelait le fils de sa présence.

Édouard devint asocial, destructeur, dangereux pour les autres, sans que jamais la famille s'en émeuve.

Il fallut qu'il parvienne à l'âge scolaire, pour que l'institutrice alertât le médecin scolaire et qu'un premier diagnostic de débilité profonde fût porté, avec toutefois la mention « n'a pas l'apparence d'un oligophrène ».

C'est alors que commença l'aventure psychanalytique.

Très vite, Édouard nous déclara qu'il avait perdu la tête et la mémoire.

Suivirent des mois de conduites agressives d'autodestruction, équivalentes de suicide, avant que l'enfant, un jour, d'une voix d'humain, me dise en pleurant : « Il n'y a pas de chef à la maison. Papa est parti, il est malade, c'est pas commode d'avoir une maman qui a choisi un papa comme celui-là. »

Ces paroles, c'est sur le divan analytique que l'enfant les prononça. Il y eut, précédant ce tournant, les attitudes régressives, quasi fœtales, d'un enfant replié sur lui-même, qui disait rageusement : *« Je ne suis pas né. »*

Il est curieux de noter en passant que cette naissance, avec la dimension symbolique qu'elle impliquait, c'est dans le climat de rigueur analytique qu'elle se fit. « Je souffre tellement, me disait l'enfant, que je vais en perdre mon cœur de mon cœur. »

Cette fois encore la débilité était pour l'enfant un masque qui recouvrait une certaine confusion du réel et du symbolique chez un être pour qui l'accès à l'imaginaire avait été barré.

La demande d'Édouard n'avait jamais été symbolisée par l'Autre. Fantasme et réalité étaient à ce point confondus que parents et enfants vivaient une fête sacrificielle perpétuelle, mais en l'absence de Dieux.

Édouard s'était construit comme un « gorille » refusant toute autre dimension que la satisfaction immédiate de ses pulsions.

L'apparent débile (en réalité psychotique) se présente soit avec de gros troubles caractériels, comme Édouard, soit avec une sorte d'apathie rebelle à tous les encouragements.

Le débile « difficile » a plus de chances d'être orienté en psychanalyse que le débile tranquille, amorphe, dont la structure sous-jacente est souvent bien malaisée à définir. La famille s'est parfois depuis longtemps emparée d'un diagnostic et ne tient pas à ce qu'on le mette en question. Elle vient *demander* seulement une orientation, une rééducation, et il n'est pas toujours commode pour le médecin de surseoir à la demande.

Il est même des cas où la « débilité vraie », apparue comme un « accident » dans une famille nombreuse, apparaît comme allant si bien de soi qu'on ne cherche pas à la mettre en doute.

Monique, 10 ans, QI : 0,56, a suivi quatre ans de classe préparatoire sans avoir appris à lire. Que me dit cette enfant lors d'une brève entrevue que j'ai avec elle? « Oh, là, là, vous alors, vous savez quand même bien que je ne peux pas! »

C'est en tant que débile que cette enfant a trouvé dans une famille nombreuse sa place, et ni elle ni sa mère ne tiennent à ce qu'on l'en déloge.

L'analyse de ce type d'enfants, non caractériels, non franchement psychotiques ou pervers, ressemble dans une certaine mesure aux cures dans les maladies psychosomatiques à cette différence près que le sujet, au lieu d'apporter ses maux d'estomac, apporte en cadeau sa bêtise. Son discours est le récit détaillé, sans couleur affective aucune, des menus faits de la semaine : « Ce matin, j'ai fait le marché, tout à l'heure je vais déjeuner en ville avec maman, j'ai eu un 10 en lecture. Mon petit frère marche. »

Ce récit, vous l'aurez séance après séance, à quelques variantes près : le petit frère aura souri ou pleuré, au lieu de marcher.

Le seul imprévu (confirmant aux yeux de certains analystes le diagnostic irréfutable de débilité), c'est la manière dont l'enfant échappe parfois à son discours, pour dire : « Tiens, une mouche, tiens un ouvrier sur le toit », pour enchaîner ensuite, avec un air aussi désespérément stupide, la suite de son histoire qui n'en est pas une. Car les seules vraies paroles tiennent dans ce qui lui *échappe* : l'ouvrier sur le toit et la mouche l'intéressent. Seulement, comme ces détails ne sont pas censés intéresser l'analyste, le sujet, objet du désir de l'Autre, revient à son disque à la tonalité impersonnelle, puisqu'il ne s'agit pas de lui. Le piège dans lequel tombe l'analyse tient à ce que, malgré lui, il s'est fait une idée de la débilité, et prend pour monnaie sonnante ce qui n'est qu'un type de relation de l'enfant à sa mère. Mais ce qui comble la mère est loin de combler l'analyste : d'où le malentendu actuel autour des cures d'enfants débiles. L'analyste s'y ennuie prodigieusement, il se maîtrise pour garder la face, et résout la question en tranchant de l'incurabilité du cas. Je ne veux pas dire, par là, que tous les débiles soient curables. Mais il y a, au centre de la notion même de débilité, un problème important qui mérite qu'on s'y arrête.

La débilité, quelque origine qu'on lui attribue, est conçue généralement comme un déficit capacitaire du sujet. Les tests sont considérés comme des *mesures* de la capacité restante et non comme les indications d'un *symptôme*. Ceci influence le pronostic dans le sens d'une incurabilité foncière, et l'analyste, au départ, n'attend de son traitement qu'une amélioration plus ou moins marquée. La cure est orientée dans le sens de l'utilisation pratique de la capacité restante. La réussite de la cure va se définir en termes de *réadaptation*.

Si, sur un plan pédagogique et pratique, réadaptation et rééducation sont des facteurs non négligeables dans les cures de débiles, il n'en reste pas moins qu'en tant qu'analyste, nous avons à nous mettre en question nous-mêmes, si nous voulons un jour arriver à mettre au point théoriquement la psychanalyse des débiles, de même que nous essayons actuellement de consolider nos bases d'approche dans les cures de psychotiques.

La psychanalyse des débiles est une expérience très particulière qui n'a rien de commun avec la psychanalyse des névrotiques. Elle se rapproche de l'analyse des psychotiques par la manière dont la famille du sujet entre massivement en jeu lors d'une cure.

Et c'est bien parce que la famille détient le pouvoir de freiner tout développement chez le sujet, que l'analyste doit tant veiller à ne pas prendre le relais de cette famille par la conception qu'il peut avoir de la notion de débilité.

La débilité conçue comme déficit capacitaire *isole*

le sujet dans son défaut. A chercher à la débilité une cause définie, on nie qu'elle puisse avoir un *sens,* c'est-à-dire une histoire, ou qu'elle puisse correspondre à une *situation.*

Ce qui m'a le plus frappée dans les anamnèses des débiles, c'est à quel point elles pouvaient apparaître « vides » : seuls plusieurs entretiens prolongés nous apprendront l'existence d'un aîné schizophrène, un événement traumatique ou une histoire familiale grave chez l'un des deux parents, histoire à laquelle l'enfant débile donne, de par son état même, un sens.

Si le psychanalyste est généralement d'accord sur le caractère défensif « névrotique » de la bêtise, il estime néanmoins qu'une psychanalyse, qui met en jeu la parole, ne peut être destinée qu'à des êtres doués d'une intelligence normale. A la limite, il veut bien d'un débile « intelligent », mais, pour le vrai débile, rien à faire!

Or, derrière le masque de la débilité, se dissimule parfois une évolution psychotique ou perverse. Dans d'autres cas, il s'agit d'un équivalent psychosomatique auquel le malade tient. Mais ce qui nous trompe, c'est l'influence d'une famille qui tient, elle aussi, à la place assignée par elle à l'enfant.

C'est pourquoi l'étude du débile, comme celle du psychotique, ne se limite pas au sujet, mais commence par la famille.

L'échec des thérapies de débiles nous apprendrait au moins autant, sinon plus, que les réussites.

Mais l'analyste ne peut étudier ces échecs qu'en se mettant lui aussi en question devant ce type très particulier de malades. Car c'est par le biais *du contre-transfert* que s'ouvre le chemin qui conduit à la compréhension des débiles.

3

Le contre-transfert

On ne peut aborder la psychanalyse des débiles sans mentionner la place qu'y occupent les sentiments contre-transférentiels de l'analyste. Celui-ci est mis à l'épreuve d'emblée. Une mise à l'épreuve toujours « imprévue », qui ne ressemble en rien à la situation analytique telle qu'elle se présente avec le névrosé.

Dans le cas des *enfants oligophrènes,* que nous avons étudiés au premier chapitre, l'analyste est nettement plus à l'aise à l'hôpital qu'en clientèle privée. Ce qui le gêne en effet, c'est de faire payer une famille sans certitude aucune d'amélioration. Au départ, qu'il s'en défende ou non, il fera corps, dans l'esprit des parents, avec ces « marchands de malheur » que l'on vient consulter tout en se sachant d'avance exploité. Le psychanalyste après le guérisseur, pourquoi pas? *Mais on n'y croit pas.*

Ou plutôt la mère veut y croire, et le père laisse faire, par lassitude ou culpabilité.

L'analyste femme va donc être immédiatement happée dans le filet maternel. Or, la mère ne confie son enfant, à l'extrême limite, que pour se prouver et vous prouver que personne d'autre qu'elle n'est capable de faire face à la situation.

L'appel indispensable au père se solde souvent par un bilan d'aspect négatif. Le père vous accuse d'emblée d'être en quelque sorte « le profiteur du malheur d'autrui » : son enfant est là comme une croix qu'il subit, il ne confie rien de son désespoir à sa femme, pour ne pas l'acculer au pire. Ou si le père, au lieu d'être agressif, se montre amorphe, la situation n'en est guère meilleure pour autant; retranché derrière sa femme, il vous dit à peu près ceci : « Débrouillez-vous toutes les deux, ce domaine n'est pas le mien. »

Qu'il s'agisse d'un père terrible ou fuyant, la situation sera donc toujours au départ bien particulière : « C'est entre femmes que ça va se régler. » Et la mère va réveiller en l'analyste la Toute-Puissance Maternelle que cette même analyste en sa propre petite enfance a rencontrée.

Le travail de l'analyste avec l'enfant est soit négativé (la mère croit que sa présence seule peut sortir l'enfant d'affaire) — soit le plus souvent loué à l'excès, ses effets qualifiés de *miraculeux*, et c'est ici le piège : la mère vous convie à entrer comme elle dans la zone de toute-puissance (elle a besoin d'y croire, pour « tenir le coup »). Flairant le danger, l'analyste, pour ne pas se faire le support des fantasmes maternels, risque de les dénoncer, afin de s'en défendre. Du coup, il arrête la cure. En disant aux parents, après 3 mois de cure : « Je crois avoir atteint un plafond, et je ne sais si une amélioration peut être espérée en continuant », l'analyste se fait plaisir en se montrant sincère, alors qu'il ne fait que se défendre contre les fantasmes agressifs des parents qu'il a peur d'accepter.

Et ce fantôme du couple parental est encore présent au cours de la cure, entre l'analyste et l'enfant. Si, au début, l'analyste, pris dans une relation émotionnelle de mère adoptive, se laisse lécher, embrasser par un enfant bavant (c'est-à-dire en panique), il peut, quand ces réactions phobiques céderont, se laisser gagner par l'impatience devant le refus de l'enfant de vivre les affects autrement que sur un mode instinctuel pur. A interdire les bris d'objets, on s'expose en contrepartie à des hurlements destinés non seulement à vous atteindre, mais à alerter la mère qui attend et entend. La tonalité aiguë du son est un défi aux types d'insonorisation les plus perfectionnés. C'est une mère compatissante à vos malheurs que vous retrouvez en fin de séance. Et si, à la séance suivante, l'enfant ne hurle pas, la même mère étonnée fait cette remarque : « Qu'est-ce qui ne va pas? Je ne l'ai pas entendu aujourd'hui. Je crois qu'il est fatigué. »

Ce qui, dans les cas graves, peut soulager une mère, c'est l'idée que son enfant vous en fait voir autant qu'à elle. S'il manque à cette règle, l'entrevue avec la mère sera encore plus utile, car elle aura encore plus de réflexions négatives à vous faire.

L'interruption de la thérapie (souvent sur l'intervention du père) résulte la plupart du temps du contre-transfert de l'analyste : il en a assez, il n'ose pas le dire, et il finit par déclarer aux parents qu'il n'a plus grand espoir. Cette vérité, ils en avaient déjà conscience, mais ils ne voulaient pas la *reconnaître.* Si l'analyste est prêt à continuer la cure, l'expression d'un doute est inopportune : dans l'état actuel de nos connaissances, on ne peut se permettre d'affirmer trop tôt que tout espoir est vain.

Dans les cas de *débilité simple,* la relation de l'analyste aux parents va dépendre du rôle assigné par eux à l'enfant comme débile.

1) *Si l'enfant se doit de rester débile,* il masque par son état un risque de dépression grave chez la mère.

Celle-ci, dès le départ, va intervenir pour « arrêter » le traitement, en prenant généralement pour prétexte les progrès réalisés par l'enfant.

L'analyste peut évidemment faire appel au père, mais, dans la plupart des cas, c'est la mère qui *est* la loi et l'appel au père demeure vain. L'erreur est de vouloir au début se décharger d'une mère aussi fragile, en l'envoyant chez un autre analyste faire une analyse « à son propre compte ». La chose ne lui est pas possible, car c'est l'enfant qui est « son propre compte à elle ». Ce qu'il lui faut, c'est l'analyste de son enfant, pour le déprimer, à sa place à elle. Le secret de la réussite de ces cures tient vraiment dans cette relation de groupe où chacun, en tant qu'individu, est amené à poser sa question. C'est en supportant d'abord la dépression de la mère, son risque de suicide parfois, que l'analyste arrivera peut-être ensuite à conduire une analyse avec un enfant sujet, au lieu d'un enfant objet phobique de la mère.

Il n'est pas rare de voir alors le père entrer en jeu, pour se plaindre à son tour, mais cette plainte vient curieusement à un moment où tout va déjà beaucoup mieux, et où le père sait que ses plaintes ne comporteront pas de risque. Derrière l'enfant débile, transparaît ainsi parfois tout un profil de couple sadomasochiste, figé dans sa double névrose par l'état statique, immobilisé, de l'enfant.

Le génie de ces enfants est généralement de « faire parler » les parents à leur place. Ce sont les parents qui ont pour mission, dans un premier temps, d'exprimer la relation transférentielle; il est important d'en tenir compte et de recevoir les messages d'où qu'ils viennent.

2) *Si, au contraire, la débilité de l'enfant n'est pas supportée par les parents,* ceux-ci assignent d'emblée à l'analyste un rôle de rééducateur.

On se heurte alors à un type de mère gavante dont, encore une fois, il faut tenir compte. A mettre au jour le sens de la relation maternelle, on risque de provoquer l'arrêt de la cure, parce qu'on crée chez la mère une angoisse insupportable.

Si, avec un enfant normalement doué, on peut se permettre de demander à une mère de s'occuper de ses affaires plutôt que de celles de son enfant, on ne peut avoir une telle conduite pédagogique normative avec la mère du débile. Car on se heurte au monde fantasmatique maternel. « Bien avant que les médecins me le disent, je *savais* déjà qu'il serait anormal. » Cette mère, il faut la faire parler d'elle, et de sa souffrance, supporter son angoisse, pour que l'enfant en soit moins imprégné. On est pour ce type de mères « l'analyste miracle » avec tout ce que cela comporte d'ambivalence.

L'analyse de ces enfants est longue, car ils ont bien du mal à ne pas reproduire en séance leur type de relation à la mère : ils sont « de bons objets » dont le seul mode d'existence consiste à remplir l'existence de l'Autre.

« Tu as bien travaillé avec la dame », telle sera invariablement, en fin de séance, la phrase de la mère anxieuse : celle-ci a toujours l'art de faire le type même de remarques qu'il ne faut pas faire. Et cependant, rien ne sert de brusquer les choses, dans un temps où mère et enfant ne forment encore qu'un seul corps. A s'opposer à la mère, on crée chez l'enfant une angoisse qui ne rend pas toujours possible la poursuite d'une cure. La seule chose à faire est d'analyser avec l'enfant et la mère ce type de remarque, afin de comprendre ce qu'il signifie pour l'un et pour l'autre.

Pour le débile à structure psychotique, nous rencontrons des mères rappelant celles des schizophrènes que nous avons par ailleurs appris à connaître, et nous sommes donc moins en danger de les rejeter, car nous savons mieux à quoi correspond leur présence dans la conduite même de la cure.

A traiter de l'analyse des enfants débiles, je me suis trouvée d'emblée emportée dans le monde de leurs parents, tant il est vrai que le chemin qui mène au sens de la débilité passe d'abord par le sentier des parents. C'est en éclaircissant, au niveau des parents, la situation de l'enfant dans leurs fantasmes à eux, qu'on arrive à obtenir ce certain dégagement qui ensuite va permettre l'analyse du débile.

A ce propos, peut-on vraiment parler ici d'analyse? Ne s'agit-il pas plutôt d'une suite d'épreuves à subir *par nous,* de notre place d'analyste?

1) Épreuve d'abord de *non-satisfaction intégrale* dans la plupart des cas de débiles non psychotiques ou pervers : l'analyste s'ennuie en compagnie d'un patient stupide, de bonne volonté, pour qui réel et symbolique sont à ce point confondus que l'humour ne lui est que rarement accessible.

En fait, cette « réalité » si enveloppante qu'elle en devient écœurante de médiocrité n'est que la carapace qui sert au sujet à ne pas se saisir dans son impuissance – car s'il se sent impuissant, il devient automatiquement phobique. Ce qui, toutefois, complique le travail, c'est la collusion mère-enfant à l'intérieur de cette carapace. A toucher à l'impuissance de l'enfant, on touche au manque à être de la mère, provoquant souvent ainsi des réactions au niveau de la réalité, faute de médiateur symbolique. Si l'enfant arrive à un certain passage phobique verbalisé dans l'analyse, il est sauvé, car un nouvel ordre va s'introduire : au lieu de se trouver dans la mère, c'est hors d'elle que l'enfant partira en quête d'une solution – et il fera dès lors généralement ce qu'il faut pour introduire le père dans le dialogue analytique. Mais la mère se trouvera, à ce moment-là, isolée à tel point qu'elle restera souvent à jamais gardienne d'une place forte qui n'est autre qu'un compromis familial au sein de la névrose maternelle[1].

2) Beaucoup d'analyses de débiles – j'y reviendrai longuement – restent *inachevées*. L'analyste se contentant, dans ces cas, de la seule *réadaptation sociale*. Techniquement, ces analyses n'ont souvent même pas commencé (ce qui a été modifié par la présence de l'analyste, c'est le type des rapports intra-familiaux). Le vrai travail, du point de vue de l'analyse, reste à faire.

Et ce travail, c'est à travers les idées de mort qu'il doit être poursuivi, tant il est vrai que le sujet ne peut être accessible aux symboles qu'en comprenant la relation qui existe entre le sens de son désir et le meurtre.

S'il est difficile au débile d'en parler, c'est qu'il personnifie en quelque sorte la mort, la négation, dans sa conduite et dans son discours. Il *est* cette négation vivante; c'est comme tel qu'il appelle sa mère et éternise son désir. Son existence ne peut prendre un sens qu'à partir de cette expérience. Encore faut-il pouvoir l'in-

1. Névrose d'une mère qui accepte mal une véritable situation à trois, où le père joue le rôle de gardien de la loi. La situation « à deux » provoque parfois chez la mère des satisfactions telles que l'évolution de son enfant risque d'être ressentie par elle comme une perte d'objet; comme si l'enfant quittait une partie du corps maternel. Des mécanismes de deuil pathologique ne sont pas rares à ces moments où l'espoir d'une amélioration de l'enfant se fait jour. Telle autre mère chercha un établissement pour débiles le jour où elle reçut confirmation que l'enfant avait récupéré sur le plan intellectuel : seule l'intervention du père put alors mettre l'enfant à l'abri d'un retour à l'état de maladie qui, en fait, convenait à la mère.

troduire dans la parole. C'est-à-dire, généralement, rencontrer un analyste assez patient pour ne rien désirer, au fil des années, et devenir enfin pour le sujet plus mort que lui-même, de telle sorte que l'angoisse pourra enfin jaillir [1].

Si, dans l'analyse d'adultes, cette attitude « va de soi », elle est beaucoup plus difficile à maintenir dans une analyse d'enfants, car l'enfant a toujours le choix de faire parler ses parents à sa place. L'inconscient de l'enfant, c'est souvent dans l'inconscient des parents qu'il faut le chercher, pour pouvoir avec eux faire un certain travail qui rende la cure de l'enfant possible. Ce qui revient à créer une situation où il soit enfin concevable que la Vérité cachée derrière les symptômes soit prise en charge par le sujet. Cette Vérité si difficile à atteindre dans les parents recoupe parfois des « secrets » que l'enfant ne veut pas trahir, de crainte de se sentir en danger de perdition. Autrement dit, l'enfant est, en pareil cas, le gage vivant d'un mensonge au niveau du couple.

A y toucher, on ébranle un édifice.

Et c'est peut-être devant cette possibilité de répercussions en chaînes que l'analyste se protège en déclarant guéri un enfant adapté, mais qui n'est pas arrivé dans son discours à la maîtrise du *je* – pour autant que sa vérité reste encore aliénée dans celle des parents.

1. Le sujet a à dépasser une négation primitive où l'Autre est absent, pour accéder à une possibilité d'identification à travers l'usage retrouvé de sa fonction imaginaire. Il s'agit pour lui de passer de l'état d'objet à celui de sujet; mais devenir sujet comporte un risque – et il arrive que le patient choisisse de « faire le mort » ou encore de vous « pétrifier » par l'inertie qu'il oppose en tout. La débilité mentale, dans ces cas-là, recouvre-t-elle des traits psychotiques ou une névrose obsessionnelle grave? Telle est la question que l'analyste est amené à se poser...

4

La relation fantasmatique de l'enfant à sa mère

Nous avons vu à quel point l'enfant retardé et sa mère forment, à certains moments, un seul corps, le désir de l'un se confondant avec celui de l'Autre [1], si bien que tous deux semblent vivre une seule et même histoire. Cette histoire a pour support, sur le plan fantasmatique, un corps atteint, dirait-on, de blessures identiques, qui ont pris une marque signifiante. Ce qui, chez la mère, n'a pu être résolu au niveau de l'épreuve de castration, va être vécu en écho par l'enfant qui, dans ses symp-

1. La psychanalyse freudienne se caractérise par l'importance donnée au *désir* dans la constitution du sujet et de l'objet.

Jacques Lacan fait remarquer que le désir se distingue du *besoin* et de la *demande*.

Le désir apparaît en creux, comme un manque à être, qui subsiste en tant que manque, même si le besoin et la demande sont satisfaits. La satisfaction du besoin se présente alors comme un leurre. La mère, leurrée dans la perspective du besoin et de la demande, croit échapper aux problèmes du désir, en gavant l'enfant « de la bouillie étouffante de ce qu'il a », oubliant « ce qu'il n'a pas » et « confondant ses soins avec le don de son amour » (*La Psychanalyse,* vol. 5, Paris, PUF).

La demande (qui est l'articulation du besoin et qui correspond à la naissance même du langage) est ainsi au point de départ de la relation de l'enfant à la mère et des vicissitudes de cette relation.

tômes, ne fera souvent rien d'autre que faire « parler » l'angoisse maternelle.

Mireille a 8 ans quand on vient consulter pour elle. Le psychiatre note une débilité mentale importante (QI : 0,54); un traitement de glutamine est entrepris et une orientation en classe de perfectionnement conseillée.

L'enfant se fait renvoyer de la classe de perfectionnement. Une rééducation orthophonique est ensuite entreprise, sans plus de succès d'ailleurs. C'est alors qu'en désespoir de cause, le psychanalyste est consulté.

D'emblée, Mireille pose son problème : « Qui c'est Mireille? »

L'adulte, elle l'appelle l'Algérie. L'Algérie a toujours dans ses poches un thermomètre et des piqûres.

Une psychanalyse est proposée aux parents. Elle est d'abord refusée par la mère : « Quand Mireille est là, j'ai pas peur. » « Si vous prenez Mireille, moi, je ne peux vivre. »

Or, que me raconte Mireille en écho à l'angoisse maternelle? « La petite fille fait des choses cochonnes. On l'a déshabillée. On l'a mangée. La mère en tombe malade. » (Ces choses cochonnes, c'est la manière dont la mère imagine l'analyse.)

Ultérieurement, au cours d'un jeu, Mireille m'apporte ceci : « Qu'est-ce que tu attends d'être née? dit le père à sa fille. La petite fille n'écoute pas son père et saigne. »

Nous voyons déjà ici que, dans la cure, Mireille et sa mère ne pourront jamais être dissociées. L'une va toujours se sentir concernée par l'autre. Pour saisir le sens des symptômes de l'enfant, c'est d'abord dans les parents qu'il faudra le chercher.

Dans la famille de Mireille, le père a beau être policier, c'est la mère qui *est* la loi. Mère infantile et phobique, qui n'a existé que « collée » à des images adultes qui sont mortes tour à tour. Orpheline à 20 ans, elle se maria pour les remplacer : elle ne pouvait vivre qu'en étant accrochée à une image adulte dont la seule fonction était de la préserver contre la peur.

Mireille, en l'absence de son père, joue pour la mère ce rôle contre-phobique. Si on lui prend Mireille et son mari, on enlève à la mère toutes ses défenses et elle se trouve du même coup en danger. A soigner Mireille, on réveille l'hystérie de la mère.

Un drame a rejeté Mireille dans le cercle maternel. A 5 ans, l'enfant a été renversée par une voiture. C'est l'âge où Mireille se croyait être une personne en train de devenir grande. L'irruption dans la réalité d'une image de corps écrasé a signé le début du déclenchement psychotique (mais les psychiatres consultés ne veulent y voir qu'un signe de débilité mentale).

Dès ce jour, Mireille s'est fait appeler Carole (nom de la cadette non écrasée qui, comme telle, avait le droit de grandir). Mireille, elle, est restée avec un corps fantasmé infirme. « Un corps, dit-elle, c'est jamais un corps, mais des morceaux qui s'entendent ou s'entendent pas. »

Cet écrasement dans la réalité – et non à un niveau symbolique – a empêché par la suite l'enfant de faire face à n'importe quelle épreuve, c'est-à-dire de passer par la « castration symbolique », celle-ci se heurterait à un corps fantasmé morcelé et mettrait immédiatement Mireille en danger d'écrasement ou de viol.

L'accident, en lui-même traumatisant, s'est superposé pour la mère à une histoire de viol vécue par elle à l'âge prépubère. L'enfant devait en subir les effets : ce drame de la mère, elle le vécut le jour où, en analyse, la position couchée lui fut demandée. L'enfant me fit une crise d'hystérie (crise qui n'était pas la *sienne*) : « J'ai mal à la jambe, elle se casse. Je ne veux pas devenir une petite femme, mais une moyenne femme, ça me fait peur d'être une petite femme, parce que ça veut dire que je suis une petite fille. Je ne veux pas être une femme ridicule. C'est quand on est femme trop tôt qu'on est faible. C'est une mauvaise habitude. Faire l'amour ça fait devenir faible. C'est être mal élevé. Il faut être une vraie femme. »

L'enfant, dans un discours en écho aux préoccupations maternelles, nous livre son désir d'avoir un moi. L'image maternelle est ressentie comme la *chose* du Père, et rien de plus.

Tout un travail va se faire dans la cure avec l'enfant pour la situer, elle, face à la fratrie, face à sa mère, dans un corps qui lui soit propre, avec des désirs différents de ceux de sa mère. Et l'autonomie, dont Mireille va faire preuve, ne sera pas sans influencer la mère, puisque celle-ci intervient à ce moment de la cure pour l'interrompre. Or, que me dit précisément l'enfant à cette séance-là : « Maman veut Mireille comme ça, alors pourquoi changer? »

Pourquoi changer, en effet?

Mireille n'est-elle pas là justement pour représenter tout ce qui dans les parents n'a pu prendre un sens, tout ce qui en eux n'a pu être symbolisé, faute d'avoir été soumis à la loi? Tout ce qui, enfin, n'est jamais entré dans une dialectique verbale (les deux parents ont souffert d'une carence paternelle et ont vécu dans un milieu féminin d'où toute image masculine était bannie)?

Mireille est par moments l'amusement des parents.

Ce qu'elle exprime avec clarté dans une séance où elle fait de la femme la description suivante :

« Une femme, c'est une fleur coupée très belle, elle ne

se fane jamais. Un papa lui donne à boire. La femme-fleur est l'amusement du papa.

« Elle est pas capable.

« Le papa aime cette femme-fleur pas capable.

« Les enfants sont capables parce qu'ils sont petits.

« C'est en grandissant qu'on devient pas capable de faire ce qu'il faut faire.

« La femme capable a comme seul travail celui de ses enfants. Elle apprend à leur place.

« La femme-fleur n'est jamais à ses affaires. Elle n'a pas de métier.

« Les enfants ont du chagrin d'avoir une mère comme ça.

« Ça me fait rire, car ça me fait penser à maman. »

« Les femmes, ajoute l'enfant, c'est laid à regarder. Il vaut mieux être cocotte. C'est plus gentil. C'est beau quand on est désirable. Il n'y a que l'amusement qui compte. »

En fait, la mère de Mireille *est* le devoir incarné (bien qu'impuissante à tout travail manuel). Elle *est* l'ennui, la respectabilité. Mais les fantasmes de cette mère sont tout entiers centrés autour de thèmes de viol. Il lui arrive de se présenter vêtue exactement à la mode d'une jeune fille 1900. A ce moment-là, elle semble sortir d'un cadre, véritable tableau vivant, avec cette fille aérienne participant à sa rêverie, toutes deux en dehors du temps ou plutôt suspendues à un temps qu'on ne veut pas laisser passer. Mireille symbolisant alors pour sa mère le désir perdu.

En écho aux difficultés de la mère, Mireille, à l'intérieur de la situation transférentielle, semble toujours en danger dans sa relation à l'Autre. Elle se défend sur deux modes :

1) Ou bien elle agit dans une conduite de panique les

fantasmes de dévoration maternels, et il y a anxiété. Mireille nous donne là sa réponse [1]. Par cette entrée dans l'angoisse au cours de la cure, on ne peut dire qu'on trouve une parole, *on trouve en écho* la réponse de la mère à sa propre angoisse.

2) Ou bien, dans un accès hypomaniaque, Mireille fait le bouffon : face au désir de l'Autre, elle réussit à ne pas se sentir en danger d'être supprimée, c'est l'Autre qu'elle supprime; dans ce type de séances, l'enfant intervertit les rôles, elle caricature le personnage du thérapeute, elle se conduit comme le bouffon du roi : elle est là pour amuser.

Tout affrontement à la Loi demeure pour Mireille quelque chose d'impossible : en de tels moments, elle cherche dans la folie une mise à l'abri. Cette folie a cependant toujours été considérée par le psychiatre comme l'expression de sa débilité mentale. Tous les ans, des électro-encéphalogrammes sont demandés pour suivre les progrès de « maturation ». Les électro sont normaux, mais une certaine croyance dans une organicité possible fait que, parallèlement à l'influence de l'analyse, l'action du médecin viendra objectiver enfant et parents dans une maladie qui n'est rien d'autre que l'expression d'une histoire familiale, d'une histoire qui était là avant la naissance de chacun des auteurs du drame.

J'ai relaté ici un cas exemplaire, pour montrer à quel point l'enfant est tributaire de la santé des parents, à quel point il participe, à leur insu, aux difficultés qu'eux-mêmes n'arrivent pas à surmonter. Nous avons vu que le principal écueil auquel le débile se heurte, c'est l'impossibilité de faire face aux épreuves – ce que nous,

1. Sa réponse, c'est-à-dire une conduite psychotique qui vient pour protéger le sujet contre toute mise en question.

analystes, nommons « épreuve de castration ». Cette fixation à une certaine étape de développement a souvent déjà été vécue d'une façon non réussie par l'un des deux parents. Ils ont, à leur manière, trouvé la solution imaginaire au manque à être dans lequel ils sont plongés : c'est, pour la mère de Mireille, sa phobie, son hystérie, ses craintes de viol et de dévoration.

Mireille, happée dans le monde maternel, vit par personne interposée l'insécurité de la mère. Les fantasmes de Mireille, comme ceux de la mère, sont une recherche de symbolisation. Mais l'absence pour Mireille de signifiant paternel la laisse dans un monde dépourvu de sens, dans un monde où le manque à être n'arrive jamais à être complété.

« Je suis une pauvre petite fille, on ne peut rien pour moi, on ne peut rien me demander. Je n'ai qu'à jouer, qu'à être jolie. » Ne voyez-vous pas, a-t-elle l'air de dire, que ce n'est que dans ce rôle que je suis reconnue par les miens?

Dans un cas de ce genre, débilité et psychose se rejoignent – et c'est pour cette raison qu'il importe, dans la conduite de la cure, de recevoir et le message de l'enfant et celui des parents : le climat favorisant l'éclosion psychotique, c'est avant même la naissance de l'enfant qu'il existe. Dès la conception, le sujet joue pour la mère un rôle très précis sur le plan fantasmatique; son destin est déjà tracé; il sera cet objet sans désirs propres dont le seul rôle sera de combler le vide maternel.

En cherchant, à travers la cure, à distinguer les fantasmes de l'enfant de ceux de la mère, je conduis le sujet à assumer sa propre histoire, au lieu de rester aliéné dans celle de sa mère. L'histoire de l'enfant n'en reste pas moins une histoire qui s'échelonne sur plusieurs générations. Le nœud du drame existe déjà au niveau des grands-parents.

Mais n'est-ce pas l'hérédité même, me direz-vous, que vous mettez en lumière, à travers ce mal implacable, dont l'origine se situe parfois à la troisième génération des ascendants?

Eh bien, il se trouve que des parents *adoptifs* pathogènes peuvent exactement sur le même mode (dans un certain rapport fantasmatique mère-enfant) créer une situation psychosante où l'un deviendra débile, et l'autre surdoué.

Rappelons d'abord de quoi est fait ce rapport fantasmatique.

Il existe pour la mère, réelle ou adoptive, un premier état, voisin du rêve, où elle souhaite « un enfant »; cet enfant est d'abord une espèce d'évocation hallucinatoire de quelque chose de son enfance à elle, qui fut perdu. Cet enfant de demain, c'est d'abord sur la trace du souvenir qu'elle le crée, un souvenir dans lequel se trouvent incluses toutes les blessures subies, exprimées dans un langage du cœur ou du corps (c'est ainsi que chez les mères de psychotiques, les différentes étapes de l'embryon seront vécues sur le plan imaginaire comme un développement de corps partiel à l'intérieur d'elles-mêmes). Cet enfant souhaité si ardemment, lorsqu'il arrive, c'est-à-dire quand la demande se réalise, crée pour la mère sa première déception : le voilà donc, cet être de chair – mais il est là, séparé d'elle; or, à un niveau inconscient, c'est à une sorte de fusion que la mère rêvait.

Et c'est à partir de ce moment, avec cet enfant séparé d'elle, qu'elle va tenter de reconstruire son rêve. A cet enfant de chair va se superposer une image fantasmatique qui aura pour rôle de réduire la déception fondamentale de la mère (déception qui a son histoire dans son enfance à elle).

Dès lors, c'est une relation leurrante qui va s'instituer entre mère et enfant – ce dernier, dans sa matérialité, étant toujours pour la mère signification d'autre chose.

Dès le départ, la mère va se tromper sur son enfant. Ce désir, qui vient, pour la mère, de sa plus lointaine enfance à elle, désir qui lui est dévoilé dans ses rêves, se soutient aussi longtemps qu'il lui est possible de demander. Il sera donc beaucoup demandé à l'enfant. Mais au fur et à mesure qu'il répond à la demande maternelle, voilà le désir qui s'évanouit. C'est la construction du fantasme qui prendra le relais, pour relancer la mère sur le chemin qui la mène, dans une sorte de mirage, à la conquête d'un objet perdu. L'enfant deviendra à son insu le support de quelque chose d'essentiel en elle, d'où un malentendu fondamental entre mère et enfant.

L'enfant, destiné à remplir le manque à être de la mère, n'a d'autre signification que d'exister pour elle, et non pour lui. Répondre à la demande de la mère, c'est, dirions-nous, toujours aboutir à un malentendu, puisque, au-delà de ce qu'elle formule, c'est autre chose qu'elle vise – mais elle n'en a pas conscience. Et, à toute prétention de l'enfant à l'autonomie, va correspondre immédiatement l'évanouissement pour la mère de ce support fantasmatique dont elle a besoin.

Que veut-elle exactement de son enfant?

Elle ne le sait pas, elle ignore que sa demande est l'enveloppe de son désir perdu.

Et quand, dans une telle perspective, la mère, réelle ou adoptive, demande à son enfant d'être intelligent, que va-t-il se passer?

Dans la mesure où, derrière sa demande, c'est d'autre chose qu'il s'agit, l'enfant va demeurer là, telle une ombre, une place précise étant assignée à son intelligence dans le fantasme maternel. C'est à travers un prisme déformant que la relation mère-enfant va s'établir. L'enfant ne sait pas qu'il est appelé à jouer un rôle pour satisfaire le vœu inconscient maternel (rôle du surdoué, du débile, du malade). A son insu, il est en quelque sorte « rapté » dans le désir de la mère.

Dans le cas de la débilité mentale, l'intelligence déficiente va occuper la mère au point que, devant autrui, son manque à lui, l'enfant, sera toujours objectivé par elle. (C'est en lui que quelque chose fait défaut, et tant que la mère en reste persuadée, la maladie de l'enfant va dissimuler la maladie maternelle.)

Tout désir d'éveil chez l'enfant va être systématiquement battu en brèche par la mère — au point qu'il finira par se persuader « qu'il ne peut pas ». En tout cas, c'est en tant « qu'il ne peut pas » qu'il occupe la mère et est aimé d'elle.

De telles mères sont comblées lorsqu'un autre enfant réussit à jouer pour elles le rôle d'enfant surdoué. Sans bien s'en rendre compte, elles vont continuellement opposer les deux enfants l'un à l'autre, c'est elles qui créeront la relation de frères ennemis, relation qui leur permet de garder intact, en chacun d'eux, le support fantasmatique dont elles ont besoin. Elles iront même jusqu'à créer chez chacun des enfants des dons artificiels : l'un sera doué pour la musique, l'autre pour la peinture. Mais ce don dans lequel elles les emprisonneront n'est là que pour tracer à l'enfant ses limites et son impuissance.

La notion de test sera employée, utilisée par la mère de façon abusive, toujours pour rappeler à l'enfant ce qui lui fait défaut.

J'ai eu l'occasion, dans un article paru dans *la Psychanalyse,* vol. IV, de parler de cette famille adoptive, où l'un des enfants, *Jean M.*, s'était fixé dans un rôle de débile, et où le frère surdoué avait dû à la guérison de J. M. d'être soigné à son tour. Chaque enfant avait l'impression d'exister seul pour la mère, c'est-à-dire de l'accaparer par ses symptômes, au point que toute possibilité de guérison était entrevue avec panique. La guérison de Jean M. marqua en effet un rapprochement avec le père adoptif et une rupture avec la mère : « Heureusement qu'il me reste le petit », me confia-t-elle. Mais ce petit, surdoué, sombrait peu à peu dans des désordres caractériels d'une gravité telle qu'une hospitalisation fut conseillée.

De telles mères peuvent d'ailleurs entretenir également chez l'enfant des maladies imaginaires, c'est-à-dire objectiver au niveau du corps un défaut qui trouve son sens dans la mère. C'est ainsi que, dans une autre famille, fut assigné à la fille aînée le rôle d'éternelle malade : recherche de syphilis à 6 ans, recherche de désordres thyroïdiens à 9 ans, chaussures orthopédiques et corset *ad hoc* pour la colonne vertébrale. Recherche, plus tard, de troubles cardiaques.

C'est au prix d'une rupture avec sa mère que la fille réussit à ne pas devenir hypocondriaque. Ses études primaires et secondaires subirent toutefois les effets néfastes du fantasme maternel : la fille se devait si bien d'être limitée dans ses études (limitée surtout par rapport à une cadette voulue brillante), qu'à la faveur d'un changement de langue (elle quitta le pays de son père pour celui de sa mère), elle oublia toutes les notions acquises en calcul et resta toujours infirme en cette matière. Elle n'avait dû, d'ailleurs, une certaine stabilité dans son premier développement qu'à la chance d'avoir été élevée en Asie, par une nourrice indigène, jusqu'à l'âge de 6 ans, hors de toutes projections maternelles.

La cadette « brillante » était anorexique et caractérielle. Elle n'avait pas connu une période de stabilité aussi longue que l'aînée dans sa petite enfance — et ne put se maintenir dans un équilibre relatif qu'en étant « contre » tout ce qui venait de la mère. C'était son moyen (désespéré) d'obliger la mère à former des désirs en dehors d'elle. Cette intelligence demeura « brillante » tant qu'elle fut le reflet du monde fantasmatique de la mère — et se révéla « impuissante » à l'adolescence, c'est-à-dire au moment où l'activité intellectuelle ne pouvait prendre un sens qu'au nom du sujet. A ce moment-là, l'enfant « lâcha » les études, au niveau de la 3ᵉ, avec l'accord tacite de la mère, indifférente en somme au succès intellectuel, du moment que ce succès devait signer la séparation de corps entre mère et fille.

Toute étude de l'enfant débile reste incomplète tant que ce n'est pas dans la mère que le sens de la débilité est d'abord cherché. L'étude du type de relation fantasmatique mère-enfant amènerait peut-être à préciser les facteurs déterminants du choix psychotique, psychosomatique ou pervers.

Une recherche du sens de la maladie de l'enfant dans la mère ne doit pas nous conduire pour autant à cette conclusion simpliste que c'est la mère qui est à traiter. Il s'agit, au contraire, à partir d'une anamnèse bien comprise, d'aider l'enfant à assumer dans la cure, en son nom, sa propre histoire, au lieu de faire siennes les difficultés relationnelles de la mère avec sa propre mère, réalisant ainsi dans sa névrose le sens fantasmatique qu'il a pu prendre pour sa mère en naissant. Quant à savoir si la mère, à la suite du traitement de l'enfant, aurait besoin, elle aussi, d'être traitée, c'est une question toute différente.

5

Le lieu de l'angoisse dans la cure du débile

La situation analytique débouche un jour ou l'autre sur l'angoisse. Celle-ci surgit dans la relation transférentielle : elle a un rapport étroit avec la manière dont le sujet se situe par rapport au désir de l'Autre.

Comme l'analyste, en fait, ne désire rien, le sujet se trouve confronté à travers ses projections avec son monde fantasmatique propre. Et c'est précisément le dévoilement du fantasme qui est source d'angoisse. « Il faut que je me sauve, j'ai peur de vos piquants », me dit un enfant psychotique au moment où, par ailleurs, il exprime en pâte à modeler un corps fantasmé de viol à un niveau oral : « Une quéquette et une araignée se régalant de sa quéquette. »

Ce qui caractérise la situation d'angoisse, c'est l'impossibilité pour le sujet d'utiliser la parole comme médiateur. Quand il arrive à traduire en mots ce qu'il sent, il n'y a déjà plus véritablement angoisse : une communication a pu s'établir.

Une fausse issue, c'est que le sujet se serve – comme il arrive souvent – de la parole pour exprimer le contraire de ce dont il s'agit. C'est ainsi que l'enfant utilise ses parents en provoquant leurs plaintes, et que les parents eux-mêmes cherchent dans leurs plaintes à masquer leur angoisse.

L'analyste est là pour en être marqué à leur place, il est pour chacun le *lieu de l'Autre* d'où l'angoisse peut surgir.

A. L'angoisse dans la cure.

Que se passe-t-il au cours de la cure chez le débile dit *sans* angoisse? Qui va supporter cette angoisse, et quel rôle jouera-t-elle dans la relation transférentielle analyste-sujet-parents?

Ce qui caractérise ce type de patients, c'est qu'ils n'existent que comme témoins d'une angoisse qu'ils provoquent.

C'est au moment où *Mireille* doit partir aux sports d'hiver sans sa mère, que celle-ci croit recevoir, une nuit, de Dieu, un message la concernant, « Si tu laisses partir ta fille, malheur lui arrivera. » Et l'angoisse l'étreint au ventre; un gynécologue appelé d'urgence parle de « névrose d'angoisse » et prescrit des calmants.

Cette crise est en réalité un message destiné à m'atteindre en tant qu'analyste de l'enfant. Message que le père est chargé de m'apporter : « Ma femme est malade; cette fois, ce n'est pas du chantage, elle *sait* qu'un malheur arrivera et je ne veux pas, moi, en être responsable. » Que vient me demander ce père, sinon une réponse à l'angoisse que sa femme provoque et qu'il ne peut assumer sans en être lui-même atteint?

Et quelle sera ma réponse, sinon l'acceptation totale d'une situation où, de ma place, je me dois en quelque sorte d'être blessée?

« Malheur à vous, a-t-on l'air de me dire, si quelque chose arrive à cette fille. »

Ma réponse fut :

– Qu'elle parte.

Elle fut entendue comme un ordre, qui permit au père de se reconnaître : il serait celui qui veillerait à l'application de la loi. L'intransigeance paternelle eut pour conséquence première la dissolution de l'angoisse chez la mère, magiquement rassurée pour un temps. Les troubles psychosomatiques cessèrent. Puis, tout fut à nouveau remis en question au retour de la fille, celle-ci réintégrant un internat après les sports d'hiver.

« Ma petite fille est trop heureuse, m'écrivit la mère, les frères et sœurs vont mal, ce qui prouve que sa place est parmi nous. Je ne veux que son Bien. Je suis en parfaite santé morale et c'est en toute objectivité que je vous fais part de ma décision de la reprendre. »

De nouveau le mari eut pour mission de venir me culpabiliser. « Êtes-vous sûre d'avoir raison. Êtes-vous certaine d'arriver à un résultat, et quand? »

Au fait, où était la vérité? De quel droit pouvais-je faire pression? C'est dans ma confiance en moi que le père venait m'atteindre et me chercher.

L'analyste prend en quelque sorte le relais de l'enfant dont l'absence crée un vide, appel d'angoisse pour chacun des membres de la famille.

« Le petit n'est plus rien depuis qu'il n'a plus sa sœur, et pour tous, c'est bien pareil », me dit le père.

Toute différente fut la réaction de la famille *X.* où la séparation d'avec l'enfant *caractériel* (débile à la suite d'une encéphalite vaccinale) avait amené un soulagement tel que le retour fut vécu comme un malheur. L'enfant se montrait encore plus parasite et destructeur. La mère n'eut d'autre issue que de venir déprimer l'analyste : « Cela ne sert à rien, c'est comme au premier jour. D'ailleurs, je le bats, je voudrais qu'il s'en aille. » A écouter la mère, à lui laisser le choix de ne faire pour cet enfant que ce qu'elle jugeait bon, on put ménager une solution de sagesse : poursuite de la thérapie et maintien dans la famille.

« Le Seigneur m'a envoyé cette épreuve, il faut que je l'accepte », telle fut alors la réponse de la mère.

La normalisation des rapports mère-enfant naquit ici du seul fait que l'analyste n'avait pas culpabilisé la mère dans son rôle parental.

Ce n'est certainement pas par hasard que Dieu fut invoqué au moment où la question qui se posait pour la mère était : « Que me veut cet enfant, jusqu'où ira-t-il dans sa demande, ou plutôt au-delà d'elle, qu'y a-t-il pour que je me sente à ce point perdue? »

« Qui va châtrer l'Autre? » ainsi pourrait se formuler l'angoisse. « Je ne peux tout de même pas me laisser avoir », dit la mère avec un je ne sais quoi de honte, comme si elle se sentait en danger de ne plus être tenue pour une bonne mère.

B. L'angoisse dans l'interruption de la cure.

C'est une même angoisse insoutenable que fit surgir l'analyste lorsqu'elle déclara à une mère d'oligophrène : « Je crois avoir atteint un plafond. » Elle dévoilait là, par son propre doute, le doute même de la mère quant à la curabilité de son enfant. L'idée d'arriération avait toujours été rejetée : l'intervention d'un analyste qui n'avait pas une foi à la mesure des parents provoqua l'abandon du traitement. Ce que la mère venait demander, c'était une certitude, c'est-à-dire l'affirmation dans le discours de l'Autre de son mensonge à elle.

Mettre en question ce qui devait, du point de vue de la mère, demeurer hors d'atteinte, ne pouvait que déclencher de sa part la fuite; elle reculait devant une image qu'elle ne pouvait reconnaître sans se sentir elle-même immédiatement en danger, à un niveau narcissique.

L'angoisse, c'était l'enfant qui la vivait. Il se sentait, d'une façon permanente, destructeur ou parasite de l'adulte. « Les mamans, c'est des garçons. Moi, *Gérard,* il est fille, et papa, il travaille pour maman. »

Le père gavait la mère d'argent, Gérard la comblait d'une autre façon, en absorbant tous ses instants. Et pour elle, la référence au tiers devait à tel point ne pas exister, qu'elle ne supporta pas l'épreuve de la psychothérapie — peut-être parce que l'analyste ne sut pas comprendre à temps la portée symbolique de la quiétude maternelle.

Sereine, cette mère souhaitait le rester — à charge pour l'analyste d'assumer à lui seul le poids du doute et de la peur. Son rôle, dans les cas d'enfants très atteints, est vraiment de prendre sur lui l'angoisse parentale. Cette angoisse est mêlée de culpabilité — car ne faut-il pas un coupable pour expliquer l'anomalie de l'enfant?

C'est bien cela que les parents, après bien des détours, viennent enfin demander. Tant que l'échec d'un traitement peut être imputable à quelqu'un, l'espoir demeure. C'est, curieusement, au moment où tout enfin paraît possible (l'école idéale et le thérapeute ont été trouvés), que la mère se permet de flancher et passe par un épisode dépressif, au cours duquel l'Autre est visé. A ce moment-là, l'angoisse de l'analyste est recherchée et un dépassement de la situation va être tenté par la visée de l'Amour de Dieu : il faut bien que tout cela ait un sens, la souffrance n'est supportable que si elle peut être donnée en expiation, ou sublimée.

C. L'angoisse dans la guérison.

Une étape angoissante dans la cure d'un enfant débile est bien le moment où la « guérison » peut s'entrevoir. C'est à propos de cette possibilité d'issue « heureuse » que tout dans la famille va être à nouveau remis en question. L'analyste est là encore aux prises avec une situation anxiogène qu'il cherche parfois à éviter en acceptant l'arrêt prématuré de la cure demandé par les parents. Il sous-estime toujours, dans ces cas, le rôle que continue à jouer dans le fantasme maternel « le manque de l'enfant » au moment précis où il risque de ne plus manquer...

Beaucoup d'analyses arrêtées trop tôt laissent en fait le sujet au seuil d'une névrose obsessionnelle. On quitte un enfant apparemment « réadapté » pour retrouver, 3 ou 4 ans après, un adolescent paralysé, annulant toute demande, retiré dans une tour d'ivoire, à l'abri de l'angoisse qui cependant demeure, dans un état de dépendance totale par rapport à l'Autre.

Le transfert n'a pas été assez profondément analysé, il a été inclus, suspendu, dans le fantasme du patient. Dès lors, toute l'activité de la cure s'est limitée à une aide suggestive dans une relation imaginaire. Ce qui a été manqué, c'est la véritable ouverture psychanalytique sur ce qui constitue, pour le sujet, demande et désir. C'est dans la mesure où aucune solution n'a été apportée à ce problème que la rigidité obsessionnelle risque d'apparaître.

L'analyste d'enfants – peut-être principalement la femme – laisse facilement partir le client, prête à décréter finie une cure, si le sujet en manifeste le désir. A prendre trop tôt à la lettre un désir d'évolution (assorti de réussite scolaire), on passe à côté de l'angoisse qui est là, cachée dans la demande. Le sujet, seul aux prises avec elle, risque dès lors de la masquer – d'où l'impasse à laquelle aboutissent des analyses apparemment réussies, qu'il s'agisse de débiles dits sans angoisse, ou de débiles anxieux devenus apparemment paisibles, « disponibles ». La brièveté de la cure laisse souvent en suspens un problème plus profond, masqué jusqu'alors par un symptôme; celui-ci disparu, le vrai problème demeure, mais ne réapparaîtra que plus tard, inclus dans une névrose obsessionnelle.

Ce qui n'a pas été suffisamment mis en lumière dans le transfert, c'est le rôle joué par l'analyste en tant qu'objet partiel dans le fantasme de l'enfant. C'est à méconnaître la fonction de l'analyste à ce niveau qu'on prend des risques sérieux en interrompant précocement une cure. Car, à partir de ce moment, sa question et son angoisse de castration, le sujet va nous les laisser, en prenant quant à lui le chemin de la « bêtise névrotique », décrite par Freud comme mécanisme de défense. Elle semble bien être en relation étroite avec une absence de symbolisation suffisante, chez le sujet, de tout ce qui se rapporte au manque. Défaut de symbolisation aussi de la part de l'analyste qui, se laissant prendre au piège d'une « réalité », laisse échapper une pièce maîtresse de l'articulation du désir dans ses avatars.

Si la fille se défend en fin de traitement contre une

dépression qui est souvent de l'ordre d'un deuil, le garçon évite tout ce qui dans l'analyse peut évoquer le problème de l'affrontement au Père. Un *statu quo* va s'établir — à partir de ce qui dans le transfert sera assimilé par le sujet à l'intériorisation du bon objet, l'analyste en l'occurrence. A celui-ci, le malade offrira en cadeau sa réussite scolaire ou l'abandon d'un symptôme.

Or l'analyste, comme les parents, n'en demande souvent pas davantage. La rapidité de la cure constitue en effet pour lui un élément gratifiant non négligeable.

Mais l'interruption de l'analyse à ce point laisse si bien le sujet aux prises avec sa question fondamentale que, dans les cas de débiles, le traitement se solde par un arrêt du développement intellectuel, un retour aux blocages du début — il serait plus exact de dire, une transformation des symptômes dans le sens d'une adaptation superficielle destinée à masquer une « stupidité névrotique [1] ».

Cette interruption *à la demande* des parents et de l'enfant risque de laisser le sujet aux prises, non avec le problème de la guérison, mais avec celui d'un refus de guérir pour de vrai, c'est-à-dire qu'il va rester assez gentil, insuffisamment critique et pas trop anxieux, pour, comme tel, contenter l'entourage qui en retire un bénéfice narcissique, et n'est pas atteint par la dépression ou la revendication du sujet telles qu'elles peuvent se présenter dans une fin d'analyse.

On doit d'ailleurs se demander si le plafond optimum

1. L'ignorance du sujet *avant* la cure réservait parfois des traits de génie tant il était prêt à saisir sa Vérité, à toucher du doigt le nœud même du drame familial. Et l'interruption de l'analyse se fait presque toujours sur la note d'espoir que donne une personnalité qui se cherche. Mais si elle est prématurée, ce qui succédera sera une médiocrité sans éclat.

de guérison chez un enfant très atteint ne correspond pas à ce qu'il croit que l'entourage peut en supporter. Certaines intelligences fécondes s'arrêtent en cours d'évolution pour se modeler, par culpabilité, sur la note d'inhibition de l'entourage adulte.

Ces enfants-là, on les retrouve plus tard « ternes », ayant perdu jusqu'à l'originalité que leur conférait leur névrose. Leur « non-aptitude à savoir » aura été entre-temps tranchée par une orientation scolaire précoce, dans le sens de leur inhibition. D'enfants « problèmes », ils sont devenus des adolescents médiocres. Si les parents ont la satisfaction d'avoir un enfant dit « facile », ce dernier a abandonné pour lui-même toute mise en question qui serait aussi mise en question des parents, de Dieu, du monde, il a fait sien, en quelque sorte, le sur-moi des parents.

On peut se demander si le meilleur pronostic d'évolution après une cure analytique ne se pose pas à partir de ce qu'a de quasi crucial ou dramatique la dernière partie de la cure (à travers l'angoisse de mort). Les cas « graves » ayant ainsi plus de chance de guérir complètement (surtout si la famille ne les supporte pas) que les cas moyens, « récupérés » par la famille avec la complicité de l'analyste qui reste sur la note gratifiante d'un succès.

Ce qui me frappe dans les deux cas, c'est la manière dont le travail psychanalytique va être par la suite complètement scotomisé par l'enfant.

A 18 ans, il a « oublié » cette période de son enfance, il en a tout juste gardé le vague souvenir de « dessins effectués avec une dame ». Certaines orientations (se faire psychiatre) ont été cependant inconsciemment motivées par ce qui reste d'éléments transférentiels disponibles pour une sublimation réussie.

C'est lorsque cet élément résiduel du transfert est resté non symbolisable, que les effets de la cure cessent en même temps que la présence de l'analyste.

Le sujet, dans ces cas-là, développe des mécanismes d'isolation des affects qui rendent bien problématique toute réussite d'une cure ultérieure. La cure ne l'ayant pas rendu vraiment autonome, il risque à nouveau d'être happé dans le cercle de la dépendance maternelle. Voici, en réponse à une enquête, une réponse parmi d'autres...

« Mon fils est devenu très agréable, apathique, prévenant, calme. Il se rend compte qu'il est retardé et en souffre. Il semble sans ambitions et sans besoins – et n'est heureux que près de nous et de nos amis. »

L'arrêt de cette psychothérapie avait été une erreur, due en partie à l'attitude contre-transférentielle de l'analyste qui avait interrompu juste à temps pour ne pas être atteint, lui-même, par les revendications et les angoisses maternelles. Cet enfant « prêté » par la mère à « la Dame » avait été rendu par celle-ci à sa demande : l'enfant étant réduit entre les deux à l'état l'objet d'échange, sans que jamais le père se soit manifesté autrement qu'en laissant carte blanche à la mère.

Voici un autre type de réponses, au sujet d'un enfant dont la cure avait été interrompue à la demande de la mère, avec l'accord de l'analyste. Si la cure avait apporté au sujet une réussite complète sur le plan scolaire, elle l'avait laissé néanmoins, lui aussi, dans un état de dépendance vis-à-vis de l'adulte :

« La transformation commencée avec vous continue. L'enfant se rend compte que tout ce que je lui demande est pour son bien personnel, actuel et futur. Il se développe, garde de ses séances près de vous un très bon souvenir, car vous avez été la première à le sortir de lui-même. »

Comment cette mère sait-elle que son enfant a gardé un si bon souvenir de la cure, sinon parce que mère et enfant forment un seul corps? Pour avoir pris à la lettre la demande d'interruption de la cure, l'analyste, ici encore, a failli à sa véritable mission qui est d'insérer l'enfant dans le jeu du signifiant plutôt que de l'adapter à la seule « réalité ».

Car l'enfant reste alors captif d'une relation imaginaire, tout en étant assez libéré pour une réussite scolaire; et dans la mesure où cette réussite est encore l'affaire de la mère, nous ne pouvons prévoir ce qui adviendra ensuite sur le plan sexuel et sur celui de la réussite professionnelle adulte. Dans la mesure où l'enfant, par son symptôme, constitue pour la mère une sorte de garantie contre sa propre angoisse, la cure n'est pas terminée. Mère et enfant ont à accomplir une évolution vers une autonomie réciproque. Si la mère n'est pas aidée à pouvoir l'accepter, elle s'arrange pour rester seul maître du destin de son enfant.

« Si nous avons terminé le traitement, m'écrit une autre mère, c'est que mon fils n'a plus voulu s'y prêter, affirmant avoir compris mieux ses devoirs futurs. Il est redevenu affectueux et ouvert. Son grand retard qu'il a en français, sa grande émotivité le feront peut-être échouer. Dans ce cas, j'aurai recours à vos bons conseils. »

Ici encore, la cure analytique a été assimilée par la mère comme une aide strictement morale et éducative. Du moment que les difficultés caractérielles ont disparu, une place est faite à l'enfant dans la famille, malgré le risque d'échec clairement entrevu. C'est la mère qui a le dernier mot.

Dans le cas des *débiles anxieux,* la thérapie risque de s'arrêter dès qu'il n'y a plus de troubles caractériels : en acceptant l'arrêt de la cure à ce moment-là, l'analyste remet dans le circuit maternel un sujet dont les défenses se sont effondrées, mais qui n'est pas assez mûr pour amorcer un développement à son propre compte.

Dans les cas des *débiles dits sans angoisse,* l'arrêt de la cure risque moins d'avoir lieu avec une mère rejetante. Le danger subsiste avec une mère surprotectrice, pour qui l'évolution de l'enfant est l'expression de sa castration à elle. « Depuis qu'il est parti, me dit une mère, je sens en moi un vide, je ne sais plus que faire de moi-même, je suis toute perdue. »

Nous l'avons dit : l'enfant, dans son infirmité, protège parfois l'adulte contre la folie ou le désespoir, d'où la nécessité pour l'analyste de prendre véritablement en charge la famille qui, si elle ne se sent pas suffisamment aidée, « reprendra » un enfant qu'elle prétendra guéri, alors qu'en fait sa structure psychopathique est demeurée inchangée.

« Si c'est comme ça », me dit un père aux problèmes duquel l'analyste paraissait trop peu attentif, « je ne vous donne plus ma fille. » « D'ailleurs on trouve, avec ma femme, qu'elle a tiré le bon numéro, elle mène la vie de château, elle est heureuse, ça, nous ne pouvons l'admettre. »

On oublie trop souvent, dès qu'on touche à un enfant, qu'on touche à ce qui justement existait comme germe pathogène avant même sa naissance. A changer la relation au monde du sujet, on se heurte immanquablement aux adultes qui par leurs difficultés propres ont créé chez l'enfant ce type perturbé de relation. Il faut que ces adultes puissent accepter la guérison de celui qui, par sa maladie, colmatait la blessure parentale.

« Qu'est-ce qu'il deviendrait, Henri, s'il prenait goût à la vie? » me disait une mère bien intentionnée, préférant l'idée d'un placement à celui d'une poursuite de traitement qui risquerait d'amener chez le fils des idées de mariage. (Ce fils à QI de 0,80, considéré comme un gêneur, se montrait dans la vie, en réponse à la demande maternelle, un grand débile complètement inexistant, perdu dans les abîmes d'un masochisme total.)

L'angoisse est toujours là. Supportée par l'enfant qui l'exprime dans des troubles caractériels, vécue par la mère qui se sert de son enfant pour se la masquer – ou utilisée par l'enfant comme seul mode de relation possible, visant le surgissement de l'angoisse chez l'Autre.

L'analyste ne peut pas ne pas être aux prises avec elle – à moins d'arrêter, comme c'est trop souvent le cas, au moment précis où elle va prendre un sens dans le dialogue analytique.

L'enfant peut utiliser sa mère de façon telle qu'elle le soustraie à un affrontement trop pénible, tout comme la mère peut se sentir menacée, elle, à travers l'épreuve vécue par son enfant. L'analyste, qu'il le veuille ou non, sera toujours à un moment donné aux prises avec les parents, c'est-à-dire en butte à un style de relation qui n'est pas sans réveiller en lui ses propres défenses. Or, il faut qu'il puisse être atteint par l'angoisse que l'Autre cherche à provoquer en lui, qu'il l'assume, lui, pour permettre la poursuite d'une cure.

6

Le problème de la résistance dans la psychanalyse des enfants arriérés

Freud a marqué en son œuvre la place qu'occupe la *résistance* dans une cure psychanalytique.

Il nous a montré comment l'utiliser pour faire surgir la vérité à travers les distorsions du discours. La parole du sujet est à libérer du mensonge dans lequel elle s'est figée. Il faut que l'analyste puisse aller au-delà du langage objectivant, anonyme, pour conduire le patient « au langage de son désir, c'est-à-dire au langage premier dans lequel, au-delà de ce qu'il nous dit de lui, déjà il nous parle à son insu, et dans les symboles du symptôme d'abord [1] ».

Le psychanalyste se trouve alors le plus souvent devant une énigme à déchiffrer. C'est à travers un mensonge, ai-je dit, que la vérité peut être retrouvée; encore faut-il la chercher là où elle se trouve écrite.

En traitant dans ce chapitre de la résistance du sujet, je vais pas à pas suivre une construction difficile, rebutante, dans le but de mettre en question non seulement sa fuite mais la mienne (l'expression d'un manque de confiance en moi ou dans la psychanalyse). C'est *au lieu de l'Autre* que

1. J. Lacan, *La Parole et le Langage en psychanalyse,* in *La Psychanalyse,* vol. I, Paris, PUF.

je vais rechercher ce qui peut, l'un et l'autre, nous constituer comme sujet [1].

La mise en question de notre réponse, en nous introduisant au langage de notre désir, va nous permettre d'éclairer ce qui peut paraître incompréhensible dans une conduite, ou obscur dans un discours.

A. Une résistance parentale.

Si, dans la psychanalyse d'adultes, la résistance se manifeste par des plaintes qui viennent faire obstacle au dévoilement du fantasme, dans la psychanalyse d'enfants, c'est *le moi de la mère* qui souvent viendra interrompre le progrès, avant que le fantasme se dévoile. C'est donc chez la mère que l'angoisse va d'abord surgir.

Dans la cure de *Mireille,* la parole « Je ne peux plus vivre » sera prononcée par la mère avant d'être vécue par l'enfant. C'est curieusement la mère qui, dans ce cas, va introduire sa *résistance* au moment précis où, dans la cure, l'enfant sera sur le point de livrer les fantasmes de viols de la mère et l'hystérie maternelle.

Si l'enfant, comme nous le dit Lacan, est le manque de la mère, que se passe-t-il dans le cas d'arriération, où il *est véritablement manque?* Nous avons vu à quel point c'est autour de ce manque que se cristallisera la demande

1. Je vais parfois reprendre ici des exemples utilisés au chapitre précédent pour illustrer l'angoisse dans la cure – je pense à *Mireille* et *Gérard* l'oligophrène – afin d'en dégager à présent le sens. Ce sens sera parfois la mise à jour de mes erreurs. Car c'est à partir de fautes par moi commises que je peux livrer les réflexions qui vont suivre sur la conduite d'une cure.

de la mère dans toutes les consultations médicales. L'angoisse de la mère est en quelque sorte masquée par le souci d'avoir à « mettre quelque chose là où il n'y a rien », pour reprendre les propres termes d'une d'entre elles.

Mais qu'adviendra-t-il le jour où le manque ne manquera plus? La mère (ou le père) va livrer alors à travers son désarroi son propre problème de castration, masqué jusque-là par l'enfant qui avait pour mission de le signifier. La guérison de l'enfant peut, dans des cas extrêmes, signifier la mort d'un des parents.

J'ai déjà eu l'occasion [1] de citer la réponse de cet enfant de 12 ans, à la question du médecin :

– Le docteur peut te guérir et te rendre intelligent, veux-tu essayer?

– Il faut que je demande à Dieu, répond l'enfant.

– Demande-lui.

– Eh bien, Dieu dit que je peux travailler avec le docteur, mais moi je ne veux pas, car maman n'a que moi pour vivre.

Cet avertissement, l'enfant ne peut toujours le donner, et l'analyste ne peut toujours en soupeser le danger. C'est ainsi que fut commencée l'analyse de *Gilles,* grand oligophrène, avec le seul consentement écrit du père (qui invoqua des raisons de travail pour ne jamais se rendre chez l'analyste de son enfant). Anamnèse normale, couple uni et apparemment sans histoire. Trois mois après le début de la cure, *suicide du père*. Ce n'est qu'à partir de cet événement que l'éclairage psychanalytique du cas allait pouvoir se faire et que j'allais apprendre ce qui suit :

1. *La Psychothérapie des débiles,* in *La Psychanalyse,* vol. V, Paris, PUF.

1) Gilles avait été en réalité perturbé dès sa naissance par un père qui ne supportait son enfant que dans la mesure *où il faisait le mort.*

2) Ce père avait été lui-même, en quelque sorte, l'objet partiel de sa propre mère, grande mélancolique. Il la consolait d'un mari qu'elle dévalorisait. Par la suite, il avait comblé d'argent cette mère toujours insatisfaite et dépressive. Une relation assez particulière s'était, pendant son enfance, créée entre eux deux : il devait continuellement la « remplir » de satisfaction — sans jamais y arriver bien sûr, puisqu'elle était, par son état pathologique, condamnée à être toujours insatisfaite. Du moins était-il devenu celui qui, par sa présence, colmatait l'angoisse. Mais une présence « d'objet à remplir la mère de satisfaction » plutôt qu'une présence d'humain autonome — car son autonomie, elle l'aurait vécue comme une perte (comme la perte d'un objet auquel on tient) ou même comme une amputation d'une partie de son corps à elle.

3) Il avait trouvé dans sa femme le même schéma familial, se heurtant au même tabou des castes. Elle était, en effet, d'une famille aisée, supérieure à la sienne. Il avait cherché avec elle des relations exclusives, se brouillant avec ses beaux-parents et restant effondré le jour où sa femme lui avait annoncé qu'elle était enceinte : « Je ne peux, lui avait-il dit, supporter l'idée que je fasse du vivant. »

Le père de Gilles, donc, n'était pas, de par son histoire, préparé à assumer un rôle de chef de famille. Ce dont il avait besoin, c'était d'une image maternelle à remplir de satisfactions, mais de satisfactions qui ne portent pas fruit, et qui soient surtout dépourvues de tout sens symbolique. Faire du vivant, c'était introduire un troisième terme dans sa relation à sa femme. C'était entrer par contrainte dans une dimension de relation humaine non supportable, tant elle était chargée d'angoisse.

Au départ, Gilles ne pouvait être toléré qu'à la seule condition de ne pas exister. Le lait maternel véhicula le plus longtemps possible une dose assez grande de somnifère.

Le retard du premier développement permit en quelque sorte de tenir en veilleuse l'angoisse parentale. Le jour où le développement moteur se fit enfin, le père ne put le supporter et développa une folie de persécution qui se termina par un suicide en rapport direct avec la cure qui donnait à l'enfant une chance de guérison.

Dans le travail psychanalytique, le dialogue se noua au niveau même du refus de l'enfant, au niveau même de son absence. Dès le départ, tout le matériel apporté par lui tourna autour de la scène primitive.

Dans les fantasmes qu'il nous apporta, l'enfant nous montrait que, s'il *s'identifiait* au père, il en recevait un sexe non fécond. S'il *s'identifiait à la mère,* il recevait du père la mort.

Comment naître de cette mort-là? Telle allait être la question même de la cure.

Mais à tenter de rendre vivant un enfant lié au parent pathogène, l'analyste ne peut que précipiter le surgissement d'un acte non contrôlable par lui. Le manque de l'enfant n'est ici rien d'autre que la garantie de la fonction du père. A y toucher, on va mettre d'une façon brutale le père en face de son propre problème de castration – et nous avons vu que, faute de pouvoir le vivre à un niveau symbolique, c'est dans sa réalité corporelle qu'il va le trouver en se supprimant.

Que signifie pour les parents la guérison de leur enfant? C'est une question que l'enfant peut se poser lorsqu'il se trouve embarqué dans l'aventure psychanalytique – mais il serait prudent que l'analyste se la pose avant lui, afin d'être ensuite moins pris au dépourvu par les réactions parentales, voire d'être à même d'établir un pronostic sur le degré de tolérance des parents à l'analyse.

Alain, débile encoprétique, apporte le rêve suivant : « Papa me demande ma grande pour guérir maman accidentée. »

La mère, castratrice des mâles, avait besoin de ce fils encoprétique et débile pour instaurer en lui un manque signifiable. A guérir l'enfant, c'était à la résistance de la mère que l'on allait se heurter. Et l'enfant le prévoyait dans ce rêve, où le père avait l'air de l'implorer afin qu'il garde sa « grande » pour lui tout seul.

Il existe ainsi des familles où tous les garçons sont débiles (QI entre 0,60 et 0,77) et non soignables, car, selon le mot d'une de ces mères : « Ce n'est qu'auprès de leurs parents et sous leur influence qu'ils peuvent trouver le bonheur. »

L'enfant non désiré devient celui qui supporte ensuite trop d'amour ou trop de haine. Dans les deux cas, se développe une situation masochique à ne pas méconnaître, la mission de l'enfant étant d'appeler l'angoisse des parents. Cet appel n'est rien d'autre qu'un barrage au danger de voir surgir « la vraie » angoisse, dont on ne veut pas.

A toucher à l'enfant, on touche donc à une certaine forme d'équilibre entre parents et enfants.

Ce qui importe, à mon avis, ce n'est pas d'abord la recherche d'une spécificité de structure chez le débile : je crois en effet que, sous l'étiquette d'arriération, on peut retrouver tout l'éventail de la névrose, de la psychose et de la perversion – à ce détail près que la névrose offrira toujours ici un caractère de gravité inhabituelle. La gravité de la maladie dépend essentiellement du système de relations dans lequel le débile se trouve pris.

Et c'est dans la situation psychanalytique que cette question va apparaître le plus nettement. Nous allons tenter de voir comment, en reprenant des exemples cités plus haut.

B. Résistance et interruption de la cure.

A la page 94, quelle est l'erreur de technique qui a provoqué l'interruption de la cure de Gérard?

Récapitulons la situation.

Il s'agit d'une enfant oligophrène. Une psychothérapie d'essai est entreprise pour une durée de trois mois. Les parents sont censés revoir le médecin analyste qui conseilla la cure, afin de savoir s'il faut ou non continuer l'expérience. Au bout de ce terme, l'analyste notifie à la mère que la date de la consultation approche et qu'il va envoyer le bilan du travail effectué. Il lui fait part de son doute : « Je crois avoir atteint un plafond, mais si le médecin juge bon de continuer, j'accepte. » Cette remarque, de forme assez brutale, amène la rupture. Pourquoi?

Parce que la mère, si forte en apparence, si sereine dans sa confiance en elle, a édifié sa force sur l'ambiguïté suivante :

« Je suis Toute-Puissante,
Je ne suis pas Toute-Puissante »,

et a projeté cette ambiguïté sur l'analyste de son enfant.

1) Elle donne l'enfant qui est *son manque.* L'analyste *est* dès lors le manque que l'objet d'angoisse de la mère va compléter. Ce faisant, la mère érige l'analyste en *Toute-Puissance.*

2) Cependant, si l'analyste est Toute-Puissance, la mère, elle, n'a plus de fonction, elle ne peut plus donner l'objet de son angoisse. Il faut donc que l'analyste soit aussi un personnage *non-Tout-Puissant.* Et cette phrase inavouée, la mère va lui réserver une place.

Si l'analyste avait dit : « Je peux toujours essayer », il aurait satisfait à ce vœu inavoué : « Il n'est pas Tout-Puissant » et la mère aurait pu alors le doter de Puissance en lui faisant don de son objet d'angoisse à elle. Du même coup, la mère dominait l'analyste.

En disant à la mère : « Je crois avoir atteint un plafond », l'analyste devrait en somme satisfaire la mère, si le vœu de celle-ci : *il n'est pas Tout-Puissant,* était conscient. Mais comme il ne l'était justement pas, l'analyste, par cette parole, entrait, lui, dans le jeu du dévoilement du fantasme, d'où panique et rupture. Dire à la mère : *« Je ne suis pas Tout-Puissant »* revient à lui dire : vous n'êtes pas Tout-Puissant; autrement dit, en me montrant châtrée, je la châtre.

Que signifie cette réponse par rapport à l'épreuve de castration? Que j'oblige la mère à passer du plan de la castration imaginaire à la vraie castration. Ma réponse revient à dire : « Vous n'êtes rien pour moi, je ne cours pas après votre enfant. »

Si l'analyste assume dans la cure la castration symbolique [1], l'analyse n'est toutefois possible que s'il accepte

1. *Assumer la castration symbolique :* Il s'agit là d'une expression très imparfaite, en usage dans le monde psychanalytique, difficile à traduire : en fait, on n'assume jamais la castration; mais, à un moment de son développement, le sujet est capable de comprendre que l'épreuve qu'il a à vivre ne comporte pas pour lui un risque d'amputation corporelle. C'est au moment où ce qui est impliqué dans la menace de castration ne met plus en jeu le corps, que nous entrons dans une dialectique verbale. Ce moment correspond pour

d'héberger en lui l'objet d'angoisse de la mère, quitte à lui montrer le sens que cela peut avoir pour elle. Or, dans la phrase : « Je crois avoir atteint un plafond », il y a comme un refus d'être le lieu de l'angoisse de l'Autre. Et très curieusement, cette affirmation de la part de l'analyste va laisser dans la mère, insatisfaite, la double proposition contradictoire et coexistante :

La Toute-Puissance impliquée dans mon verdict ne va pas passer à travers la mère, puisque je ne tiens pas à son garçon. Donc, dans l'hypothèse où je garde ma Toute-Puissance, c'est à elle que je l'ôte.

Et si c'est *mon impuissance* que j'exprime, il s'agit d'un manque technique non partageable dans une relation affective. Du même coup, je m'annule dans le monde fantasmatique de la mère.

La castration ne peut donc être assumée par la mère que si l'épreuve qu'elle comporte a une place dans l'Autre. Toute parole de l'analyste, purement professionnelle et symbolique, risque ainsi d'avoir des effets imaginaires conduisant à l'arrêt de la cure.

Si, dans l'exemple de *Mireille,* page 91, la rupture n'a pas eu lieu, c'est que la question du Père : « Êtes-vous sûre d'avoir raison. Êtes-vous certaine d'arriver à un résultat et quand? » est restée sans réponse. Le père cherchait à me provoquer, à me montrer toute-puissante (c'est-à-dire à inclure en moi sa fille comme objet d'amour et d'angoisse) afin de me surprendre en quelque sorte dans une position où je méconnaîtrais la loi.

Mais ce que j'ai mis en avant, c'est justement la fidé-

---

le sujet à l'entrée dans le monde symbolique (c'est-à-dire qu'il quitte une relation imaginaire duelle menaçante, en acceptant l'intrusion d'un troisième terme, qui est entre autres le nom du père au moment de l'Œdipe).

lité à la loi (dans la mesure où c'est le règlement intérieur de la maison d'enfants qui fut invoqué comme motif nécessaire à son départ aux sports d'hiver).

La suite allait montrer que le père voulait bien me laisser être le garant de la loi, dans la seule mesure où lui-même pouvait me laisser l'objet de son angoisse, à savoir le problème de ses relations sexuelles avec sa femme.

La particularité de l'analyse d'enfants réside dans le fait que ce sont les parents plus que l'enfant qui mettent l'analyste à l'épreuve dans cette notion de gardien de la loi – mais il leur faut pour cela laisser leur angoisse, sinon ils n'auraient pas besoin, pour leur enfant, de mettre un analyste dans le circuit...

Dans les cures d'enfants débiles, il importe de comprendre à quel point les parents sont asservis à leur demande, dans la mesure où l'enfant matérialise trop le manque – d'où les formes graves que peut prendre pour certains enfants le handicap de la débilité. Il suffit parfois d'une déficience légère pour précipiter une évolution névrotique grave et faire apparaître un comportement massivement débile, que ne justifie aucun test – tout comme une déficience sérieuse peut être encore aggravée par la réponse maternelle et donner alors une structure psychotique surajoutée.

L'enfant débile affronte souvent chez les parents l'inaffrontable – qui n'est autre que sa mort à lui. Si l'on veut dégager chez le débile quelque chose comme une structure, c'est bien aussi à cela qu'on en vient. Qu'il s'agisse de vœu de mort transformé en amour sublime, dans le cas d'un enfant très atteint (qui réagit par une stupeur phobique surajoutée à l'arriération), ou d'un rejet maternel qui donne à un enfant légèrement déficient l'aspect d'un grand arriéré, parce qu'il ne se sent le droit d'exister qu'en faisant le mort; qu'il s'agisse du drame propre des parents avec leurs ascendants, drame qui crée chez eux une panique, lorsqu'ils sont obligés de se nommer à leur tour comme parents — ou qu'il s'agisse enfin d'un accident mortel auquel l'enfant a cru participer...

Dans tous ces cas, la fonction de l'enfant est d'être cet objet fantasmatique qui protège les parents contre le dévoilement du nœud même de leur névrose. A ôter cet objet de plainte que constitue l'enfant malade, on touche aux défenses des parents, et on les met en face de quelque chose de si insoutenable que certains y réagissent par des actions suicidaires.

Dans le cas de *Gilles,* page 105, la guérison signifiait, pour le père, la dénonciation de sa relation incestueuse inconsciente. Après avoir menacé les siens de meurtre, il se pendit : « Nous sommes maudits », avait-il dit peu de jours avant sa mort. Tant que Gilles restait un mort vivant, le père ne se sentait pas menacé dans un affrontement homosexuel. Du jour où Gilles ne fut plus cloué par la stupeur phobique, son père développa une folie de persécution [1]. Le retrait de l'objet de sa plainte

1. La difficulté à aborder une situation triangulaire laissait le père de Gilles dans un danger permanent de fascination par l'image de l'Autre; l'exacerbation d'une relation essentiellement duelle se traduisait par des crises de violence. Seule l'acceptation d'un troisième terme l'aurait mis à l'abri, en fantasmes, d'un risque d'agression (qui était peut-être l'envers d'un désir homosexuel inconscient). En se montrant garçon, Gilles réveillait en son père des sentiments de désir et de danger. En effet, toute idée de compétition, tout affrontement à une image masculine étaient ressentis par le père comme un meurtre (parce qu'il vivait à un niveau archaïque où l'Autre n'était encore qu'une image spéculaire de soi, un objet à démolir). Il s'agit là d'une relation pathologique à l'Autre que l'on retrouve

va mettre telle mère en face de ses propres idées suicidaires. Tel enfant, en guérissant, va toucher à l'équilibre du couple artificiellement maintenu par ce mensonge dont l'enfant était le garant. A méconnaître ce rôle caractéristique joué par la maladie de l'enfant débile dans la santé des parents, on risque de faire éclater

---

dans les structures paranoïaques, où la reconnaissance d'un rival, c'est-à-dire d'un Autre comme tel, n'est pas possible – l'Autre étant toujours confondu avec le corps propre, d'où inexistence d'un semblable, et danger d'une réflexion spéculaire (où l'image du double joue un rôle central) dans un monde où autrui est absent. La vie n'y est possible que dans la mort (comme dans le mythe de Narcisse); suicide ou meurtre deviennent alors des équivalents possibles.

C'est pourquoi, le rôle du *troisième terme,* dans toute relation à l'Autre, est si important : il permet au sujet de dépasser une relation imaginaire duelle sans issue, pour accéder à un « ordre de la culture ». Cette tierce détermination est appelée par Lacan *symbolique :* elle correspond à l'entrée du père dans la relation mère-enfant, elle introduit un ordre (de la loi, de la culture, du langage). C'est à partir de là qu'un type de relation à l'Autre va se dessiner, que le sujet va se sentir apte ou non à dégager dans l'Autre le sens d'un discours. Lacan différencie l'Autre (A), *sujet du discours* – de l'autre (a) qui est l'autre *imaginaire* (dans une situation duelle, il est l'autre objet).

Freud a écrit de la façon la plus nette : « Dans une psychanalyse, l'intervention des parents est un danger positif, un danger que nous ne savons pas comment affronter » (III. XXXIII, vol. XV, *Introductory Lectures on Psycho-analysis,* Stand. Edit.). Tous les analystes d'adultes ont eu l'occasion de vérifier la justesse de cette mise en garde. Dans les analyses d'enfants, il n'en va pas nécessairement de même. Dans la seule analyse d'enfant que Freud nous ait communiquée, il a fait la part la plus large – à mes yeux trop large – au rôle du père, dont il s'est fait un allié – ou un auxiliaire. Il est évident que si, à côté du fait que la névrose de l'enfant est son affaire à lui, l'enfant névrotique est en même temps le symptôme de la mère ou du couple parental, on sera amené à tenter de modifier la technique en conséquence.

imprudemment chez eux des remparts qui les protégeaient contre l'angoisse ou la folie.

C'est pourquoi, ici plus qu'ailleurs, s'impose la nécessité pour le thérapeute de recevoir les messages des deux parents, qui ne pourront supporter leur angoisse que si elle passe à travers l'analyste de leur enfant. C'est en les laissant seuls aux prises avec elle qu'on risque un accident dans le réel.

Tous les parents d'enfants débiles ne sont pas aussi gravement perturbés. Il est à noter toutefois que, dans des familles où le débile peut assumer sa débilité et s'intégrer socialement, l'aide de l'analyste n'est pas recherchée. Ceux que nous sommes amenés à voir sont bien ceux chez qui un certain type de relation parents-enfant a compromis une évolution normale.

C. Recevoir le message des parents.

Le psychanalyste d'enfants doit-il ou non s'occuper des parents [1]?

Cette question divise actuellement les milieux psychanalytiques. Diverses solutions sont proposées pour éviter « l'irruption anxieuse des parents dans l'analyse ».

Posé de cette manière, le problème met en lumière la gêne du psychanalyste devant ces témoins « à charge » représentés par les parents. Les envoyer « ailleurs » supprime le problème pour l'analyste, mais non pour le

1. Ce fut la question soulevé notamment lors du Congrès de pédo-psychiatrie de Rome (juin 1963), à la table ronde « Psychothérapies analytiques ».

patient. En fait, dans le dialogue analytique, le ou les parents sont toujours présents si on sait les reconnaître à travers le discours du sujet. La question de savoir s'ils ont ou non à apparaître sur la scène analytique est un faux problème, puisque, quoi qu'on fasse, ils y font irruption. Leur apparition « réelle », si elle est acceptée par le psychanalyste, permet même la disparition progressive dans le discours du sujet d'une parole aliénante qui n'est parfois rien d'autre que celle du parent intervenant à la place de celle du sujet. Il arrive ainsi qu'un enfant livre en analyse l'hystérie de sa mère qui n'a rien à voir avec sa structure propre. Si l'on néglige la demande des parents, spécialement dans le cas des débiles ou des psychotiques, on compromet sur un plan technique la véritable marche de la cure, qui restera toujours à un niveau superficiel, je dirais artificiel. Cette demande, c'est à travers l'enfant qu'elle s'effectuera dès lors, enlevant au psychanalyste une possibilité essentielle d'action, mettant l'enfant dans un état d'insécurité et de culpabilité face à la guérison.

En recevant le message des parents, on n'entreprend pas la psychothérapie de ceux-ci. C'est en se plaçant au niveau de la cure de l'enfant que ce message ne doit pas échapper à l'analyste, spécialement dans les cas où enfants et parents forment encore un seul corps. Le parent, d'ailleurs, n'éprouve pas le besoin de se plaindre « ailleurs » (or, l'indication d'une psychanalyse pour lui ne pourrait se poser qu'à cette seule condition). Le parent veut l'analyste de son enfant, le même, et cela très souvent parce que l'enfant s'arrange pour qu'il en soit ainsi. A le voir, on évite d'ailleurs que l'enfant introduise dans une conduite hors de l'analyse une parole qui a sa place dans le dialogue analytique.

Dans les cas graves, il arrive qu'on puisse verbaliser au parent anxieux, devant l'enfant, la culpabilité qu'éprouve l'enfant à guérir.

« Les parents pensent que Cocotte est trop dans la psychothérapie. Ils acceptent ça, mais avec des conditions. Un jour, ils vont la démolir, la psychothérapie. »

Cette phrase de Mireille, expliquée aux parents avec l'accord du sujet, a amené cette réponse essentielle, au cours du tête-à-tête qui suivit avec le père : « C'est vrai que je la trouve suffisamment guérie et que cette guérison m'irrite. »

Ce même père, conscient de ses propres problèmes, m'avait demandé à un certain moment l'adresse d'un psychanalyste en vue de faire une analyse pour son propre compte. Il n'a pu finalement s'y résoudre, tant l'enfant était encore, pour lui et sa femme, leur compte à eux.

A oublier cela, on s'expose à des arrêts prématurés de la cure, tout comme on laisse l'enfant seul aux prises avec les fantasmes meurtriers des parents, fantasmes qui seraient tout naturellement venus s'exprimer au cours de l'entretien. Ils n'ont pas besoin d'être expliqués, ils ont besoin d'être reçus. « C'est à vous que j'ai besoin de laisser cela », me disait une mère. Elle traduisait ainsi la nécessité de laisser à l'analyste de son enfant « un reste » non symbolisable, dont l'enfant avait fait les frais dans le passé.

Dans les cas de névroses, il arrive qu'une mère abusive veuille occuper la séance à la place de son enfant. Ce qui peut être verbalisé dans une entrevue fixée avec la mère seule. C'est d'ailleurs au début d'une cure que la question se pose ainsi. Par la suite, le fait, pour la mère, de savoir l'analyste disponible, suffit pour que sa demande ne vienne pas à la traverse de la cure même de l'enfant. D'ailleurs, si la demande de la mère se pose avec insistance, c'est généralement qu'il s'agit de son problème personnel masqué derrière celui de l'enfant. En pareil cas, une indication d'analyse « pour le compte de la mère » peut se poser, mais elle ne se fera pas « au nom de l'enfant ». En disant à un adulte « il vous faut une analyse à cause de votre enfant », on va dans le sens d'un pervertissement de la relation parents-enfants. Si l'enfant doit apprendre à vivre pour son compte à lui, il en va de même pour les parents qui ont à assumer leur vie et leur analyse en leur nom propre.

C'est par l'analyse du contre-transfert que l'analyste arrive à faire face à sa propre mise en question, dès qu'il s'agit de la cure d'un enfant. A refuser le dialogue avec le parent pathogène, il s'expose à le voir faire irruption dans le réel, de la manière la moins prévisible (c'est ainsi qu'une grand-mère évincée de la consultation n'eut de cesse avant d'être arrivée à séparer son petit-fils de sa mère en le faisant hospitaliser).

Malheureusement, se pose la question de temps : on ne peut prendre en charge que peu d'enfants psychotiques, car il faut pouvoir consacrer beaucoup de temps à eux et à leur famille. Il arrive même que, dans une consultation publique, l'un ou l'autre parent cherche à mobiliser les différents membres du service, mais cela *fait partie intégrante de la cure :* c'est un point d'importance capitale qu'il ne faut jamais oublier.

Ceux qui, ayant fait dans leur pratique l'expérience du poids des parents de psychopathes ou de débiles, les ont dirigés ensuite vers une autre consultation, ont manqué la possibilité de faire la deuxième partie de l'expérience, qui consiste à conduire la cure de l'enfant avec l'intrusion de la plainte parentale. Cette intrusion n'est « gênante » que dans la mesure où l'analyste ne la supporte pas. A ce moment-là, il perd un atout majeur dans la conduite de la cure.

Seule la conduite d'une psychanalyse d'enfant avec l'intrusion du parent pathogène permet de comprendre à quel point la castration, pour l'enfant, ne peut être assumée que si l'*angoisse* qu'elle implique est acceptée par l'Autre. C'est seulement à ce moment-là que quelque chose de l'ordre du symbolique va être possible. Cet Autre qu'est le parent pathogène pour l'enfant, c'est l'analyste qui va en faire l'expérience; et le fait d'être atteint par l'angoisse parentale va lui permettre d'aider parents et enfant à lui donner un sens.

Dans la cure de *Mireille,* chaque fois que l'angoisse de castration va être le signal d'un manque, elle va toucher dans les deux parents leur manque qui n'a pu être symbolisé et déclencher chez eux des réactions de défense au niveau du réel.

Ce sera *chez la mère* sa plainte hystérique, ou l'apparition d'une grossesse pendant la cure de Mireille (grossesse au cours de laquelle les autres enfants sont ignorés);

Chez le père, il y aura, au niveau du réel, protection contre l'image de femme phallique par un essai de mutilation (tentative de faire avorter sa femme, étouffement de l'enfant, etc.).

Si Mireille communique son angoisse aux parents, elle est en danger, puisque c'est au niveau d'une mutilation dans le réel que ceux-ci réagissent. L'existence de l'analyste comme tiers est dès lors d'une importance capitale pour que le discours de l'enfant puisse arriver à prendre un sens.

« Mireille n'est pas née, je veux être où je dois être, auprès de maman », vient en écho à la plainte à moi formulée : « Ça ne peut plus continuer ainsi, ma fille a tiré le bon numéro, il faut qu'elle rentre dans la vie », c'est-à-dire qu'elle « en bave » comme ses frères et sœurs.

« On arrête la cure, me dit le père, vous ne me donnez pas une garantie suffisante contre ma femme. »

D'ailleurs, ajoute l'enfant ainsi que nous le verrons plus loin : « Je me veux dans le non-accepté. »

L'entrevue avec les deux parents permet la continuation de la psychothérapie et montre à quel point le père cherche à m'utiliser contre sa femme, en essayant de m'acculer à des décisions dans le réel.

La mère n'a pu accepter le deuil que représente pour elle la guérison de sa fille qu'au prix d'une nouvelle grossesse. « Maintenant je me sens pleine et ça va. »

« Ça ne va plus, dit le père, une intervention thérapeutique s'impose pour ma femme si vous voulez que l'enfant continue la cure; c'est l'un ou l'autre. » C'est-à-dire un choix au niveau d'une mutilation qui devrait atteindre mère ou enfant pour que le père puisse vivre. Un choix, dont l'angoisse doit être vécue par l'analyste, pour que le père soit aidé à transposer sa souffrance à un autre niveau que celui d'un règlement de compte dans le réel. « J'ai, voyez-vous, une résistance pour la poursuite de la cure, comme si c'était de moi qu'il s'agissait. C'est moi qui aurais besoin d'une analyse, mais je ne peux pas. Je me retrouve dans ma fille. J'étais comme elle, j'avais des peurs, ma femme aussi. Pourquoi ma fille n'aurait-elle pas les mêmes peurs et les mêmes manques? »

Des manques qui déclenchent chez les parents des réactions d'angoisse dont ils ne sont pas maîtres, auxquelles un sens ne peut être donné.

La place de Mireille est en fait dans la mère. C'est en faisant partie des organes maternels qu'elle colmate l'angoisse. Séparée de la mère, Mireille devient, en tant que sujet, un manque non symbolisable, non signifiable –

sa mère n'ayant en effet jamais pu faire son deuil de la *séparation* à l'accouchement.

Comme sujet, Mireille n'est pas reconnue par les siens, elle est cet objet fantasmatique qui masque leur angoisse, angoisse qui s'exprime dès qu'elle s'efforce d'exister comme sujet.

N'est-ce pas en fonction d'un certain discours impossible que les premières interrogations de l'enfant dans la cure seront des interrogations sur la mort, la naissance, le sexe, *à travers la dimension de la castration*? Dimension semble-t-il nécessaire pour pouvoir passer de l'univers anonyme d'une certaine *Cocotte* à celui du *je* et du *tu,* scandé par le temps dans lequel le passé simple va pouvoir s'inscrire.

« Je veux la facilité, c'est ça qui compte. C'est une mauvaise idée d'accepter les difficultés. Quand tu étais enfant, tu as accepté les difficultés. Tu as eu 18 ans. Tu acceptas encore plus les difficultés, tu as eu une grande mauvaise idée de faire ça. Je n'ai pas accepté les difficultés. J'ai été heureuse dans le non-accepté. Je ne suis pas comme toi. Cependant, quand j'étais petite, je rêvais de prison et de promesse de vivre. »

« Pourquoi ça n'a pas de robinet les filles? »

« Qu'est-ce qu'on risque quand on naît? »

« Qu'est-ce que perdre ses parents? En fait, ne suis-je pas déjà en train de les perdre? » est la question sur laquelle nous sommes arrêtés à ce moment de l'analyse — au moment très précis où le discours de l'enfant n'est plus totalement celui d'une psychotique.

Accepter la dimension du symbolique, c'est pour Mireille s'accepter orpheline. C'est lourd quand on n'a pas 10 ans — et cependant, c'est bien là une condition essentielle de la guérison — et c'est parce qu'elle implique à ce point un autre mode d'échanges parents-enfant, qu'il est nécessaire pour l'analyste de pouvoir recueillir l'angoisse des parents désorientés par leur enfant qui cherche à vivre, à se nommer face à l'Autre et non plus inclus dans l'Autre.

7

Le problème scolaire

450 000 enfants arriérés en France, d'après les statistiques de Heuyer, Piéron et Sauvy [1], un nombre insuffisant d'écoles spécialisées pour les accueillir; l'absence, même au niveau du ministère de l'Éducation nationale, d'une coordination satisfaisante pour rendre obligatoire la scolarité de tout enfant inapte à suivre l'enseignement traditionnel : telle est la situation actuelle.

La loi du *15 avril 1909,* créant des classes de perfectionnement et des écoles pour enfants instables, n'a donné que des résultats limités, par suite de son caractère non contraignant : la loi ne permettait aucun dépistage systématique, et n'imposait aucune obligation scolaire.

Comme l'ont très justement remarqué P. Nobécourt et L. Babonneix [2] :

a) Cette loi ne s'occupe ni des épileptiques, ni des pervers, ni des encéphalitiques, ni des délinquants.

b) Elle néglige d'inscrire au programme des écoles normales des notions relatives à la pédagogie des anormaux.

c) Elle ne prévoit pas d'inspection médicale spéciale pour les classes de perfectionnement.

1. Dr J.-L. Lang, *Enfance inadaptée,* PUF, 1962.
2. In *Les Enfants et Jeunes Gens anormaux,* Masson, 1939.

« Elle fait dépendre les classes de perfectionnement et les écoles autonomes de plusieurs administrations au lieu de les rattacher à un organisme unique. »

Des projets de loi successifs allaient être déposés pour rendre obligatoires les classes de perfectionnement et pour parfaire la formation de maîtres spécialisés.

En 1935, Heuyer propose un plan[1] qui se préoccupe du dépistage des arriérés, de l'augmentation du nombre des classes de perfectionnement, des classes pour instables, des maisons de rééducation pour caractériels épileptiques, encéphalitiques et délinquants anormaux, etc.

En 1937, Mme Brunschvicg, sous-secrétaire d'État à l'Éducation nationale, organise un stage pour les membres de l'enseignement public s'occupant d'enfants anormaux.

Les initiatives privées sont nombreuses, qui servent de palliatifs heureux à l'absence de maisons spécialisées dont la création incomberait à l'Éducation nationale et au ministère de la Santé publique. Elles échappent malheureusement trop souvent à l'Inspection médicale.

Depuis la création de la Sécurité sociale, de plus en plus nombreux sont les externats médico-pédagogiques et les écoles spécialisées qui se voient reconnus et pris en charge (d'où la possibilité d'augmenter le matériel pédagogique et de s'entourer d'un personnel qualifié en nombre suffisant). Des organismes, telle la Sauvegarde de l'enfance et de l'adolescence, s'occupent de la coordination et de l'organisation de ces maisons sur un plan de cure. Cependant, il manque toujours, à l'échelon national, un organisme central qui éviterait l'anar-

1. Publié dans la *Revue médico-sociale de l'enfance,* troisième année, n° 3, 1935.

chie administrative et organiserait, parallèlement à l'enseignement traditionnel, l'enseignement des inadaptés. Et non seulement l'enseignement spécialisé pour inadaptés, mais encore l'intégration de cet enseignement au sein de techniques médico-psychologiques qui souvent doivent prendre le pas sur la pédagogie elle-même.

L'expérience belge vaut la peine d'être mentionnée en passant.

C'est en 1857 que les Frères de la Charité mirent sur pied une méthode pédagogique spéciale inspirée de Séguin, destinée d'abord aux nécessiteux arriérés, étendue ensuite aux enfants de la classe aisée.

L'influence du Dr Decroly, de Demoor, etc., au début du XXe siècle, entraîna un vaste mouvement médico-pédagogique : création d'une inspection médicale s'occupant du dépistage des arriérés dès l'âge de 6 ans, variété de classes spéciales et d'écoles publiques et privées ayant le droit d'avoir leur autonomie propre. Une préparation professionnelle des arriérés fut mise au point, ainsi qu'un système très libéral de subventions touchant à l'ensemble de la Protection de l'enfance.

Ce système permet la création d'écoles de natures très différentes convenant à la grande variété de types d'enfants que l'on retrouve sous l'étiquette d'arriération.

Si l'*organisation* de l'enseignement des arriérés s'impose à l'échelon ministériel, il n'en reste pas moins que nous allons, à partir de là, nous heurter à la variété même du problème de l'arriération tel que j'ai essayé de le faire apparaître dans une perspective strictement psychanalytique.

Dans ce chapitre, je n'aborderai les questions pédagogiques que de la place où le psychanalyste peut les apercevoir (lorsqu'il a notamment affaire à un enfant échouant dans tel système scolaire, y risquant même l'internement, et se montrant adapté dans tel autre, sans qu'on puisse mettre ce gain pour autant à l'acquis de la cure psychanalytique).

Mon but est ici de soulever des questions, afin de mettre l'accent sur la complexité d'un problème qui ne peut être abordé qu'avec largeur de vue et souplesse.

Quelles sont, dans l'état présent des choses, *les méthodes d'éducation des arriérés* [1]?

1. Classes de perfectionnement.

L'admission des enfants dépend d'une commission médico-pédagogique. On n'admet dans ces classes que les enfants dits éducables, dont le QI s'échelonne entre 0,75 et 0,80.

L'effectif se limite en principe à quinze élèves. L'enseignement cherche à s'individualiser en recourant aux disciplines manuelles et aux notions concrètes. Ces classes refusent le plus souvent tout enfant présentant des difficultés psychologiques caractérisées (notamment les psychotiques et les « caractériels »).

2. Écoles s'inspirant des méthodes actives, classes d'expérimentation.

Ces écoles sont dues le plus souvent à des initiatives privées. Si elles excluent les mongoliens et les arriérés graves, elles admettent un éventail assez large de handi-

1. Je n'aborde pas le problème de l'organisation des IMP. Mon but est de poser uniquement le problème de la scolarité en *externat*.

capés que refusent les classes de perfectionnement traditionnelles. On y retrouve des psychotiques et des enfants à QI très inférieur aux normes admises voisinant parfois 0,50, que l'expérience d'un certain style de vie auquel s'adjoint une psychothérapie arrive à améliorer considérablement. Certains enfants, voués au placement, doivent leur salut à ce type d'écoles [1] — et il faut regretter en passant que les conventions de prise en charge risquent, dans l'avenir, de limiter le recrutement par une réglementation trop étroite, et de fermer la porte à des enfants susceptibles de récupération à condition qu'on leur en laisse la possibilité.

Les méthodes de ces différentes écoles sont souvent basées sur les méthodes d'*éducation sensorielle* mises au point par les Frères de la Charité [2]. Cela suppose l'usage d'un matériel énorme et coûteux pour l'éducation du toucher, de l'ouïe, de la vue et, à partir de là, de l'apprentissage scolaire : calcul, lecture, etc.

La méthode des Centres d'intérêt a d'autre part été mise au point par le Dr O. Decroly (et appliquée notam-

1. Citons, l'externat médico-pédagogique dirigé par Mme Niox-Chateau à Levallois, et celui dirigé par Mlle Ooghe à Thiais tous deux actuellement agréés par la Sécurité sociale. Citons comme autre initiative privée l'école de Mlle Forey à Levallois. Sans oublier ce qu'ont dû certains enfants à l'École nouvelle de Levallois dirigée par Mlle Roustin : elle n'est en principe ouverte qu'aux enfants dits normaux, mais l'introduction en nombre très limité de cas atypiques (arriérés manifestes) a plusieurs fois permis une récupération peut-être plus efficace qu'en milieu uniquement spécialisé, où les enfants se meuvent en vase clos entre « handicapés ». Malheureusement, depuis que cette école a passé une convention avec l'État, elle doit refuser tous les cas d'enfants inaptes à l'enseignement normal, d'où fin d'une expérience si bénéfique à certains.

2. *Éducation sensorielle chez les enfants anormaux,* Frères de la Charité, Gand, 1922.

ment à l'École du Dr Jadot Decroly, à Bruxelles). Elle s'est en quelque sorte généralisée parmi tous les éducateurs pour anormaux. On cherche à établir un programme d'enseignement centré sur les *besoins* de l'enfant (se nourrir, s'habiller), et *sur les rapports de l'enfant avec son milieu* (l'enfant et sa famille, l'enfant et les animaux, etc.). L'enseignement se veut le plus vivant possible, laisse une place à une possibilité de travail individuel, tout en recherchant au maximum la participation active de l'intéressé.

A ceci, s'ajoute l'introduction de *méthodes spéciales* spécifiques de certaines difficultés :

1) L'*apprentissage de la lecture* et de l'écriture se fait en tenant compte des travaux de Mme Borel-Maisonny sur la question.

2) Il en va de même pour les *difficultés du langage* (l'aide d'une orthophoniste est obligatoirement requise pour les établissements agréés).

3) Plus récemment, l'attention s'est portée sur les *difficultés du calcul.* (Mme Jaulin a mis au point une méthode de préapprentissage du calcul destinée spécialement aux enfants qui ont des troubles accentués sur le plan temporo-spatial.)

4) Viennent ensuite les travaux manuels, les techniques diverses du dessin, de la peinture libre (il importe de souligner l'apport des travaux d'Arno Stern dans ce domaine).

5) A noter aussi l'aide apportée par la gymnastique spécialisée, le jeu dramatique.

6) Enfin l'accent est mis souvent d'une façon prépondérante sur la rééducation psychomotrice, rythmique, relaxation, rééducation gnosique et praxique, rééducation gestuelle, etc. Le concours de rééducateurs spécialisés est obligatoire dans les établissements agréés.

La *sélection* se fait surtout sur la base du QI (sans que l'examen purement intellectuel soit toujours complété par un examen affectif approfondi). C'est un souci légitime que de séparer les enfants éducables des « non éducables », mais la notion même d'éducabilité n'est pas toujours claire; il existe, nous l'avons vu, des enfants d'apparence asilaire qui sont en partie récupérables avec l'aide d'une psychothérapie.

On pourrait classer les arriérés d'âge scolaire dans les catégories suivantes (classement arbitraire, basé uniquement sur ce qui se passe en fait dans la pratique quotidienne) :

– Les enfants aptes à bénéficier de la *classe de perfectionnement,* c'est-à-dire justiciables essentiellement d'une pédagogie spécialisée.

– Ceux qui ont été *refusés* par la commission et envoyés dans des Centres d'enfants très atteints à QI bas, généralement des *IMP*. Certains de ces enfants sont récupérables si on les place dans un milieu moins asilaire. Il y a parmi eux des psychotiques qui, quel que soit leur QI, relèveraient plutôt d'hôpitaux de jour.

– Les enfants renvoyés ou refusés de la classe de perfectionnement, réussissant dans une *ambiance normale.*

– Les enfants qui, dirigés vers un Centre d'arriérés graves, réussissent à s'intégrer dans un milieu type *école nouvelle.*

– Ceux qui avec un QI relativement élevé (0,80) échouent à la classe de perfectionnement.

Essayons d'illustrer certains de ces points par des exemples :

1) La classe de *perfectionnement* permet à certains enfants, suivis par ailleurs en psychothérapie, de rentrer dans le circuit normal, à condition que leur fond

masochique ait été bien mis en lumière. Ce fond masochique va d'ailleurs de pair avec une conduite agressive qui appelle la réponse anxieuse de l'Autre. Certains de ces enfants ont affectivement besoin de détruire un milieu normal pour réussir dans un milieu « qui fait honte aux parents ». Certains phobiques se trouvent partagés entre le risque de détruire le milieu et la peur d'avoir « leur tête qui éclate », le succès scolaire étant ressenti alors comme une menace. Certains enfants refusés en classe de perfectionnement et orientés en IMP développent un véritable complexe « d'abandon »; le placement ne fait alors que précipiter des mécanismes de déstructuration. Ces enfants risquent même de s'installer progressivement dans un comportement asilaire auquel on ne peut plus les faire renoncer.

On en vient donc à souhaiter une possibilité de psychothérapie pour tout enfant destiné à être orienté en IMP : lorsqu'elle ne comporte pas de motivation valable pour le sujet, toute orientation est vouée à l'échec — et nous avons vu au long de ce travail à quel point le drame de ces enfants est justement de ne jamais être traités comme sujets de leurs désirs. (L'entrée d'un enfant conscient de ses difficultés en établissement spécialisé est préférable, comme pronostic de récupération, à celle d'un enfant qui y vient non concerné par son avenir, indifférent, *« parce qu'on l'a mis là ».*)

2) Certains *oligophrènes psychotiques* s'accommodent mal d'une classe de perfectionnement (dans le cas où exceptionnellement ils y ont été admis). Il faut dire aussi qu'ils sont bien plus que d'autres sensibles à la santé mentale du maître.

C'est ainsi que *Gilles* a réagi avec panique à la structure dépressive d'un excellent maître, dont le seul défaut était d'être malheureux, de telle sorte que l'enfant réagissait par une conduite agressive tout à fait inhabituelle et inexistante dans les homes normaux où il avait eu l'occasion d'aller à la faveur des vacances. Il s'en fallut de peu que l'enfant ne soit dirigé (malgré avis défavorable du thérapeute et du médecin du Centre psycho-pédagogique où il était suivi) vers un établissement hospitalier. Or, placé ensuite dans un milieu d'école active (spécialisé pour retardés), Gilles non seulement eut un comportement normal, mais accepta une scolarité refusée jusqu'alors (c'est-à-dire jusque 10 ans). « Je veux bien lire, car je peux ensuite casser des pierres. » Et plus tard, l'enfant m'avouera : « A l'autre école, j'avais peur, le maître était fou. » Fou, il ne l'était certes pas – mais sa dépression réveilla chez l'enfant la dépression de son propre père qui avait abouti à un suicide : en mettant le maître à l'épreuve, Gilles faisait en quelque sorte revivre son père...

3) *Irène,* QI : 0,60, refusée dans une classe spécialisée à cause de sa débilité motrice, de son aspect « peu dégourdi » (chez cette fillette, le rôle des facteurs organiques dans la genèse des troubles apparaissait irréfutable), s'épanouit à tel point dans une école nouvelle (pour normaux) qu'elle arriva à y suivre une 7e, excepté en calcul. Surajoutée à ses troubles, existait une stupeur phobique qui céda peu à peu sous l'influence de la psychothérapie.

Il n'est donc pas rare de rencontrer un enfant à QI assez bas (0,60) qui a tout à gagner à être placé dans un milieu plus évolué : le contact d'arriérés graves le déprime et contribue à freiner en lui toute évolution et toute curiosité.

Si une ambiance d'arriérés graves peut permettre éventuellement un acquis sur le plan technique (motricité), ce gain est souvent faible au regard du manque d'émulation sur le plan affectif. Ces enfants se rendent compte qu'ils sont chez les « idiots » et réagissent par un comportement d'agressivité passive. Quelque chose d'essentiel leur manque pour leur épanouissement personnel.

C'est ainsi encore que *Raymonde* (QI : 0,63) se transforma le jour où la fréquentation d'une école ménagère lui fut possible – et ce, malgré son impossibilité à y suivre les cours théoriques, bien trop ardus pour elle.

L'orientation pédagogique de tous ces enfants pose donc un problème. Une pédagogie spéciale, fondée uniquement sur l'acquisition d'automatismes, n'est pas toujours la solution la plus heureuse, car elle va dans le sens du masochisme profond de certains d'entre eux. A l'inverse, l'influence des méthodes actives dans certaines écoles non traditionnelles apporte à ce genre d'enfants une possibilité d'évolution non négligeable.

Le secret de ces dernières écoles est de n'avoir aucune idée préconçue, si ce n'est le souci de laisser vivre les enfants (sans qu'ils se gênent mutuellement), de les observer, de les aider à prendre d'abord conscience de leur situation de *sujets* (en leur permettant de multiples formes d'expression), alors qu'ils ont été si longtemps des objets façonnés au gré de l'adulte. L'acquisition scolaire se fait dans un deuxième temps, après une nécessaire intégration au groupe. Et c'est d'ailleurs à ce moment que l'on se heurte le plus souvent à l'exigence des mères, qui tiennent passionnément à l'instruction et se montrent facilement mécontentes si l'enfant n'est pas « nourri » à un rythme suffisant. Cette insatisfaction maternelle peut d'ailleurs en elle-même être bénéfique pour l'enfant, qui va trouver enfin un lieu où des mesures seront prises pour lui seul, et non pour lui à travers la mère.

Si une sélection est nécessaire dans les établissements pour arriérés, l'accent doit être mis néanmoins sur le danger d'une codification trop stricte, basée sur le seul facteur du QI — dont la rigidité aurait pour effet d'éliminer des cas limites, voire des psychotiques récupérables si une psychothérapie est menée parallèlement.

Trop souvent les enfants sont examinés dans une perspective de *classement,* le verdict du médecin accentuant alors magiquement le caractère *fatal* de l'arriération. A leur laisser leur chance, dans le milieu désireux de les accepter, on fait souvent œuvre utile. C'est pourquoi toute réglementation de l'enfance déficiente, si elle doit s'entourer de garanties morales pour éviter l'exploitation d'une certaine misère humaine, doit aussi, plus qu'ailleurs, aider les initiatives individuelles afin que se multiplient les écoles d'expérimentation ayant leur caractère propre. Cette non-homogénéité dans la répartition scolaire correspond à une nécessité, celle même de la diversité des cas groupés sous l'étiquette d'« arriération ».

Les réussites assez paradoxales dans des systèmes scolaires différents ne s'expliquent ni par la méthode pédagogique employée, ni par le niveau intellectuel du sujet, mais plutôt par ce qu'il y trouve, en réponse à ce qu'il venait inconsciemment y chercher.

L'éducateur peut, par sa réponse, ajouter son poids aux difficultés de l'enfant, ou au contraire lui permettre un démarrage, et cela bien souvent sans que lui-même s'en doute vraiment.

Il est évident qu'un enfant souffrant d'une sorte d'anorexie scolaire se trouvera plus à l'aise dans un endroit où rien ne lui sera positivement imposé. Il est également certain que ce même milieu peut créer chez un autre de l'angoisse par l'absence d'un cadre structurant.

Si le milieu normal peut avoir un effet positif, c'est

souvent parce qu'il intervient à un moment précis de l'évolution de l'enfant.

En fait, le milieu scolaire se présente en travers d'un chemin déjà hérissé de difficultés. Le maître réveillera souvent des résonances de pressions parentales anciennes, et c'est de la manière dont l'enfant arrivera à supporter cette situation que dépendra son démarrage.

En fin de compte, il n'y a pas de méthode pédagogique qui puisse être présentée comme une panacée; les plus critiquables peuvent être heureuses dans certains cas. La personnalité du maître peut être un facteur important, d'ailleurs presque incontrôlable, mais parmi d'autres facteurs dont il est difficile de dire à l'avance si leur constellation sera favorable ou non.

En l'état actuel des expériences pédagogiques et de nos classifications en matière d'arriération mentale, on ne peut que souhaiter la poursuite de tentatives mal réglementées, dont les succès et les échecs me paraissent si instructifs aussi bien pour les pédagogues que pour les psychanalystes – et qui, au surplus, se montrent plutôt bénéfiques pour les enfants eux-mêmes. Le grand danger, c'est que la réglementation scolaire (des enfants retardés) prenne de vitesse nos connaissances réelles.

En conclusion :

1) Si j'ai dans ce chapitre parlé d'expériences pédagogiques diverses, et de la variété non moins grande de différents types d'enfants débiles ou handicapés, c'est pour souligner que ceux-ci ont tout à gagner à ne pas recevoir d'une façon prématurée une « étiquette » précise d'où dépendrait toute leur orientation future.

2) Si je me suis étendue assez longuement sur des

types divers d'expériences pédagogiques, c'est aussi pour en souligner l'effet thérapeutique inattendu, qui chez l'un facilitera une réinsertion sociale, voire une guérison – alors qu'à un autre le même type d'école n'apportera rien de positif. A des QI égaux ne correspondent pas des types d'enseignements identiques. A des difficultés caractérielles « égales » ne correspondent pas des mesures pédagogiques identiques. On ne soulignera jamais assez les raisons inconscientes qui poussent tel enfant à adopter dans une classe de perfectionnement un comportement qui le ferait passer pour asilaire, et à se montrer capable d'une adaptation parfaite dans un autre établissement (adaptation permettant la continuation de la psychothérapie) – alors que, pour tel autre, la même classe de perfectionnement constitue la solution de salut.

3) Ce qui m'apparaît capital, dans mon étude sur l'enfant débile, c'est combien il est nécessaire d'entrevoir le problème médico-psychologique en ne négligeant jamais l'éclairage que peut en donner la psychanalyse. Seul un travail d'équipe (médecin – psychanalyste) permet une orientation valable de l'enfant inadapté, orientation qui devrait toujours pouvoir être remise en question. Il est révélateur que, dans les échecs d'orientations pédagogiques, on s'aperçoive que le facteur psychanalytique a été omis, démentant ainsi les pronostics les plus optimistes ou les plus pessimistes.

4) L'enseignement primordial que donne l'appréhension psychanalytique des cas les plus graves, c'est la nécessité pour le consultant de ne pas porter des diagnostics sans appel. L'enfant a toujours tout à gagner à ce qu'un maximum d'ouverture lui soit laissé. Son drame commence lorsque les adultes n'espèrent plus en lui : « Le docteur a dit que je suis débile de la

fièvre que j'ai eue à 5 ans »... Combien de diagnostics sont ainsi entendus comme des condamnations à mort, figeant à jamais les rapports enfant-parents dans une relation de surprotection culpabilisante, dont les effets névrotiques sont des plus fâcheux.

5) La mission de l'Éducation nationale est de pouvoir s'adresser à tous les enfants (ce qui supposerait un système scolaire très souple, permettant à tous les inadaptés une scolarisation qui tienne compte de leurs difficultés [1]). Un système scolaire moins rigide permettrait sur un plan humain des récupérations en milieu normal (ce qui n'est pas possible dans des classes surchargées).

La question est complexe dans la mesure où il importe de dégager le sens de l'inadaptation avant d'en entrevoir les remèdes. Cela ne peut se faire qu'en équipe, et suppose des possibilités scolaires assez vastes pour que la cure puisse chaque fois se faire dans le milieu qui convient le mieux à l'enfant [2].

1. *1969.* Ce chapitre écrit en 1963 ne fait pas état de tout un mouvement actuel qui en France et à l'étranger met en cause et en question les Institutions traditionnelles d'enseignement spécialisé et de « soins ».

Le dépistage en hygiène mentale *s'avère pathogène,* parce que utilisé dans une perspective essentiellement ségrégative.

2. Des expériences sont actuellement en cours en France, qui introduisent dans des hôpitaux de jour ou dans des externats médico-pédagogiques une possibilité de cure psychanalytique, s'effectuant pour les uns hors de l'établissement, pour les autres dans l'établissement même.

1971. On recense aujourd'hui environ un million d'enfants dits « inadaptés ». Ce chiffre élevé n'est pas sans poser un problème *politique,* celui d'un *système qui fabrique les inadaptés dont « nous avons besoin ».*

8

Expérience en externat médico-pédagogique[1] *Histoires de cas*

On me reproche souvent un manque de précision nosologique dans mes travaux : il est, me dit-on, fort séduisant, d'aborder comme vous le faites le problème de l'arriération, *mais tout de même,* ne perdez-vous pas de vue des notions pyschiatriques essentielles?

— Le diagnostic d'encéphalite était peut-être mal posé au départ? Vous dites qu'il reste à l'enfant des séquelles sur le plan psychomoteur? Il s'agit peut-être d'autre chose.

— Vos enfants retardés? Ils ont peut-être été mal testés? Je vous assure, le « vrai » débile se présente avec moins de problèmes. Encore une fois, cette ouverture psychanalytique n'est pas sans intérêt, mais au niveau de la pratique, cela nous avance à quoi?

L'objection m'a semblé suffisamment sérieuse pour que je cherche à compléter ce travail par une enquête en externat médico-pédagogique (c'est-à-dire dans un milieu spécialisé ne recevant les enfants retardés que

1. Je remercie Mlle Ooghe de m'avoir ouvert son école. Je suis reconnaissante à J.-L. Lang d'avoir bien voulu relire les chapitres 7 et 8, et y apporter des critiques qui me furent précieuses.

sur indication du psychiatre et contrôlé par le service compétent de la Sécurité sociale).

Le dossier de ces enfants est souvent laconique. J'ai voulu, là aussi, aller au-delà d'un verdict pour comprendre une *situation familiale*.

Si j'ai, comme on le verra dans les conclusions de ce chapitre, établi une *classification* tenant compte des données traditionnelles de la psychiatrie française, j'ai essayé surtout d'introduire, ici comme ailleurs, l'écoute psychanalytique au problème de chacun.

A travers la sécheresse, la monotonie de ces comptes rendus, le lecteur retrouvera la préoccupation que j'ai essayé de maintenir tout au long de ce livre et qui permet d'avancer ceci :

Un diagnostic, c'est un point de repère pour le médecin. Pour le malade, un diagnostic n'a pas grand sens, il ne sait qu'en faire. Il s'agit de l'aider à dépasser un verdict, et ceci ne peut être fait qu'à partir du dialogue; encore faut-il pouvoir l'instaurer.

Voici donc le compte rendu de cas d'enfants orientés en externat médico-pédagogique en raison de leur retard mental. Pour certains, ledit retard mental recouvre en fait une évolution psychotique.

A. L'enquête.

I. *Anne*. AR : 6 ans et demi; AM 4 ans et demi; QI : 0,69; EEG [1] : non fait.

1. AR : Age réel. AM : Age mental. QI : Quotient intellectuel. EEG : Électro-encéphalogramme.

Il s'agit en fait d'une évolution psychotique.

La fillette, troisième de trois enfants, vient seize ans après les aînés. La mère s'efforce de cacher sa grossesse : « J'avais honte. » Avant même que son enfant vienne au monde, elle a le pressentiment que cela ne se passera pas comme pour les autres : « Qu'est-ce que ça va donner », se répète-t-elle sans cesse...

Accouchement difficile. Le bébé rejette le lait, mais semble précoce, réagissant à la voix maternelle, sensible à sa présence.

A 12 jours, l'enfant est cependant séparée de sa mère. La maternité la garde pendant un mois (dans un box de verre); c'est une succession de jeunes filles qui s'occupent d'elle.

Elle est rendue à sa mère dans un état physique lamentable, toujours aussi vomisseuse, et criant jour et nuit. La mère sent nettement qu'elle tient dans ses bras un bébé en détresse. D'elle-même, devant l'état précaire de son enfant, elle a l'idée de *la nourrir la nuit,* et le bébé démarre (c'est-à-dire que la mère sent à nouveau un contact s'établir, mais l'enfant continue à vomir les biberons du jour).

A 2 mois, on va malheureusement l'hospitaliser à nouveau, pour une opération jugée plus tard inutile (tumeur cérébrale, ganglions enflammés). Les cordes vocales sont atteintes. L'enfant manque mourir. La mère la reprend à l'âge de 3 mois. Elle est elle-même très fatiguée et se sent épuisée pour accueillir un bébé avec qui le contact est à rétablir de nouveau.

Pour elle, son bébé a connu deux fois l'abandon, il a été agressé dans son corps et lui est revenu aphone.

Jusqu'à 8 mois, les vomissements vont reprendre. Dès le changement de régime (nourriture solide), les ennuis alimentaires cessent. La petite devient gaie.

Il faut cependant attendre 22 mois pour qu'elle marche : « C'était pratique qu'elle reste dans son lit, pour faire le ménage », me dit la mère. En fait, à 15 mois, l'enfant est à ce point inerte que « là où on la mettait, elle restait ».

L'acquisition de la motricité va de pair avec une conduite phobique, et dès lors tout se passe comme si chaque expérience nouvelle risquait de faire revivre à l'enfant le danger de la perte de la mère. « Elle a peur et se colle à ma peau. »

La mère est elle-même anxieuse : « Les enfants, dit-elle, ont bouché mon anxiété. » L'image paternelle est des plus effacées. « Les enfants, me dit la mère, c'est mon rayon. » Les aînés se sont cependant bien développés. La plus jeune seule présente une évolution psychotique.

Qu'est-ce que ça va donner? s'est dit — avons-nous vu — la mère, avant la naissance.

Quand, par la suite, le médecin attire son attention sur une tumeur, il ne sait pas à quel point son diagnostic, en rejoignant les fantasmes de la mère, va créer chez elle une sorte de choc, par l'irruption de la réalité à la place du fantasme.

Chez l'enfant, d'autre part, il y eut et perte de la voix maternelle (avec ce que cela représentait au point de vue symbolique) et atteinte à sa propre voix dans la réalité. Quand on sait à quel point un bébé se distingue mal de sa mère, combien le corps de celle-ci est ressenti par l'enfant comme son corps propre, on mesure le drame du bébé arraché à sa mère, perdant avec elle tout lieu de référence symbolique, et subissant en sus une *castration* au niveau du réel (dans l'atteinte des cordes vocales).

Il est difficile de dire si, à partir de ce moment, « les jeux étaient faits ». Toujours est-il que c'est sur cette fragilité que cette enfant va avoir à se construire, et nous avons vu à quel prix.

Son placement dans un externat médico-pédagogique compréhensif a un sens parce qu'il permet non seulement une scolarité souple, mais surtout une psychothérapie qui seule peut la tirer de son état de stupeur phobique, de mutisme – dont le rapport avec une arriération reste à éclairer.

Il ne s'agit pas ici de rééducation, mais bien de cure pour tirer l'enfant de son monde psychotique.

II. *Colette*. AR : 6 ans; AM : 4 ans et 2 mois; QI : 0,60; EEG : N.

L'externat médico-pédagogique a été conseillé en vue d'une psychothérapie. Il ne s'agit pas d'une arriération simple, mais d'un ensemble de traits qui font penser à une évolution psychotique (on ne peut donc se fier au seul facteur de retard de développement; le tableau évoque des traumatismes précoces).

Aînée de trois enfants, Colette naît à un moment difficile pour les parents : ni l'un ni l'autre n'ont encore de formation professionnelle. Ils sont jeunes, sans argent, préoccupés tous les deux par leurs examens. L'enfant va connaître successivement : la crèche à 3 mois, un sevrage brusque à 4 mois (la mère est à nouveau enceinte), et à 6 mois la séparation d'avec la mère remplacée par la grand-mère maternelle.

Il y a, semble-t-il, instauration d'une bonne relation d'objet[1]. Mais à 2 ans, l'enfant est reprise par sa mère, qui a accouché entre-temps d'un deuxième bébé.

1. *Relation d'objet :* terme freudien pour désigner les rapports du sujet à une personne, par opposition aux attitudes narcissiques (comme dans le langage courant, on dit *l'objet aimé*).

L'enfant est placée pendant la journée en nourrice avec sa sœur.

Elle entre alors dans une période dépressive, avec début de crises phobiques. Et tandis qu'elle réclame désespérément sa grand-mère, elle vit sa relation persécutive à l'Autre sur une série d'objets transitionnels qui seront cassés, abîmés, torturés.

L'arrivée d'un troisième bébé, un garçon cette fois, à intervalle aussi rapproché, ne va rien arranger (l'enfant fait d'ailleurs comme si ce frère n'existait pas). Il s'agit de la reviviscence d'une jalousie déjà vécue sans avoir pu être comprise. Les repères d'identification, l'enfant semble les avoir perdus à la naissance du second. Depuis, elle s'est isolée de plus en plus, devenant inadaptée à l'âge scolaire.

De fait, c'est à la naissance de la sœur (coïncidence avec une séparation et la perte d'une bonne relation d'objet, essentielle à un enfant perturbé par des séparations précoces) que tout acquis du langage va se trouver stoppé, et ce jusqu'à 6 ans.

Colette dit « tu » au lieu de « je » et ne prononce une phrase qu'en réponse à une question qu'elle pose et que l'adulte doit répéter, car son discours ne peut être que l'écho du discours de l'Autre. En perdant l'Autre, elle s'est perdue (l'affrontement au puîné dans le réel s'est superposé au dommage subi sur un plan symbolique par la perte de la grand-mère. L'enfant n'a pu faire à cette époque une régression satisfaisante, puisque la régression aurait signifié un retour à une période antérieure insécurisante). Le choix psychotique s'est alors offert comme la seule solution.

Les troubles du langage et l'arriération n'ont pas à être rééduqués. Seule une cure psychanalytique peut amener l'enfant à sortir de son monde persécutif.

III. *Charles.* 11 ans; QI 0,65; EEG non fait.

Orienté en externat médico-pédagogique en raison de son arriération, après un essai infructueux de rééducation du langage et de rééducation psychomotrice.

C'est l'absence de langage qui a inquiété la mère, quand l'enfant avait 4 ans.

En fait, son histoire remonte avant sa naissance. Dès le départ, il fut de trop, comme la mère fut de trop dans sa propre famille (non maternée par une mère qui refusa de l'élever). Des conditions de logement dramatiques accentuèrent le désarroi du couple qui logeait en hôtel et était menacé de renvoi quand le bébé pleurait.

L'expulsion, les parents ne connurent que cela pendant les premières années de vie du bébé – et l'enfant, en réponse aux fantasmes des parents, hurla dès sa naissance d'une façon ininterrompue, ne laissant à la mère aucun répit, ni de jour ni de nuit. « Un enfant, qu'est-ce que c'est? Désemparée, dans cette pièce, je me disais, qu'est-ce qu'il fait là, qui est-il? »

A 14 mois, séparation de l'enfant, mis en nourrice pour soulager la mère (en attendant qu'une HLM soit attribuée au couple).

La mère ne le reprit qu'à *21 mois.* « Il était comme fou, il se roulait par terre, il était blanc, il était triste, il était sauvage, il hurlait. »

La naissance d'un frère, un an plus tard, n'arrangea rien. Arrivé à l'âge scolaire, Charles ne put apprendre à lire.

Si le facteur scolaire est important dans ce cas (à 11 ans, l'enfant n'a pas le niveau du cours élémentaire), il n'en reste pas moins que seule la cure psychanalytique pouvait tirer l'enfant d'affaire.

Au départ, Charles était pour sa mère un être dépourvu

de toute signification. Il n'avait de place qu'en tant que témoin du malheur maternel. C'est sur ce fond d'insécurité que se greffa la séparation mère-enfant. Le retour à la maison, un an après, nous le connaissons : encoprétique, énurétique, couvert de boutons, enflé, tel était le tableau de détresse morale d'un enfant trop fragile pour se structurer en l'absence de sa mère. (La séparation s'était faite sur un terrain où l'enfant se sentait déjà rejeté, au niveau symbolique, l'enfant était dès lors mûr pour s'engager dans une évolution perturbée.)

De langage, l'enfant n'en a guère. Qu'aurait-il à dire, lui qui a vécu tout à ce point intensément dans son corps?

IV. *Jean.* 8 ans, débile épileptique; QI : 0,65; EEG : très perturbé, avec de nombreuses bouffées de pointes ondes.

C'est, me dit la mère, « l'aîné de trois enfants, c'est-à-dire que ça fait deux »; « mon corps, ajoute la mère, n'était pas fait pour le recevoir. Mon fils, il faudrait le placer, il pèse ».

Telle est donc la place réservée par la mère à l'enfant.

Dès la naissance, le bébé pleura sans interruption – et chacun de ses désirs allait être ressenti par la mère sur un mode persécutif. On ne souhaitait pas qu'il marche trop tôt (les difficultés de logement faisaient que la place de l'enfant était au lit plus que par terre). Tout le retard du premier développement correspondit en quelque sorte au vœu des parents.

C'est autour de l'éducation de la propreté que l'enfant s'opposa à la mère. « Il ne voulait pas faire dans un pot, c'est accroupi par terre, comme un chien, qu'il faisait, mais surtout pas dans un récipient fait pour ça. »

Ensuite, ce furent les absences épileptiques, jusqu'à

120 par jour, qui déterminèrent la mère à rechercher à tout prix un placement.

Au rejet maternel, l'enfant répondit par l'angoisse et les crises caractérielles. Que cherchait-il donc cet enfant, qu'y avait-il de non exprimable, de non assumable qu'il ne pût introduire dans le langage?

La paix qu'il trouva à l'externat médico-pédagogique permit aux crises épileptiques de cesser (« à la maison, vous comprenez, je suis obligée de l'attacher, pour guetter ça »); mais au-delà d'une scolarité déficiente à rééduquer, il y eut la cure psychanalytique qui seule pouvait aider l'enfant à introduire dans le langage un désespoir que, jusqu'ici, il n'avait pu exprimer qu'en langage du corps.

V. *Denis*. Quatrième de cinq enfants, 10 ans; QI : 0,79; EEG : non fait.

Orienté en externat médico-pédagogique en raison de son retard mental. Dans la famille, on note un enfant mort (ictère précoce), et deux enfants débiles.

Le facteur organique domine le tableau : incompatibilité de groupe sanguin chez les parents; un enfant sur deux fait un ictère nucléaire avec atteinte cérébrale. Denis, de plus, a des mouvements choréiformes.

Cependant, au-delà de l'atteinte organique, Denis a souffert d'hospitalisations précoces et a connu la détresse morale et physique du premier âge :

A 10 et 15 mois, hospitalisations; l'enfant est attaché dans son lit « parce qu'il est ému quand il voit sa mère ».

A 18 mois, nouvelle hospitalisation et opération, désastreuse, des végétations. L'enfant sort ébranlé nerveusement.

A 2 ans et demi, une typhoïde à forme méningée amène une quatrième hospitalisation. Le comportement de panique du garçon augmente et conduit à l'indication d'une cinquième hospitalisation à Néris-les-Bains pour traitement nerveux. L'enfant est à nouveau attaché, connaît de mauvais traitements physiques dans une maison qui a depuis été rayée par la Sécurité sociale. « Il en est revenu comme fou. »

En fait, c'est dès l'âge de 18 mois que l'enfant a eu la terreur des médecins. L'hospitalisation a précipité chez lui un comportement phobique (il y a eu irruption d'un fait réel de mutilation empêchant par la suite la castration symbolique).

C'est dans son corps que l'enfant va se sentir continuellement menacé de perdre son intégrité. Les hospitalisations, les séparations iront ainsi toujours dans le sens d'une agression nouvelle, dans la détresse de ne pas se sentir protégé contre la mère par une image masculine (l'enfant malade se sent toujours mal protégé par une mère ressentie comme impuissante à la prémunir des dangers).

« J'aurais voulu un mari comme mon père », me dit la mère. « Ma répression, ajoute-t-elle, plus loin, c'est mes intestins. » (Elle a en effet une paralysie intestinale qui cesse quand l'objet d'angoisse se matérialise dans l'enfant – celui-ci vient là en quelque sorte prendre le relais de l'intestin...)

Sans atteinte organique, Denis aurait déjà, de par son histoire, une possibilité de destin psychotique.

L'organicité apparaît seulement comme facteur supplémentaire. Denis est débile comme son frère – mais là n'est pas l'essentiel. Cet enfant ne peut être rendu à lui-même que s'il arrive à traduire par la parole une panique qu'il vit au niveau du corps, faute de médiateur symbolique. Comment pourrait-il dépasser son infirmité s'il reste figé dans une saisie traumatique de son histoire?

Guérir[1] pour lui ne peut se concevoir que dans une reconquête de soi comme *sujet,* non aliéné dans l'épouvante.

VI. *Claude.* 6 ans; QI : 0,65; EEG : non fait.

Enfant unique d'un couple de gens simples, dont la vie est difficile par suite de mauvaises conditions de logement. « Une toute petite pièce avec tout dedans, même la cuisine; le soir, on déplie les lits et tout. »

« Il a une adoration pour son train électrique, mais la pièce est si petite qu'on marche dessus et qu'on ne peut l'installer. Pour qu'il soit tranquille, on n'invite personne. »

A 2 ans et demi, la mère se sépare de l'enfant, et celui-ci vit jusqu'à 4 ans chez les grands-parents maternels qui ne parlent que le breton — langue de la mère —, une langue qu'elle s'est interdit de parler à son enfant quand il était bébé (pour des considérations de standing social).

A 4 ans, l'enfant se sent perdu dans Paris et se montre instable en classe. Et cependant, dit la mère, « il est si gentil, toujours pensif, toujours ailleurs, on le laisse dans un coin, il y reste ».

A 4 ans, de fait, l'enfant ne faisait pas de constructions de phrases en français; toutefois il semblait avoir acquis le breton.

Actuellement, le langage spontané est bon, note la psychologue, bien que les phrases ne soient pas construites. C'est au niveau de la *communication* que le blocage existe; comme si, dès que l'Autre est en jeu, les mots ne pouvaient plus être véhiculés. « Il passe, dit la

1. Par le terme « guérir », je ne prétends pas restituer une intégrité physique et psychique compromise par des facteurs organiques non négligeables, mais débarrasser le sujet des troubles psychiques qui freinent une évolution handicapée au départ.

mère, du coq à l'âne; tout le temps, au moindre choc, il tremble. »

Au-delà du retard mental et des troubles spécifiques du langage, il y a certainement quelque chose à comprendre au niveau même de la communication, c'est-à-dire du dialogue : dès que le dialogue s'instaure, le sujet ne peut faire autrement que de se mettre entre parenthèses.

« Il ne sait pas pleurer, il n'est jamais méchant. On est tellement habitué à son retard qu'on le trouve bien ainsi. » Ce « retrait d'agressivité » est peut-être aussi une impossibilité pour le sujet à se structurer comme garçon, sans se sentir immédiatement en danger d'être rejeté.

Seule une investigation psychanalytique pourrait nous éclairer sur ce point, et nous faire comprendre le sens qu'a pour la mère la déficience de son enfant.

VII. *Janine.* Cinquième de cinq enfants; 13 ans; QI : 0,54; EEG : non fait.

« On l'a mise en EMP parce qu'on n'en veut plus ailleurs. Pour nous, elle est bien. Qu'elle tienne son ménage, c'est tout. » C'est ainsi que la mère situe les difficultés de son enfant. « Nous deux, c'est parfait comme on se comprend, c'est ma préférée. »

En fait, seule la mère comprend le langage de l'enfant. Celle-ci semble avoir eu dès le début un retard sur le plan psychomoteur (à 6 mois, elle ne se tenait pas assise), mais elle a été très bien intégrée dans une famille nombreuse où chaque enfant participe à la vie de la maison, et où l'entente de la fratrie est bonne.

Janine semble avoir fait une évolution de débile — très bien, peut-être trop bien, acceptée par la famille. « Elle tient à sa place de fille gâtée, et ça ne va pas avec le petit frère. »

En fait, même dans l'hypothèse d'une « vraie débilité », on ne peut s'empêcher de remarquer que c'est en tant que débile que Janine a pu trouver une place dans la famille.

Des entretiens psychanalytiques, même s'ils ne changeraient rien au QI, permettraient peut-être de mettre en lumière comment les bénéfices secondaires de la maladie [1] y ont fixé Janine. C'est en partant de là qu'on pourra l'amener à s'assumer comme sujet responsable.

VIII. *Albert.* 6 ans; QI : 0,71; EEG : « Tracé spontané contenant des anomalies. Celles-ci consistent en éléments lents, peu amples, auxquels se mêlent de longues bouffées de rythmes rapides pathologiques en l'absence de traitement barbiturique. »

La mère se présente d'une façon rigide, avec une absence totale d'affectivité. L'histoire de son enfant, elle la raconte comme s'il s'agissait d'un fait qui ne la concerne pas. Ce qui domine, c'est son refus d'avoir des enfants. Or, elle en a eu trois. L'aîné est mort à dix jours, le plus jeune a 1 an; Albert en a 6.

Une HLM est en vue, mais jusqu'à maintenant la famille n'a connu que la succession des chambres d'hôtel. L'enfant est mis en nourrice jusqu'à 5 mois et demi. Les parents le reprennent à la faveur des vacances et il fait une toxicose à 7 mois. On le transporte dans le coma à l'hôpital. « Il est sauvé, disent les médecins, mais l'avenir dira ce que ça va donner. »

A sa sortie d'hôpital, le bébé est remis chez la même nourrice jusqu'à 2 ans et demi. C'est au retour que les

1. La maladie est parfois vécue par le sujet comme un mode de relation à l'Autre dont il peut tirer des avantages, voire même des privilèges.

difficultés vont commencer. Le logement exigu interdit toute activité motrice, l'enfant est mis en crèche le jour, et retrouve le soir une mère fatiguée par son travail. Il redevient incontinent et hurle la nuit. Pour soulager la mère, une nouvelle séparation est proposée et Albert part en maison d'enfants. Il en revient dans un état d'instabilité terrible. Son caractère se détériore de plus en plus. Il fait le dur : « T'as qu'à te coucher, dit-il à son père, c'est moi qui commande ici. »

Le petit frère d'un an est lui aussi complètement dérythmé, vomisseur, hurlant la nuit.

L'enfant affronte (outre son retard) une situation familiale perturbante : mère puissante qui impose sa loi, père effacé ayant connu dans son enfance l'abandon maternel. Albert se sent en danger avec cette mère (comme elle, il provoque le père, en soulignant que c'est lui, l'enfant, qui commande). En fait, il cherche un maître qui leur ferait la loi, à lui et à sa mère. De tendresse, il n'en a point eu. Une conduite revendicante est devenue son seul mode de communication. On peut se demander si des entretiens psychanalytiques ne seraient pas, ne fût-ce qu'à titre d'essai, indiqués. Agressé dans son corps, cet enfant a été de plus en état de quasi-abandon maternel.

IX. *Marcel.* 6 ans; QI : 0,57; EEG : N.

Aîné de trois enfants, ayant tous un retard de langage (et probablement un retard intellectuel).

Mère épuisée par les difficultés des premières années de mariage (le ménage n'a un logement décent que depuis peu).

Le bébé, mal venu, pleurait jour et nuit.

A 8 mois, une toxicose amena une hospitalisation d'un mois.

A 4 ans, une séparation de cinq mois du milieu familial (le langage n'avait pas encore été acquis) fut ressentie d'une façon fortement traumatisante. « On était mal logé, alors on nous l'enlevait. Je ne souris jamais, ajoute la mère, j'ai du mal à supporter d'avoir des enfants comme ça. »

En fait, cette mère, abandonnée de son propre père quand elle était petite, s'est construite sur un mode dépressif. « Les autres ont de beaux enfants, à moi seule le malheur est réservé. » Épuisée nerveusement, elle ne peut faire face à son rôle de mère : « Je regrette mon mariage, je regrette d'avoir eu des enfants. »

Dans ce foyer, les enfants se heurtent à l'absence totale d'un sens de la vie chez les parents. Ils y répondent par une femeture au monde symbolique (les troubles du langage, chez ces trois enfants, ne sont peut-être pas purement mécaniques; ils témoignent bien d'une certaine carence dans les rapports fondamentaux à la mère).

X. *Julie,* 12 ans; aînée de deux enfants; QI : 0,57; EEG : N; Radio du crâne : N.

« Ma fille est intelligente, dit la mère, elle a quelques difficultés à parler. » Il s'agit en fait d'un gros retard mental dont les deux parents n'ont pas conscience.

Il y eut, au départ, un traumatisme à l'accouchement. On fit à la mère une piqûre pour « accélérer », la mère ne put faire face à des douleurs intenses survenues brusquement et devint, selon ses propres termes, « comme folle ». On dut l'endormir immédiatement; mais l'accouchement ne se fit que lentement, le forceps fut nécessaire (des séquelles neurologiques en foyer existent, mais semblent, d'après le neuro-psychiatre, de peu d'importance).

Le premier développement du bébé fut retardé. Il y eut refus de nourriture et difficultés caractérielles. A 3 ans, l'enfant ne savait toujours pas parler et une rééducation de la parole fut entreprise.

Le fait d'avoir un enfant anormal remet la mère sous la coupe de sa propre mère et de son beau-père. Leur inquiétude est ressentie par elle comme un reproche. Elle se sent très seule « comme à la mort de mon père, quand j'avais 9 ans. Lui parti, j'ai été continuellement ballotté, ça m'a créé un vide ».

La seule manière pour la mère de ne pas se sentir en état d'abandon, c'est d'ignorer le retard de sa fille. « Elle est intelligente, elle parle mal, ça s'arrangera avec la formation. Je souhaite pour elle une vie de célibataire agréable avec un métier, même non rémunérateur. »

En fait, mère très anxieuse, qui s'efforce à tout prix de tenir le coup.

XI. *Pierre*. 6 ans et demi; QI : 0,58; EEG : non fait; quatrième de cinq enfants : l'aîné, anormal, est mort à 2 mois et demi; deux autres enfants sont retardés.

Pour Pierre, il y a eu asphyxie néo-natale et plus tard dépression anaclitique. Toute la famille vivait dans une pièce quand l'enfant est né. La mère, surmenée, ne put faire face aux soins que réclamait ce bébé, d'emblée difficile, refusant toute nourriture. A l'anxiété de la mère, l'enfant réagit par une opposition passive. Anorexique, vomisseur, il devint caractériel. A l'âge de 4 ans, « à cause des mauvaises conditions de logement », on le sépare pendant un an de sa mère en le plaçant en aérium.

« Il y a, dit la mère, perdu toute parole. Il était comme perdu. »

Quand il revint, la mère eut une peur atroce de le perdre, en liaison avec sa propre histoire (orpheline à 5 ans, elle n'avait connu que des placements successifs et l'absence d'amour). Mère gavante, ayant un tel surplus d'amour à donner que les enfants ont bien du mal à avoir des désirs propres. Chacun fuit la sollicitude maternelle dans des troubles divers. Pour Pierre, l'accident obstrétrical s'est doublé d'hospitalisations et d'insécurité maternelle. « Je m'attends toujours à la mort d'un enfant. Mon mari me dit : Tu nous apportes la poisse avec ta manière de voir le malheur partout. J'ai été si malheureuse que je ne vois que ça. »

XII. *Roger*. 8 ans; QI : 0,70; EEG : aucun signe cortical de lésion en foyer.

Enfant unique de parents âgés (la mère a des enfants normaux d'un premier mariage). Né à 7 mois, le bébé a fait une asphyxie néo-natale et plus tard une staphylococcie bulbeuse. Les six premiers mois se passent à l'hôpital. « Il ne savait pas ce que c'était que sourire, puisqu'il ne connaissait que l'isolement. »

Mère anxieuse, qui va abandonner les aînés pour se consacrer à cet enfant malade. Elle le fait d'une manière qui ne laissera de place à aucune possibilité d'autonomie. Le père n'a aucun droit de regard sur l'éducation de son fils. « Mes aînés, je les ai élevés seule; avec un mari, on ne peut plus rien faire. Je vous le dis, dès qu'il y a un homme, ça ne va plus. »

Tout est interdit à cet enfant (aucune liberté motrice), tout accident psychosomatique est guetté par la mère. Elle s'est fait faire pour elle et son fils des lits jumeaux...

L'enfant est ici happé dans le fantasme maternel. Sa maladie donne à la mère tous les droits; et au père, une culpabilité suffisante pour justifier son retrait.

Un retard intellectuel somme toute assez léger se trouve massivement renforcé par un type de relation mère-enfant auquel un enfant normal n'aurait pu résister sans perturbations sérieuses.

XIII. *Georges.* 7 ans et demi; intestable au Terman; EEG : non fait.

Aîné de six enfants (en sept ans de mariage). Deux autres enfants sont retardés. La famille loge dans un deux-pièces-cuisine.

La mère aurait souhaité un planning des naissances, « mais les docteurs m'ont dit que, pour ça, ils ne pouvaient rien ».

Cyanosé à la naissance, Georges est un bébé vomisseur jusqu'à 6 mois. A cet âge, une « méningite » se déclare. Retard moteur, entre autres séquelles.

Orpheline de mère à 10 ans, la mère de Georges a été placée comme bonne dès cet âge. « J'étais si seule que j'ai voulu me marier – maintenant j'ai trop d'enfants, je n'en peux plus et j'ai peur que mon mari me quitte. »

La mère du mari lui a dit : « Je suis contre ce mariage, je te souhaite de lui faire beaucoup d'enfants et de nous revenir seul. »

A 24 ans, au bord de la dépression, cette frêle jeune femme *ne peut être mère.* « Je n'ai pas le goût de jouer avec les enfants, ni de leur parler. Surchargée de travail, je ne supporte plus personne. Je pense au suicide, et j'étouffe par moments. »

Il s'agit, à la limite, d'un cas « d'hospitalisme familial ». Bébé en état d'abandon avec une mère épuisée qui ne peut établir aucun échange humain normal.

XIV. *Paul.* 10 ans; QI : 0,55; EEG : retard de maturation – aucune atteinte corticale; dernier de trois enfants.

Malade pendant toute la première année de sa vie : une vingtaine d'otites, un début de méningite à 9 mois, une toxicose 15 jours après, avec hospitalisation d'un mois. A partir de 18 mois, des convulsions à propos de chaque poussée de température, et de la température pour tout choc émotionnel (fût-ce une joie, un cadeau).

Mère maternelle qui refuse de voir le retard de son enfant et l'intègre à ses autres enfants comme un sujet normal. « Une maman, ça ne se rend pas compte. Une maman trouve toujours son enfant bien. »

L'émotivité de cet enfant, agressé si jeune dans sa sécurité physique de base, joue essentiellement sur le plan psychosomatique. Paul ne peut être heureux sans risquer tout de suite température et convulsions.

XV. *Françoise.* 7 ans; QI : 0,50; EEG : tracé légèrement anormal du fait de la lenteur et de l'instabilité; aînée de deux enfants.

L'absence de logement pousse la mère à mettre l'enfant en nourrice jusqu'à 6 mois. Le bébé se trouve bien, dans une ambiance calme, à la campagne. Une HLM ayant été attribuée au couple, le bébé est repris et confié pendant la journée à une voisine bruyante ayant d'autres enfants.

Ce changement est mal supporté et des crises convulsives s'installent pour ne cesser qu'à 3 mois et demi. A 7 mois, méningite et hospitalisation. Françoise, mise ensuite chez la grand-mère maternelle, réintègre le foyer à 13 mois, au moment de la naissance du frère qu'elle n'a jamais pu accepter (période d'encoprésie à cette époque).

Des personnes successives s'occupent de l'enfant pendant la journée; elle est instable et difficile. Elle se heurte à son père qui l'ignore, « tant ça lui fait mal d'avoir une fille comme ça ».

En colère devant son impuissance à s'exprimer, l'enfant passe aux actes et provoque les réactions négatives des adultes.

En fait, dès l'âge de 6 mois, elle a connu la rupture avec une ambiance de calme, retrouvée pour un temps chez la grand-mère maternelle, et reperdue depuis.

« Chez nous, elle est sur les nerfs, dépêche-toi, il faut la conduire chez la dame. »

Mère épuisée par son métier de téléphoniste. « C'est la course au rendement, des moments où je n'entends plus les abonnés, j'ai des étourdissements. C'est alors le début où tout se brouille, le début de la dépression. »

XVI. *René.* 10 ans; QI : 0,60; EEG : N; caractériel; aîné de trois enfants.

« Dès la marche, ça ne va plus, il veut tout casser, ne peut rien faire comme tout le monde, on me dit : il faut l'attacher. »

« Des calmants, il en a reçu dès ses premiers biberons qu'il vomissait. »

S'agit-il d'une débilité simple?

L'opposition, les troubles caractériels du garçon rendent tout examen difficile. Mère anxieuse, non préparée au mariage, prise de panique à l'idée que l'enfant puisse pleurer dans la chambre d'hôtel, ce qui signifierait l'expulsion. Cet enfant non désiré est l'objet d'une hyper-sollicitude maternelle, à laquelle il réagit par des vomissements, des troubles caractériels, un refus scolaire. « J'étais, dira la mère, dans un état de nerfs terrible, à un moment, j'ai cru que j'étais perdue. »

Seule, une épreuve de psychothérapie peut dire si cet enfant est aussi débile qu'en témoignent les tests...

XVII. *Sybille.* 8 ans; QI : 0,53; EEG : N; la plus jeune de trois enfants.

A 6 mois, l'enfant fait une infection virale, la conséquence en est une hémiplégie constatée vers 8 mois.

Cette maladie est d'autant plus dramatique que Sybille, avant de naître, avait pour destin de remplacer dans le fantasme maternel une fille aînée conçue au cours d'un premier mariage. « Jamais je n'en parle : à 15 ans, elle n'a plus voulu me voir, ça a été pour moi comme un deuil. »

Très tôt, Sybille est l'objet d'une hyper-sollicitude maternelle. Elle y réagit par des vomissements et de l'asthme.

A l'âge de 4 ans, à la faveur d'un déménagement, l'enfant perd le sommeil et épuise la mère au point que celle-ci fait une dépression nerveuse.

Là-dessus, le médecin apporte un verdict sans appel : « C'est congénital, si la petite vous fatigue, vous pourrez vous en débarrasser dans mes services. » « Maintenant, ajoute la mère, je suis usée. »

En fait, cette mère a l'impression d'avoir tenu le coup contre le corps médical (la rééducation motrice a été faite par la mère, et l'externat médico-pédagogique a été trouvé par elle).

« Vous comprenez, un médecin ne devrait jamais tuer l'espoir. L'espoir, c'est nécessaire pour vivre. Ma petite, je l'ai voulue vivante. Le coup de barre que les médecins m'ont donné, c'est à elle aussi qu'ils l'ont donné. »

Mère au bord d'une nouvelle dépression nerveuse, qui ne tient le coup qu'avec des réactions psychosomatiques en chaîne. En condamnant une enfant que sa mère cherchait à faire vivre, c'est cette dernière qu'on a mise en état d'abandon moral, sans aucun profit pour l'une ni l'autre.

XVIII. *Denis.* 8 ans, QI : 0,66; EEG : non fait; deuxième de cinq enfants (trois autres ont des troubles caractériels et des difficultés scolaires).

Enfant non désiré, qu'un accident de voiture, à 3 ans et demi, a rendu phobique et instable par la suite.

Mère dépressive, placée dès l'âge de 10 ans comme employée de maison à la campagne. La succession des grossesses l'a réduite à un tel état d'épuisement moral que tous les enfants réagissent par des troubles psychosomatiques ou des difficultés caractérielles.

Seule une psychothérapie d'essai pourrait nous en apprendre davantage sur cet enfant moralement délaissé.

XIX. *Évelyne.* 13 ans et demi; QI : 0,55; EEG : non fait; aînée de six enfants.

A 3 mois, une méningo-encéphalite. Les séquelles en sont : atteinte d'un nerf auditif sans traitement possible.

Mère non mariée à l'époque de cette première grossesse. Perdue, mal préparée à la maternité par une mère peu instruite, la jeune femme se surmène inutilement et accouche avant terme à 6 mois et demi.

Le bébé mis en couveuse est rendu à la mère deux mois après; il pèse 2 kg. « J'avais une pièce cuisine, il fallait 25° de chaleur, nuit et jour, il fallait mettre bois et charbon dans le poêle. Ç'a été terrible, et je ne voudrais plus repasser par ça. »

Un mois après, c'est l'hospitalisation pour méningo-encéphalite, suivie d'autres hospitalisations avant l'âge de 6 mois – et plus tard Berck « pour se refaire une santé ».

Mère maternelle, débordée par sa nombreuse famille, mais y faisant face courageusement. Son attitude surperprotectrice avec l'aînée, qu'elle veut soustraire à la loi du père, fait de celle-ci une grande hystérique (avec chantage au suicide).

« J'ai fait ce que j'ai pu, j'avais pas d'instruction. Mon mari est gentil, la petite nous sépare souvent, elle fait la pluie et le beau temps chez nous. Ça me fait pleurer de la voir et je laisse faire. Si vous me dites qu'il faut pas, je veux bien vous croire... ça fait du bien de *parler;* les docteurs, ils n'ont jamais le temps. Je ne suis pas instruite, mais ce que vous dites, le cœur le comprend. »

Toutes les mères sans exception *demandent à parler* et constituent d'ailleurs pour cette raison un poids pour le personnel enseignant, submergé par des revendications, des appels qui ne sont rien d'autre que l'expression d'une anxiété, aggravée par le sentiment de solitude dans le malheur.

B. Les conclusions.

Ces dix-neuf enfants représentant la moitié de l'externat médico-pédagogique étudié (les dix-neuf autres n'ont pas été examinés parce qu'ils étaient déjà en psychothérapie).

En ce qui concerne la *classification* ils ont un QI variant entre 0,50 et 0,70. Presque tous ont des difficultés sur le plan psychomoteur, et des troubles du langage.

On retrouve au sein de cette population scolaire les *grandes formes cliniques* décrites par Simon et Vermeylen :

a) Les débiles *harmoniques,* atteints d'arriération simple.

b) Les débiles *dysharmoniques,* ayant, outre une arriération intellectuelle, une instabilité, une émotivité anormales.

c) Les débiles épileptoïdes, pervers, et ceux que l'on nomme les *débiles évolutifs* (c'est-à-dire qu'on craint une évolution psychotique).

L'étiologie des arriérations est diverse. Nous avons pu relever :

1. Les facteurs génétiques des arriérations simples.
2. Les causes pathogènes de la vie intra-utérine (causes infectieuses, incompatibilité sanguine, etc.).
3. Le rôle des traumatismes obstétricaux (anoxie néonatale).
4. Les causes provenant de l'entourage même du bébé (hospitalisme en institution ou hospitalisme familial; difficultés économiques et misère sociale).

J'ai retrouvé le rôle important joué par les carences affectives, la situation anaclitique [1] de l'enfant séparé trop jeune de sa mère, bref, un ensemble de signes de carence relevés en 1945 par Spitz, en 1951 par Bowlby, et en 1955 par Jenny Aubry. Les effets en sont souvent irréversibles. On peut ajouter à cela les effets psychologiques d'une toxicose du nourrisson, que l'apparition brutale de la maladie plonge dans un état de stupeur voisin de la réaction « catastrophique ».

Mais ce qui distingue cette étude, c'est la manière dont, délibérément, j'ai voulu en quelque sorte ignorer *l'étiquette* qui marquait l'enfant, pour entrer en *dialogue* au-delà du symptôme.

Dialogue souvent bouleversant avec des parents

1. Fénichel explique ainsi le mot : « En ce qui concerne les mécanismes du choix de l'objet, Freud a fait une distinction entre le type de choix anaclitique – dans lequel un objet est choisi parce qu'il provoque des associations relatives à un autre objet original dans le passé, habituellement le parent du sexe opposé – et le type de choix narcissique dans lequel l'objet est choisi parce qu'il représente certaines caractéristiques de la propre personnalité du sujet. » On a donné le nom de situation *anaclitique* à la situation de détresse d'un enfant à qui il manque l'objet originel qui lui assure une sécurité.

éprouvés dans leur descendance, à qui trop souvent on s'est permis de dire : « Il n'y a rien à faire. »

La classification et l'étiologie diverses des arriérations ne doivent pas nous faire perdre de vue le point qu'elles ont en commun et sur lequel une psychanalyse peut avoir un certain effet : dans toutes ces familles, il y a un malaise à vivre, une histoire perturbante parallèle à l'arriération, ou qui aggrave celle-ci.

Les parents cherchent à être aidés, leur détresse est parfois plus grande que celle de l'enfant. Ce dernier, du fait même d'une agression physique précoce, a développé une sensibilité d'un type particulier.

La psychanalyse à l'école[1] (contraire en principe à la théorie analytique) s'impose dans un milieu de familles particulièrement éprouvées sur le plan économique et où les charges ne permettent pas de longs déplacements.

Tous les parents souhaitent pouvoir établir un dialogue analytique. Certains ont désappris à parler. « Je suis aux pièces, alors vous comprenez, quand je rentre, tout doit sauter, j'ai pas la force de leur parler. C'est la course au rendement, je n'entends plus les appels. »

Dans un grand nombre de cas, le couple parental offre l'image même de la résignation. Les parents n'ont pas en eux de quoi faire vivre leur enfant qui, dès le départ, est condamné à un certain état de désespérance et voué au non-sens le plus total.

Seule une dialectique verbale peut nous permettre d'espérer une modification des relations parents-enfant et, partant, l'évolution, parfois même la guérison, de ce dernier.

1. *1971.* Ma position sur ce point a bien changé depuis 1963. Je m'en explique dans *Le Psychiatre, son « fou » et la psychanalyse,* Seuil, 1970.

hospitalisme → ensemble des troubles psychosomatiques provoqués, chez certains sujets, par un séjour prolongé à l'hôpital

Quant à la *prévention,* mon attention a été attirée sur trois facteurs :

1. *La nocivité des hospitalisations et séparations précoces.* Elles provoquent des troubles parfois irréversibles, lorsque l'enfant est trop jeune ou n'a pas encore acquis le langage.

Des séparations sont parfois conseillées, malgré un passé d'hospitalisme, *parce que les conditions de logement sont insuffisantes.* Mais rien n'est ensuite changé : la mère doit toujours affronter des conditions de logement dramatiques, auxquelles s'ajoute le problème d'un enfant gravement perturbé par un éloignement contre-indiqué sur le plan psychologique.

2. On ne peut évidemment pas mettre les extraordinaires *difficultés de la vie matérielle,* en particulier du logement, au nombre des facteurs qui provoqueraient ou aggraveraient les déficiences mentales. Mais il faut tenir compte du fait que ces difficultés, auxquelles s'ajoute aussi l'ignorance complète de tout planning familial, accentuent les sentiments négatifs de la mère devant une nouvelle naissance. De plus, il arrive souvent que ces difficultés matérielles aggravent la tâche de la mère et finissent par créer des situations que l'on pourrait désigner du terme paradoxal mais certainement justifié d'*hospitalisme familial.*

3. Il importe d'attirer l'attention sur les méfaits graves causés par les *diagnostics médicaux.* Même si on n'a pas d'espoir, la seule attitude défendable est une perspective humaine, où quelque chose de positif est proposé aux parents en désarroi. « Vous savez, quand le médecin m'a dit : c'est congénital, vous n'en tirerez rien, ça a été terrible de ne plus avoir d'espoir. »

« Des gens bons, j'ai mis des années à en rencontrer.

Je serai reconnaissante pour la vie à ce M. X. *qui ne pouvait rien pour moi,* mais qui m'a parlé comme à un être humain. Ma petite fille, pour la première fois, ça a été un être humain et pas seulement un : Ah, si vous voulez vous en débarrasser. »

Ce dialogue humain, cette possibilité de parole ne sont pas donnés aux mères de déficients. Un verdict de condamnation a les effets les plus néfastes au niveau du couple d'abord, au niveau de l'enfant ensuite. Ces parents ont, plus que d'autres, besoin de sollicitude et d'appui moral. Les considérations qui précèdent n'enlèvent rien au caractère organique de bien des affections. Elles ont leur importance dans la mesure où elles attirent l'attention sur un facteur aggravant supplémentaire.

9

Les étapes d'une réflexion sur l'arriération

Dans l'*Évolution psychiatrique,* 1962, tome XXVII, fasc. III, B. Castets, R. Lefort, M. Reyns, rendant compte d'une expérience de psychothérapie sur des débiles (dont certains grands arriérés) dans un IMP du Nord de la France, font la remarque suivante : « Il ne semble pas inconcevable qu'idiotie, imbécillité et débilité mentale ne soient le plus souvent que formes d'autisme... ne soient, en un mot, que formes psychotiques demandant à être traitées comme telles. »

Cette expérience, qui vient recouper d'autres expériences isolées, constitue en elle-même une date dans l'histoire de la médecine.

En effet, jusqu'à une date encore relativement peu éloignée, le diagnostic de « débilité mentale » était un diagnostic sans appel, une contre-indication pour toute tentative psychothérapique.

Les *psychanalystes,* avertis par Freud que les insuffisants mentaux et les surdoués pouvaient provenir d'une même source, l'hystérie, acceptaient bien la notion de « bêtise » comme défense névrotique, mais refusaient par ailleurs de donner un sens à la débilité mentale conçue comme un déficit organique [1].

1. Les psychanalystes se sont occupés des enfants normaux,

Physiologistes et biologistes ont décrit les altérations du cerveau chez certains déficients mentaux. Les endocrinologues ont mis en évidence les anomalies de métabolisme dans certaines formes d'oligophrénie, soulignant par ailleurs que certaines psychoses sont liées à un déséquilibre endocrinien. Bref, des classements multiples ont été essayés pour décrire les anomalies des déficients mentaux, sans permettre d'aboutir cependant à une théorie sur le rapport entre les types d'insuffisance organique et la conduite des sujets : ceci ne s'expliquant pas toujours par cela.

Les *psychologues,* influencés malgré eux par les thèses organicistes, ont établi eux aussi des classements, destinés plutôt à décrire un développement mental type qu'à expliquer l'insuffisance de ceux qui n'avaient pas atteint aux tests la moyenne requise. L'intelligence est considérée comme une quantité homogène; la notion capacitaire prévaut pour décider de l'orientation d'un sujet.

C'est en Amérique surtout que s'est développée, à tous les échelons (scolaires, industriels), la tendance à l'utilisation universelle des tests, épreuves servant à répartir les humains en surdoués, doués, médiocres. Cette obsession de la classification est en quelque sorte une conséquence du taylorisme : il s'agit d'obtenir partout le meilleur rendement possible d'individus considérés, à la limite, comme des robots.

Ces idées ont été combattues par les Russes pour des raisons idéologiques; dans leur esprit, tous les hommes

---

inhibés ou névrosés, chez qui la *bêtise* était le signe d'un blocage affectif, se répercutant sur le plan intellectuel. L'insuffisance mentale a été, par contre, tenue longtemps hors du champ d'investigation psychanalytique.

doivent arriver à se développer si on leur assure un milieu favorable – et l'accent est mis essentiellement, en URSS, sur la pédagogie destinée à donner la même chance à tous. Cependant, depuis quelques années, les chercheurs russes commencent à mettre en question les échecs d'une pédagogie rationnelle, et à en chercher le sens.

Cette attitude, plus généreuse que celle des Américains et qui rejoint la conception, propre au XVIIIe siècle, de l'homme raisonnable par essence, n'en est pas moins pratiquement inefficace, car elle revient à nier la débilité mentale et ses problèmes, pour appliquer au sujet les méthodes éducatives courantes avec le simple souci de les adapter à un développement retardé.

En France, c'est à partir d'une classification psychologique et organiciste que des établissements, dont certains remarquables, ont été créés pour les insuffisants mentaux. Une pédagogie a été mise au point pour « réadapter socialement »; les progrès de l'orthophonie, de la rééducation psychomotrice font que les enfants peuvent bénéficier dans un IMP des techniques les plus modernes en ce qui concerne la rééducation.

Mais l'échec de rééducations techniquement bien conduites amène certains médecins à s'interroger.

Si, il y a quinze ans à peine, tous les débiles étaient exclus des consultations psycho-pédagogiques comme « inaptes à une psychothérapie », ils sont souvent, aujourd'hui, l'objet d'une sollicitude particulière. Il s'agit, pense-t-on, de distinguer le « vrai » débile, inapte à une psychothérapie, du « faux » débile, pour qui tous les espoirs sont permis.

C'est dans ce sens que s'orientèrent mes premières recherches. En 1950, je publiai le compte rendu de l'analyse d'un enfant débile entreprise sous le contrôle du Dr F. Dolto.

Le premier dessin de Xavier était celui d'un homme sans tête, marchant sur une corde raide au-dessus d'un précipice.

Il s'agissait d'une histoire dramatique, tenue secrète à l'anamnèse et qui ne se dévoila que petit à petit. Cet enfant de 5 ans servait à protéger par sa présence un père recherché par les polices françaises, qui avait collaboré avec les Allemands, livré un village entier, et avait sur la conscience le meurtre de centaines d'hommes. De père redoutable dans son uniforme nazi, il était devenu un homme traqué; son seul recours était de se cacher avec son fils, dont la présence devait suffire à faire taire tous les soupçons. Or, malgré le fils, ou à cause du fils, le père fut arrêté.

Dès ce moment, l'enfant développa une sorte de « perte de la réalité » selon les uns, une « attitude régressive » selon les autres; les acquisitions scolaires cessèrent. Quelque chose dans le développement de Xavier semblait stoppé.

A l'âge de 6 ans, l'enfant se trouvait avoir perdu non seulement un père *réel* (on peut s'accommoder d'un deuil), mais véritablement ce que Lacan appelle le *Nom du père,* qu'il ne pouvait plus évoquer sans honte – jusqu'au point de se sentir non tant orphelin de fait qu'orphelin en lui-même, par perte du signifiant paternel.

Le dessin livré en première séance fut explicité verbalement lors de la cure : « Cet enfant était sans tête, parce que s'il avait une tête il serait fou de souffrance. »

En réalité, l'histoire de l'enfant remontait bien au-delà du drame. Le père faisait la loi dans son uniforme nazi; mais à la maison, c'est la mère qui *était* la loi, et c'est là une caractéristique que nous retrouvons chez tous les psychotiques et chez la plupart des débiles.

La réussite de la psychanalyse de Xavier me fit croire qu'il y avait de « *faux* » et de « *vrais* » débiles. Je m'orientai donc, dans un premier temps, vers un examen psychologique poussé, et je pus établir deux catégories : ceux qui obtenaient un niveau *homogène* de débilité aux différents tests et ceux chez qui les résultats étaient *contradictoires* d'un test à l'autre.

C'est sur ce critère que je me basais pour orienter ou non des enfants vers une psychothérapie...

Or, Françoise Dolto prit un jour, à Claude-Bernard, un enfant en psychothérapie malgré l'homogénéité manifeste des tests, attestant la débilité du sujet (0,60). L'anamnèse était « plate », comme c'est souvent le cas chez les psychotiques. Il n'y avait rien à signaler. Tout était parfaitement normal dans la famille.

Mais, que révéla bientôt l'analyse? Que l'enfant était l'objet qui protégeait la mère contre sa propre phobie des chiens. L'amélioration de l'enfant amena une crise grave chez la mère qui dut, elle aussi, être traitée. Mère et enfant formaient un seul corps; à toucher à l'un, on atteignait immanquablement l'autre.

Il est d'ailleurs à noter ici, que ce n'est pas la mère qui demanda à consulter pour l'enfant, mais l'institutrice. Quant au père, il se retranchait derrière sa femme : « C'est elle qui décide. »

La réussite de ce cas (certificat d'études avec QI notoirement insuffisant et demeuré inchangé par l'analyse) m'ébranla à jamais dans la sûreté d'un diagnostic, sûreté à laquelle en psychanalyse on ne devrait en aucune occasion se fier.

C'est alors que je me mis à étudier les *Réactions de*

la famille à la débilité. Ce rapport fut présenté en 1954 au Congrès des Centres psycho-pédagogiques à Paris. L'étude portait sur quatre-vingts enfants, dont le QI variait entre 0,35 et 0,80.

J'avais abandonné la classification « débile homogène » et « débile à résultats contradictoires ». Je m'étais aperçue que certains débiles à caractère homogène se voyaient récupérés par une psychothérapie, alors que d'autres à résultats contradictoires ne progressaient guère.

Je terminais cette étude sur les remarques suivantes :

« Un QI inférieur ou supérieur n'a pas tellement de sens en soi. Ce qui compte, c'est ce que l'enfant fait de son QI. Ce à quoi lui sert son intelligence. En avançant dans l'analyse de ces enfants, on est amené à un moment à se poser la question : est-il débile ou schizoïde? Si on va plus loin, c'est la notion même de débilité et peut-être même la genèse des psychoses qui devraient être remises en question. »

Ce travail n'eut d'autre effet que d'inquiéter les médecins sur la notion de « fausse débilité ».

Serait-il possible, me répondit-on, que, par suite d'erreurs de diagnostic, un « faux » soit classé comme « vrai »?

Il était trop tôt pour que *la notion même de débilité* pût être publiquement *mise en question.*

Le résultat pratique fut toutefois qu'à partir de là, tout enfant à QI insuffisant subit à Claude-Bernard un « examen complémentaire » (et c'est à moi qu'échut le privilège d'avoir à suggérer, ou non, l'utilité d'une psychothérapie).

N'ayant pas le temps *matériel* de faire subir à tous ces enfants des « épreuves complémentaires », je pris au moins celui d'écouter *leur discours.*

« Oh, là, là, vous alors, vous savez quand même bien que je ne peux pas. »

Tous ne donnent pas aussi nettement la clé de leur débilité. Mais ils indiquent tous, d'une façon plus ou moins confuse, leur manière de se situer face à l'Autre. Il est rare qu'ils s'opposent à cet Autre; ils cherchent de préférence à se couler dans le moule de son désir. Tout affrontement est refusé, et l'épreuve de castration est bien la pierre d'achoppement devant laquelle bute tout débile. Cette épreuve, il la vit dans sa réalité corporelle, parce qu'il est un sujet diminué, mais il ne peut la vivre au niveau symbolique. Il ne peut en effet en rendre témoignage, et encore moins, à partir de là, lancer vers l'Autre un appel.

Au niveau de la *parole,* tout danger de castration est nié. La débilité intervient pour ne point communiquer ce que le sujet éprouve.

Et l'intelligence se structure d'une façon telle qu'elle devient non pas interrogation sur la vie et la mort, mais qu'elle *est* cette mort même. On a là la réponse d'un sujet qui se veut, à la limite, asexué pour n'avoir à s'interroger sur rien.

L'analyse l'amène à se mettre en question à partir de son insuffisance vue comme « manque » (c'est bien ainsi qu'est ressentie par tout sujet, sur un mode quasi persécutif, l'intervention de l'analyste dans sa vie).

Or, cette insuffisance est, pour le débile, bien pleine, elle a justement comme fonction de cacher non seulement son propre manque à être, mais ce qui est ressenti comme manque à être dans la mère.

L'absence d'image paternelle comme support identificatoire constitue pour le garçon le sens même de son arrêt – d'un arrêt qui va de pair avec le refus de se mettre sous une autre loi. Il reste fixé à un moi imaginaire d'un certain âge, son choix se fait dans ce sens. Un choix, qui, la plupart du temps refuse un devenir d'homme.

Dès qu'une analyse est engagée, tout critère de « vrai » ou de « faux » débile tombe. Ce qui compte seul, c'est de savoir sur quel mode est vécue la débilité par le sujet et sa famille.

Il existe un type de relation mère-enfant que l'on retrouve dans les cures de psychotiques. Le pronostic est favorable si l'enfant est jeune, et si la mère peut être aidée.

Certains mécanismes apparaissent dans les maladies psychosomatiques comme dans certaines structures perverses. Dans la mesure où l'enfant retire un bénéfice secondaire assez grand de sa maladie, il y renonce difficilement – d'où les échecs de certaines cures.

Avant de poser la question « Qu'est-ce que la débilité mentale? », je voudrais donner ici un exemple de ce qu'Aulagnier nomme *« le dévoilement du fantasme »*. Il s'agit en l'occurrence d'un moment crucial dans la cure de Mireille.

« Ça me fait mal, c'est pas bien, ça me rend triste. Les robes, c'est pas gai. C'est défendu les pantalons. Tante Éliane n'aime pas les pantalons.

« C'est mes affaires, de ne pas être en pantalon.

« Les culottes ne dépassent pas les genoux. *C'est parce que ça se voit,* que les pantalons sont pas bien.

« Quand on a les jambes couvertes, ça va plus.

« Je me porte mal. Je sens que je vais attraper la maladie du pantalon.

« C'est mal élevé d'être en pantalon. On voit notre derrière et *on voit tout,* tu comprends, c'est-à-dire rien.

« Mon affaire, c'est les robes. Ça représente le diable

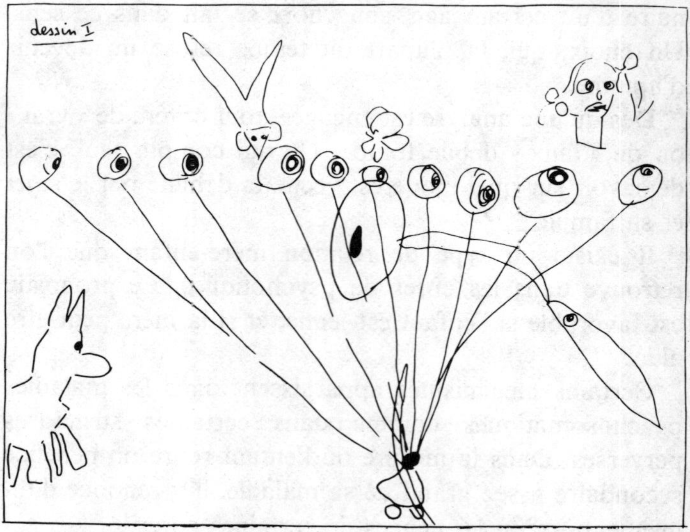
dessin I

dessin II

que les pantalons. Le diable a un collant et un pantalon. »

Dessin 1 : « C'est Mme M. qui va être en pantalon, avec des cheveux qui dépassent les genoux. Voilà le pantalon de Mme M. avec du caca devant. Elle est sale, ça sort du pipi par en dessous. Oh, là, qu'elle est sale!

« Et puis elle fait caca dans ses cheveux.

« Elle n'a *qu'un œil,* car elle est en pantalon. L'autre œil est parti dans le pantalon et saigne. Cet œil voit les cheveux rouges. Il est content et voit une fleur marguerite.

« Cet œil regarde le feu qui sort du popo de Mme M. Cet œil, il en voit plein d'autres, en lignes. Tous ces yeux jugent l'œil du pantalon. Car cet œil pantalon prend du plaisir.

« Dans le pantalon, il y a un œil qui voit un loup qui arrive avec la langue qui dit : c'est bon, *il veut manger l'œil du pantalon.* »

« Le loup va manger l'œil du pantalon. Mme M. n'en aura plus.

« A partir de maintenant, c'est l'autre œil qui va fonctionner : il y aura un poisson qui va envoyer une ficelle dans la bouche de Mme M. Il voit un masque, plus d'autres yeux. Ce masque, c'est un homme. L'œil du poisson voit *l'autre* œil du loup.

« Le loup est content de voir ça.

« Le masque a été distrait. Il a vu quelqu'un avec des nattes.

« C'est un autre masque.

« Ces yeux, ça voit rouge, c'est-à-dire *la mort dans Mme M.* Elle va mourir, car elle aime mourir.

« Derrière (dessin II) je te fais la suite. » (Il s'agit d'une tête statue reliée par les yeux à une mère phallique.)

« Mme M. ne s'est pas laissée mourir. Elle a accepté des nattes et un grain de beauté. Sa tête est coupée, elle s'est laissée mourir.

« Ses yeux voient quelqu'un d'autre de vivant qui lui parle et n'est pas en pantalon. Ce quelqu'un a mis une chemise de nuit. Les yeux vont de l'un à l'autre. Mme M. est changée en statue. Elle n'a plus peur qu'on lui coupe rien. » Et l'enfant s'en va, main sur son sexe.

On exige que Mireille mette un pantalon. Cet ordre, Mireille ne peut l'exécuter. On le lui met de force. Mireille va dès lors marcher comme une automate, ayant perdu tout repère d'identification devant le mystère que semble recouvrir pour elle le vœu de l'Autre de la voir en pantalon. Mireille ne sait plus qui elle est, elle réclame avec angoisse une robe pour pouvoir à nouveau se nommer.

En attendant, elle se présente, face au désir de l'Autre, comme un objet qui a perdu non seulement toute identité, mais toute unité; le miroir lui renvoie une image d'elle-même dépourvue de signification – et l'Autre en tant que support identificatoire se trouve du même coup dissous : c'est l'angoisse. La réponse est un corps fantasmé morcelé, dans lequel l'enfant exprime le nœud même de son drame – et situe le manque fondamental d'où toute accession à l'état de sujet semble impossible.

En effet, aimer, pour Mireille, c'est absorber ou être absorbé, c'est-à-dire se faire objet. C'est pourquoi tout ce qui est plaisir est immédiatement en danger d'être supprimé, mangé par l'Autre.

Et cependant, Mireille s'efforce de se situer comme sujet face à l'Autre (les yeux se relient l'un à l'autre, se fixent sur quelqu'un de vivant), mais pour que cette relation se maintienne, c'est le corps, source de plaisir, qui va être aliéné : Mireille devient statue, loin de tout danger de captation, hors de toute menace de dévoration.

Elle nous laisse pour message cette succession d'yeux, introjection de l'Autre au niveau de son corps, en tant que multiplication de corps partiels qui sont là comme autant de menaces endogènes.

Nous découvrons ici une dimension du drame commun à un certain type de débiles, qui nous permet de comprendre pourquoi, chez eux, une rééducation intensive (voire l'emploi de l'oreille électronique) peut précipiter une évolution psychotique, par introduction de corps étrangers supplémentaires.

Qu'est-ce donc que la débilité mentale?

Je suis partie de thèses organicistes et de classifications psychologiques, pour aboutir, à travers les remises en question continues de mes recherches, à quoi?

A ne rien vouloir connaître, dans un premier temps, du QI ou de l'atteinte organique, afin d'écouter le sujet parler, pour saisir, à travers son discours et celui des parents, le sens qu'avait pu prendre la débilité pour lui et pour eux.

Or, il est bien difficile au débile de parler; il est parlé. Il lui est difficile de désirer, il est objet manœuvré, rééduqué depuis son plus jeune âge. La dimension que nous lui donnons le plonge dans l'angoisse : à être traité en sujet, il perd tout à coup tout repère d'identification. Il ne sait plus qui il est, ni où il va. Et souvent la tentation sera grande pour lui de rester dans une quiétude débile plutôt que de s'aventurer seul dans l'inconnu.

Dans l'état actuel de nos connaissances, toute « épreuve de psychothérapie de trois mois » vaut la peine d'être tentée, même et je dirais surtout pour l'être le plus déshérité. Car plus un sujet est organiquement atteint, plus il est appelé à vivre en parasite de la mère.

Le placement de tels enfants en IMP amène souvent comme réaction première un besoin de se montrer destructeur à l'égard de l'ambiance, compromettant ainsi, lorsqu'il en existe, les chances de rééducation. Un essai de psychothérapie permet au moins de mettre à jour le négatif et de lui donner un sens.

Plus nous avançons dans l'abord psychanalytique du problème de la débilité mentale, plus nous nous éloignons des notions psychologiques courantes concernant l'intelligence.

L'intelligence est une notion grossière, opposée artificiellement à l'affectivité. La débilité n'a rien à voir avec la bêtise qui est plutôt défense névrotique [1]. Le critère d'adaptabilité est lui aussi insuffisant pour témoigner de la notion de débilité. Nous avons vu des débiles parfaitement adaptés, obtenant même des succès scolaires, mais néanmoins « débiles » aux tests.

N'est-ce donc pas la notion même d'intelligence qui est à réviser?

L'étude systématique des enfants débiles amènerait peut-être, au-delà de l'organicité irréfutable dans certains cas, à mettre à jour des facteurs communs que nous retrouvons dans les cures de psychotiques. J'ai essayé de les pointer tout au long de mon travail.

Rappelons pour mémoire ce qui m'a paru être le ressort essentiel :

1. *Situation duelle avec la mère,* sans intervention d'image paternelle interdictrice.

2. *Refus de la castration symbolique* (c'est en tant qu'objet partiel que l'enfant est l'enjeu de la demande de l'Autre).

3. *Difficulté d'accéder aux symboles* et rôle joué par

1. Voir note p. 164-165.

la carence de la métaphore paternelle dans certaines difficultés spécifiques du calcul.

J'en viens ainsi à poser cette question : *le débile n'a-t-il pas plus à gagner à être traité comme malade mental (avec un espoir de récupération) que figé dans une orientation basée sur un déficit capacitaire?*

Il n'y a pas si longtemps, le psychotique était voué à l'asile. Aujourd'hui le débile a encore pour destin d'être l'objet de quelqu'un ou de quelque chose (il passe de la rééducation maternelle à toutes sortes de modes de rééducation). Demain peut-être nous trouverons avec plus de sûreté la voie qui amènera le débile à se reconnaître comme humain, avec des désirs non aliénés dans l'Autre. Alors seulement, les notions de débilité pourront être remises en question.

Appendices

1

Psychanalyse et rééducation

Les psychanalystes d'enfants sont encore, à leur insu, fascinés par la pédagogie, fascination qui prévalut pendant toute une époque.

Je chercherai ici à mieux situer la psychanalyse infantile face à la pédagogie et aux différentes formes de rééducation.

Il s'agit de savoir si nous agissons d'une façon toujours opportune en dirigeant d'emblée un enfant vers une rééducation, sans prendre la peine de mieux comprendre ce qui sous-tend le symptôme pour lequel les parents viennent consulter.

Si, du point de vue de la pratique, on se débrouille comme on peut dans des consultations souvent chargées, au personnel insuffisant – il n'en reste pas moins que, du point de vue de la théorie, il existe actuellement un problème, et surtout lors de la première consultation : faut-il orienter tout déficient mental vers une classe de perfectionnement, tout dyslexique vers une rééducation, ou doit-on d'abord comprendre le sens d'un symptôme qui, si on le rééduque trop tôt, risque de s'exprimer d'une autre manière.

Mon expérience m'a appris que les différentes formes de rééducation, si précieuses lorsqu'elles sont employées à bon escient, se trouvent gaspillées quand l'enfant n'est pas prêt à en bénéficier comme sujet autonome et responsable. Les difficultés risquent même de se structurer sur un mode de défense obsessionnelle. La psychanalyse entreprise après une rééducation manquée sera toujours plus difficile, et souvent vécue par l'enfant comme un gavage supplémentaire.

En faisant le point d'une certaine évolution de la psychanalyse, j'ai pour souci d'introduire des questions là où parfois tout a été résolu au moyen de solutions apportées par une autre époque et qu'on a eu le tort de considérer ensuite comme définitives.

La psychanalyse infantile, à ses débuts, s'est heurtée, dans sa technique, au problème pédagogique. De nos jours, les différentes formes de rééducation ont, dans bien des cas, pris la première place aux dépens de l'analyse proprement dite.

S'il était bien établi que, pour guérir un adulte, le psychanalyste se devait de rester à l'intérieur d'une technique rigoureuse (c'est-à-dire qu'il ne devait pas devenir moraliste), pour la psychanalyse infantile on a cru pouvoir se permettre tous les écarts de technique — et notamment, l'intervention au niveau du réel, comme si on était un super-éducateur, un super-parent. Cette attitude normative a eu des effets fâcheux dont nous ne sommes pas encore débarrassés. Actuellement, si les psychanalystes admettent que pareille façon de faire n'est pas conforme à la doctrine freudienne, ils continuent, malgré eux, à être influencés par la pédagogie. Ils restent trop souvent pédagogues, lorsqu'il s'agit de troubles scolaires, de débilité mentale, de dyslexie, de dyscalculie, etc.; ils proposent des rééducations, là où souvent une investigation psychanalytique serait nécessaire (fût-ce dans un premier temps).

C'est cette progression dangereuse des influences

culturelles, sociales, morales, sur la psychanalyse que je vais essayer d'éclairer en posant ici le problème à ses origines.

Jusqu'à une date encore très récente, la psychanalyse d'adultes appartenait à un secteur privé de la médecine, et son emploi dans les hôpitaux restait assez limité. Il n'en fut pas de même pour la psychanalyse infantile, qui prit son essor parallèlement au développement du Service social à travers le monde. Si bien que, dans certains pays, psychanalyse infantile et assistance ont pu, à la limite, se confondre.

« Comment séparer, nous dit-on [1] au Congrès international de Service social de 1927, le Service social et le domaine du prêtre, du juge, du médecin, de l'éducateur? »

C'était l'époque où moniteurs et psychologues se répandaient aux États-Unis, alors qu'en Europe les applications de la psychiatrie restaient réservées aux médecins, la *lay analysis* n'étant qu'à ses débuts.

Cet essor, Freud l'avait prévu : il avait rêvé, lui aussi, d'une médecine humanitaire et de la nécessité où nous serions un jour « d'adapter notre technique à des conditions nouvelles ». Il avait fait le rêve de voir les États-Unis accepter un jour la charge d'investissements que représenterait la psychanalyse des assistantes sociales.

« Quelle que soit la forme de cette psychothérapie populaire et de ses éléments, ajoutait-il, les parties les plus importantes, les plus actives, demeureront celles qui auront été empruntées à la stricte psychanalyse dénuée de tout parti pris » (ou, comme le dit la traduc-

1. Dr René Sand, *Le Service social à travers le monde,* Armand Colin, 1931.

tion française, la psychanalyse qui ne se préoccupe d'aucun idéal social ou charitable).

La vision de Freud se réalisa aux États-Unis, mais la part principale qui devait revenir à la psychanalyse pure se trouva réduite par le fait qu'on fit l'économie d'une véritable formation psychanalytique des *psychiatric social workers.*

Dans l'article que je viens de citer, Freud avait insisté sur le fait que la psychanalyse des classes populaires serait plus difficile, du fait que la névrose est plus précieuse pour les pauvres et plus difficile à abandonner [1]. On tendait aux États-Unis à faire comme si la psychanalyse du pauvre, au contraire, demandait moins de frais.

Les *psychiatric social workers* sont au service des familles en proie à des difficultés psychologiques, de caractère conjugal ou pédagogique : il s'agit essentiellement de réadapter l'individu au milieu. Le *psychiatric worker* devient en quelque sorte l'arbitre d'un conflit, le conseiller que l'on écoute.

Voici le rapport textuel d'une de ces activités [2] : « Karl, un garçon de 11 ans, exaspérait son entourage par sa désobéissance, sa violence, sa paresse, ses frères et sœurs le ridiculisaient sans cesse, ses parents lui faisaient de constants reproches, ses professeurs le punissaient ou

1. Nous avons aujourd'hui, dans ce domaine, une expérience plus étendue qu'à l'époque de Freud, mais qui va dans le même sens. Il faut tenir compte du bénéfice secondaire de la maladie et des résistances qui en résultent. Ces cas se rencontrent dans toutes les classes sociales. Mais peut-être la perspective de quitter la névrose pour aller vers la réalité est-elle plus facile à envisager quand les conditions extérieures sont plus souriantes.

2. Porter R. Lee et Marion E. Kenworthy, *Mental Hygien and Social Work,* New York, The Commonwealth Fund, 1929.

refusaient de s'occuper de lui. On parlait de le placer dans une classe pour anormaux ou dans un centre de rééducation.

« La clinique d'éducation du caractère fit une enquête qui montra que l'enfant était victime d'un milieu dans lequel les préoccupations matérielles causaient une perpétuelle tension nerveuse.

« L'assistance psychiatrique obtint petit à petit de la mère qu'elle encourage son fils, au lieu de le rebuter; des frères et sœurs, qu'ils cessent d'entretenir en lui un sentiment d'infériorité; des professeurs, qu'ils s'attachent à louer ses progrès plutôt qu'à insister sur ses échecs. »

C'est là, sous une forme caricaturale, l'exposé de ce qui se produit quand on néglige la compréhension analytique pour mettre tous ses espoirs dans une rééducation par le conseil. Il arrive ainsi qu'après avoir donné aux parents des conseils estimés judicieux, on assiste à leur démission sous l'effet de la culpabilité, l'anxiété de l'enfant ne faisant que s'accroître [1].

C'est vers 1930 que s'est manifesté au maximum en Amérique ce besoin de bonté et de charité dont la psychanalyse nous a appris à nous méfier.

Des *habit clinics* (cliniques de bonnes habitudes) furent créées pour les jeunes enfants difficiles. Les *child guidance clinics,* pour dépister les arriérations et éduquer

1. Le symptôme, comme le rappelle Lacan, est une « parole bâillonnée ». Le sujet dans l'expérience analytique cherche à faire entrer l'analyste dans son jeu, c'est ce que nous désignons improprement sous le terme de résistance (en fait c'est de la résistance de l'analyste qu'il s'agit). Toute relation à l'Autre est marquée du sceau de l'imaginaire (c'est dans ce champ que se situe la demande de conseil). L'expérience analytique amène le patient à traduire la demande à un autre niveau, le niveau symbolique. Lacan reproche au psychanalyste traditionnel de s'être fixé sur une dialectique réduite du sujet.

les caractères. Ce souci d'éducation s'étendit aux parents. On créa non seulement des écoles de parents, mais encore des écoles d'éducation sexuelle pour adultes.

Ainsi, à côté de la psychanalyse classique, en apparence sous son influence, mais en réalité dans une tout autre direction, s'est développé dans ce pays tout un système psycho-social de prévention et de cure.

Il s'agit, bien souvent, d'un véritable gavage, d'un *forcing* de bonnes habitudes et de conseils éclairés. Il n'est pas inutile de signaler que des institutions et des méthodes de ce genre font en quelque sorte écho à l'insécurité orale énorme des Américains [1].

J'ai brossé là le tableau d'un phénomène qui n'est pas propre à l'Amérique (bien qu'il y ait été à un moment particulièrement visible) et qui concerne ce qu'on pourrait appeler les effets parallèles du développement de la vraie psychanalyse [2].

C'est dans ce climat de médecine sociale que la psychanalyse s'est développée également en Angleterre. Mais cette application se limita aux tribunaux pour enfants, aux cliniques de *child guidance*, aux crèches

1. Il existe une forme « d'insécurité orale » qui se manifeste par une avidité et une exigence toujours insatisfaites. Ici, il ne s'agit pas de donner des biberons supplémentaires et variés, mais d'inventer des formules sans cesse renouvelées d'éducation, de pédagogie, de diététique, pour combler l'angoisse des mères américaines. Ce souci d'éducation des parents se confond en fait avec un *forcing* de conseils qui est le contraire même d'une information objective, et empêche toute mise en question des problèmes individuels.

2. A côté de la psychanalyse, s'est développée une sorte de pédagogie inspirée d'une vulgarisation simpliste des notions freudiennes. Le conseiller sexuel, éducatif, vient doubler le psychanalyste, au grand détriment de la psychanalyse. Les caricatures américaines sont à ce sujet éloquentes par elles-mêmes.

expérimentales. Et il semble qu'il y ait eu, au départ, primauté de la compréhension analytique sur le facteur social, ou tout au moins qu'un travail plus modeste que celui qui avait été entrepris en Amérique ait permis un meilleur contrôle par l'équipe analytique, et ait évité les abus. La présence d'analystes donne à la consultation de *child guidance* une allure différente de celle qui caractérise le simple travail du *psychiatric social worker,* même si celui-ci travaille en équipe, conseillé par un analyste dans les interprétations à donner au client.

En Angleterre, on a eu pour souci de faire la part et de l'influence du milieu (avec les modifications à y apporter) et des conflits intra-psychiques. Ces conflits intra-psychiques, le psychanalyste avait fini par en oublier l'existence, préoccupé qu'il était d'agir sur le milieu ambiant.

Un des grands mérites de Melita Schmideberg a été d'abandonner des recettes et idées préconçues, pour revenir à une authentique mise en question des problèmes humains. Si elle fit une large part à l'influence du milieu et au facteur social dans l'étiologie des névroses (proposant notamment des mesures nombreuses de prévention et d'hygiène sociales), elle sut par ailleurs rester une clinicienne rigoureuse dans ses consultations hospitalières.

Sa conception, quant à l'influence à exercer sur les parents, allait en quelque sorte à l'opposé des conceptions américaines : son mérite fut d'*écouter* les parents; elle leur donnait peu ou pas de conseils, mais elle était entièrement disponible aux récits de leurs malheurs ou de leurs griefs, même quand les enfants étaient déjà des adolescents.

Elle écoutait, usant de sa connaissance analytique pour décider jusqu'où elle pouvait aller dans ce qu'elle demandait aux parents. Et elle se montrait fort peu exigeante. Elle cite le cas d'une mère lui amenant son enfant psychotique; la mère se félicite du changement et ajoute : « Cela doit être l'influence de la lune. » « Pourquoi pas? » répond Melita Schmideberg. Elle ajoute : « La bêtise de certains parents est leur manière de réagir à une situation intolérable [1]. »

« Je n'ai aucun but, ni aucune vue en matière d'éducation, déclare-t-elle, et il a pu m'arriver d'approuver une mère hypertendue de battre son enfant lorsqu'elle en ressentait le besoin; non pas que j'approuve les fessées, mais un effort de self-control était au-dessus des forces de cette mère. »

Il s'agit, par la psychothérapie, d'amener l'enfant à se débrouiller avec la mère qu'il a, plutôt que d'inculquer à celle-ci des principes éducatifs qui correspondent peut-être à la vérité de l'analyste, mais non à celle du client.

Melita Schmideberg avait donc une double attitude :

D'une part, elle éclairait, par sa compréhension analytique, le problème social des enfants délinquants, des orphelins, et provoquait des études sur les enfants en milieu hospitalier, afin d'introduire des réformes sociales nécessaires. Disons que, sur ce plan, elle avait une conduite politique; éducateurs et juges ne pouvaient qu'y gagner en compréhension d'un problème qui est aussi le leur.

D'autre part, elle agissait dans ses consultations avec une rigueur analytique qui la mettait à l'abri du danger d'influencer le milieu de l'enfant dont elle s'occupait.

1. Melita Schmideberg, *Children in need,* Allen and Unwin Ltd., London.

Au moment où se développaient en Occident les œuvres sociales et les techniques psychanalytiques, la Russie de 1930 mettait en marche un énorme appareil d'État pour créer des conditions de vie cadrant le mieux possible avec le travail : en même temps que les parents recevaient les moyens de faire un travail productif, les enfants étaient éduqués, et l'accent était toujours mis sur la nécessité de loisirs pour les uns et les autres. Bref, l'assistance était réduite au minimum, et l'intégration de chacun selon ses possibilités et ses goûts encouragée au maximum. Il s'agissait là d'une conduite politique; il n'était pas fait de place à la psychanalyse.

Et cependant, cette conduite politique n'aurait pas été désavouée par Freud. Dès 1919, il insistait sur le fait que la seule solution [1] valable se situait au niveau de l'État, parce qu'elle impliquait de véritables réformes de structure.

« Nous ne pouvons pas, disait Freud par ailleurs, adopter dans la vie une attitude d'hygiénistes ou de thérapeutes fanatiques. La prophylaxie idéale des maladies névrotiques ne serait pas avantageuse à tous. Les névroses ont une fonction biologique en tant que mesure défensive et une raison d'être sociale. »

Il ne s'agit donc pas tant d'enseigner aux hommes à être bons, charitables, tolérants, que de provoquer à l'échelon politique des réformes de structure pour que l'homme puisse, en quelque sorte dans un cadre légal, trouver les moyens de développement.

Si le psychanalyste d'enfants risque, en consultation, de se substituer à la *Société,* en cherchant à réformer le milieu plutôt qu'à mettre l'accent sur les troubles psychogènes de l'enfant, il risque, face aux parents, d'être

1. S. Freud, *De la technique psychanalytique,* p. 33, Paris, PUF.

victime d'une erreur identique : la tentation est grande pour lui de se substituer aux *éducateurs* naturels en se posant en pédagogue ou en moraliste, plutôt qu'en psychanalyste. C'est d'ailleurs autour de cette controverse que s'est faite la principale scission dans le monde analytique anglais.

Anna Freud, en effet, se voulait, à ses débuts, super-éducatrice. Non pas dans un esprit de réforme sociale, comme les *psychiatric workers* américains : elle était analyste, son point de vue restait individualiste. Mais les parents étaient pour elle l'adversaire; il fallait se substituer à eux au point de vue éducatif. Et le souci social reparaissait avec cette idée que l'on pourrait créer des écoles spéciales pour recueillir les enfants en analyse, afin d'éliminer l'influence des parents.

Pareille attitude de « mère adoptive » risque d'ailleurs si peu d'être comprise qu'Anna Freud suggère, à ses débuts, de limiter le recrutement de ces écoles aux enfants d'analystes...

Nous retrouvons dans cette controverse des questions touchant au contre-transfert de l'analyste face aux parents. C'est précisément par ce biais qu'Anna Freud fut amenée à considérer l'analyse d'enfants comme très différente de l'analyse d'adultes. Elle découvrit qu'il ne s'installe pas chez l'enfant de névrose de transfert. La cure, dès le départ fut conçue comme un mélange d'analyse et de rééducation. Ceci d'ailleurs aux dépens de l'analyse [1]. Anna Freud le montre bien en exposant le cas d'une enfant névrosée rendue perverse au cours de l'analyse, l'erreur ayant été, ainsi que l'avoue l'auteur, de ne pas permettre aux parents d'assumer normalement leur rôle d'éducateur.

1. Anna Freud, *Psychanalyse des enfants,* PUF, 1951.

Le mérite de Melanie Klein est d'avoir justement mis l'accent sur les dangers d'une telle attitude contre-transférentielle, et d'avoir ramené l'analyse d'enfants à la dimension de l'analyse d'adultes.

C'est par la réintroduction de la rigueur dans la conduite de la cure que le transfert va pouvoir apparaître; et, ajoute-t-elle, l'absence de toute intervention pédagogique, au lieu d'affaiblir le moi, le renforcera.

Melanie Klein, après avoir jeté ces bases nouvelles, se retrouva, à un certain moment, prisonnière d'un système (sa manière parfois discutable d'interpréter les fantasmes en dehors de tout contexte, l'analyste finissant par perdre de vue le discours du sujet, préoccupé qu'il est par la réponse à lui apporter). Mais les fondements de la psychanalyse infantile étaient posés.

Seulement l'essor de la psychanalyse infantile, principalement dans les consultations hospitalières, se trouva coïncider avec le développement de nouvelles techniques pédagogiques et sociales; cela donna à cette branche de la psychanalyse sa physionomie particulière. Si, à l'époque d'Anna Freud, on se voulait pédagogue, de nos jours, les multiples formes de rééducation interviennent pour s'emparer en quelque sorte de la même manière de la bonne conscience de l'analyste. C'est ce point que je voudrais maintenant développer.

La France a dû attendre la fin de la guerre de 1940 pour voir se développer les équivalents du *child guidance clinic*. Elle avait déjà de nombreux Services sociaux et toute une politique sociale, mais la psychanalyse n'était pas entrée dans la vie publique. Il existait seulement des consultations d'hôpitaux où les enfants pouvaient être suivis en analyse.

L'introduction de la Sécurité sociale allait créer

une demande publique de consultations médico-psychologiques. A Paris, un premier centre officiel de *Child Guidance*, patronné par les ministres de la Santé et de l'Éducation nationale, allait s'ouvrir sous l'impulsion de George Mauco et de Juliette Boutonier.

Depuis, les centres se sont multipliés, tant à Paris qu'en province. Des centres similaires se sont ouverts pour les étudiants : il s'agit des BAPU [1] (le premier fut créé à Paris sous l'impulsion de Claude Veil et Éliane Amado).

Le travail d'analyste dans un centre public pose des problèmes particuliers, dans la mesure où l'analyste, payé par la Société, cherche inconsciemment à se justifier par son « efficacité ». Or cette « efficacité » s'avère souvent contestable du point de vue de la règle analytique, et va jusqu'à compromettre parfois la « guérison » du sujet.

Freud avait, redisons-le, prédit une adaptation nécessaire de notre technique à une psychothérapie populaire; mais il avait insisté sur la sauvegarde de l'esprit analytique. C'est en fonction de cette rigueur qu'il me semble indispensable de mettre en question nos motivations personnelles dans nos actes extra-analytiques, toujours plus nombreux en consultation qu'en clientèle privée.

Deux exemples vont illustrer la question que je pose :

1. J'ai en psychothérapie une enfant qui vit avec quatre frères et sœurs et ses parents dans une chambre de bonne, sans eau. On me l'amène pour nervosisme et instabilité.

En réalité, c'est la mère qui est épuisée par les prodiges d'ingéniosité qu'elle déploie pour tenir coquette-

1. Bureau d'aide psychologique universitaire (dans le cadre de la Mutuelle des étudiants).

ment ses cinq enfants. Son mari est originaire d'Afrique du Nord. L'accès à une HLM leur semble impossible. La mère est fragile et seuls les ennuis extérieurs la mettent à l'abri d'une dépression.

Je me suis laissé influencer par la prépondérance du facteur milieu, et j'ai trouvé un logement pour cette famille. Ma seule attitude proprement analytique a été de mettre l'accent, pour cette femme, sur ses problèmes personnels, étrangers aux ennuis réels, et de l'obliger à revenir pour être suivie, elle, par quelqu'un d'autre que moi. Ces précautions n'ont pas évité l'épisode dépressif, au lendemain du déménagement.

Nous touchons ici à tout le problème de l'assistance sociale. Nous ne savons pas ce que nous faisons quand nous venons en aide, ou quand nous donnons des conseils. Des actes isolés qu'un analyste peut être amené à faire ne justifient pas pour autant la généralisation d'une forme d'action qui n'est certes pas de l'analyse[1].

2. Le second cas est celui d'un garçon qui vint « pour recevoir un secours et arrêter son travail de surveillant ». Il fut remis aux bons soins d'une œuvre universitaire et sa demande satisfaite. Il revint me voir pour me dire qu'il n'avait plus besoin d'une psychanalyse, puisqu'il avait obtenu ce qu'il demandait. A la question « Qu'est-ce que vous allez faire? » il me répondit : « Emmerder la Société en ne travaillant pas et en étant toujours secouru. »

Ce garçon était, certes, un grand malade; mais, en satisfaisant trop facilement sa demande, on avait coupé net une possibilité de récupération. S'il lui était quasi

1. Le droit au logement, à l'instruction spécialisée, le droit à une vie décente matériellement ne peut en aucun cas relever de la charité privée; c'est l'affaire de l'État (ce qui supprime le problème compliqué de la « dette » et de la reconnaissance).

impossible nerveusement d'assumer à la fois une surveillance et la poursuite de ses études, l'aide accordée allait, paradoxalement, lui donner le droit d'être malade et créer ainsi en lui-même une absence de désirs[1].

Dans une consultation de dispensaire, l'analyste se trouve induit, malgré lui, à attacher une importance au facteur *milieu* : il se sent ridicule, parfois, de prendre les questions par le seul biais analytique. Or, s'il est certain que le *milieu* joue, et mérite d'être dénoncé dans une perspective de réforme politique, il est non moins certain que, lorsqu'un individu se présente à nous, il y a intérêt à le situer comme sujet dans son histoire, c'est-à-dire, avant tout, à comprendre la nature de sa *demande* et à se garder bien souvent de la prendre à la lettre, pour que puisse s'articuler sa relation à l'Autre, c'est-à-dire à lui-même.

L'originalité de Balint en médecine a été de ne pas prendre à la lettre le symptôme, mais d'essayer, chaque fois que possible, de l'insérer dans l'histoire du sujet, en mettant l'accent sur le sujet plutôt que sur sa partie malade.

Le livre de Balint[2], tellement pertinent en médecine, a reçu en psychanalyse une application parfois discu-

1. Dans cet exemple, l'aide de l'État fit défaut au garçon tant qu'il fut bien portant. Elle lui fut accordée dès qu'il devint malade. La structure persécutive (quasi paranoïaque) du sujet existait bien avant ces événements – mais les difficultés matérielles, à l'âge où les études sont ressenties comme vitales, ont précipité l'éclosion des troubles névrotiques. S'il avait été moins atteint, il aurait utilisé sa névrose en militant sur le plan politique. Il a sombré au contraire dans une attitude de révolte anarchique, passive et stérile.

2. Balint, *Le Médecin, son malade et la maladie,* PUF, 1960, trad. par J.-P. Valabrega.

table. La question s'est posée, en effet, pour certains, de savoir s'il y avait lieu d'examiner l'enfant « symptôme des parents ». A cristalliser l'examen sur l'enfant, nous dit-on, on le fixe comme objet et on fige les symptômes.

Ce n'est pas ainsi que Balint pose le problème. C'est du contre-transfert qu'il s'occupe essentiellement, afin d'aider le médecin à prendre un recul suffisant à l'égard de la maladie, du malade et de lui-même. Il s'agit de savoir si le médecin va donner des médicaments, des conseils, une orientation, pour en être quitte avec son malade; ou bien s'il va être le support de la mise en question d'un problème humain qui lui est posé : ce qui revient à une mise en question de lui-même dans la mesure des résonances que le problème éveille en lui.

Or, c'est cela qui me semble capital en clinique infantile : car le médecin, sans qu'il s'en rende compte, a bien souvent tendance à satisfaire les parents en prenant le symptôme à la lettre. Je pense aux difficultés scolaires, aux problèmes soulevés par la dyslexie et la débilité. Il est certain que la tentation est grande d'orienter l'enfant, de le changer de milieu, d'introduire des rééducations diverses avant même qu'ait été comprise la signification du symptôme, aussi bien dans l'histoire du sujet que dans sa relation à la famille.

A différentes reprises, Freud a situé le problème de l'intelligence et de ses avatars dans la structure hystérique ou obsessionnelle. Nous avons cité ce texte des *Études sur l'hystérie* [1], où il est souligné que les surdoués et les débiles peuvent être issus d'une même perturbation : l'hystérie. Et nous savons, par notre pratique des analyses d'enfants, combien cette remarque se

1. S. Freud, *Studies on Hysteria,* vol. II, chap. III, Stand. édit., 1895.

confirme; je crois avoir mis en lumière, dans mon étude sur les surdoués et les débiles [1], que des mécanismes de défense identiques sont mis en œuvre dans les deux cas.

Une telle perspective, on ne peut l'avoir si on confie le sujet à des instruments de mesure, sans faire intervenir la dimension analytique indispensable.

La dimension analytique, le consultant analyste a souvent scrupule à l'introduire en consultation publique, comme s'il se trouvait là plus qu'ailleurs influencé par des impératifs sociaux et tenté par des formules en apparence plus rapides de rééducation.

Donnons encore une fois un exemple (il n'y en aura jamais trop) de ce que peut donner l'abord proprement analytique d'un cas.

Alain était un débile de 9 ans (QI : 0,70) qui ne savait ni lire, ni écrire, ni compter. Il avait été mis sans succès en rééducation orthophonique.

C'était en réalité un phobique complètement parasité par une mère qui ne le distinguait pas d'elle-même.

Une psychothérapie a permis un changement complet de l'enfant qui (inscolarisable jusqu'alors) a pu être intégré dans une classe de perfectionnement. A l'heure actuelle, il est dans une classe normale d'école communale avec deux ans de retard. Cette fois encore, l'aide a été apportée à la mère et à l'enfant, ce qui a permis de dégager la signification de la débilité de l'enfant dans l'histoire de la mère.

L'histoire, tenue secrète lors de la première entrevue, vaut la peine d'être racontée, tant s'y révèle d'une façon saisissante la genèse de la débilité :

1. *Congrès des Centres psycho-pédagogiques,* Paris, 1954.

La mère d'Alain, orpheline de bonne heure, fut élevée par un frère de vingt ans son aîné. Elle épousa contre le gré de ce frère un homme de vingt ans plus âgé, le père d'Alain. Ce mariage provoqua le mariage du frère, et la mère d'Alain fut enceinte en même temps que sa belle-sœur. Cette grossesse fut l'occasion d'une réconciliation générale.

Cependant, la belle-sœur mit au monde une fille, pendant que la mère d'Alain accouchait du garçon passionnément souhaité par le frère. Le bébé fille commença une anorexie mentale à l'âge d'un mois, tandis que le père entrait en maison de santé. Le ménage fut bientôt à la charge des parents d'Alain.

Quand Alain eut 6 ans, il s'installa dans un état dépressif, c'est-à-dire qu'il devint idiot et maladroit manuellement. La mère vendit alors son commerce pour s'occuper uniquement de ce fils qu'elle habillait, faisait manger, lavait. Il couchait même dans la chambre des parents. La question scolaire prit, pour la mère, une importance d'autant plus grande qu'elle souhaitait que son fils devienne instruit comme son frère à elle, et non pas industrieux de ses mains et habile comme son mari.

Alain et sa cousine vécurent ainsi une sorte de curieux jumelage, l'un n'ayant, semble-t-il, le droit de vivre qu'aux dépens de l'autre. La cousine était intelligente, mais en proie à des accidents psychosomatiques. Alain était éclatant de santé, mais débile. Tous deux portaient le poids du mythe familial. Ils étaient les enfants maudits de l'inceste.

Le corps fantasmé, tel que le présentait Alain dans ses premiers modelages, était sur le modèle du corps oral. La boule céphalique était en forme de derrière, il y avait deux énormes yeux, absence de nez, de bouche, d'oreilles; les représentations corporelles étaient celles d'un corps digestif.

Alain était à la fois négatif et phobique, sa névrose se traduisait par une débilité qui ne demandait qu'à se figer, et par de prétendus troubles orthophoniques (deux ans de rééducation sans que l'enfant apprenne à lire).

L'appréhension psychanalytique de ce cas nous permit de comprendre pourquoi une mesure éducative de rattrapage ne pouvait conduire qu'à l'échec; il était nécessaire de dégager d'abord une énergie jusqu'ici mobilisée dans l'angoisse.

Les enfants débiles se présentent souvent comme de grands phobiques. Quelque chose les différencie toutefois radicalement du névrosé : le *névrosé* peut exprimer la menace de l'Autre à un niveau symbolique, dans une dialectique verbale, parce qu'il ne se sent pas impliqué tout entier dans son corps par cette menace.

Le *débile* ou le psychotique répondent à la menace de l'Autre avec leurs corps. Leur corps est habité par la panique, il leur manque la dimension du symbolique qui leur permettrait de se situer face au désir de l'Autre sans être en danger de se faire happer par lui.

Nous l'avons dit tout au long de ce livre : l'importance de la famille, dans les cas d'analyse d'enfants, crée, au point de vue technique, un problème similaire à celui que l'on rencontre dans les cures de psychotiques. Cette famille qui sollicite le médecin attend, dès le départ, une réponse en rapport avec ce que la personne du débile représente pour elle symboliquement. D'où l'extrême importance de l'attitude que le médecin adoptera vis-à-vis du symptôme dès la première consultation.

D'abord, le *choix du consultant* en clientèle privée n'est pas indifférent; il est fonction bien souvent des défenses de la famille qui va ainsi orienter l'investigation dans le sens accepté par elle.

Le pédiatre ou le médecin de famille, consulté pour des troubles manifestement psychogènes, l'est non pas par ignorance, mais par refus plus ou moins conscient de tenir compte de l'élément affectif. Le pédiatre, s'il se veut efficace, et s'il ne veut pas voir partir sa clientèle, est obligé de tenir compte de ces défenses, de ne pas les attaquer de front, et d'amener insensiblement les parents (il faut parfois trois ou quatre ans) à consulter tout de même un psychanalyste.

C'est dans un tel contexte que l'action à exercer par un médecin, s'il a été lui-même analysé, est des plus utiles. C'est à ce niveau que les travaux de Balint sont importants.

Le contact humain, la présence humaine du médecin qui cherche, au-delà du symptôme, à établir un contact verbal, donne des résultats qualifiés par le client de « miraculeux ». Dans certaines de ces histoires familiales, ce n'est souvent qu'au niveau de l'enfant (c'est-à-dire parfois de la troisième génération) qu'une prise de conscience analytique des problèmes va pouvoir se produire.

Le *psychiatre,* non analyste, est généralement consulté par peur de l'analyse.

Le *psychologue,* s'il est analyste mais non médecin, est manifestement consulté en tant que tel « pour que ce ne soit pas grave », et il est de première importance que la question d'examen complet (c'est-à-dire en équipe avec un analyste médecin) soit posée d'emblée, afin que la psychothérapie, si elle doit en découler, ne s'engage pas dans une perspective fausse, celle des parents.

Le *médecin analyste,* enfin, s'il est le premier consultant, est sollicité parce que les parents admettent implicitement le facteur psychologique. Simplement, ils se sentent coupables et c'est l'enfant qui a tort. Tout l'art du psychanalyste consultant va consister en un déplacement de ce jeu d'échecs.

Il s'agira, en relation avec l'histoire même des parents, de faire comprendre à ceux-ci la genèse des difficultés de l'enfant, sans mettre l'accent sur la culpabilité, en valorisant les parents dans leur rôle de parents, l'enfant dans sa condition de sujet, tout en laissant apparaître les malentendus.

A la première consultation, le consultant trouve la possibilité d'accomplir un acte vraiment psychanalytique en verbalisant au sujet, en présence de la famille, les résultats de l'examen, et en situant les difficultés par rapport aux parents dans une perspective non culpabilisante. Cet acte est encore plus nécessaire si une psychothérapie n'est pas entreprise.

Il permet une mobilisation des tensions enfant-parents, une dédramatisation de la situation donnée, et apporte souvent à l'enfant la possibilité d'être, pour la première fois, traité comme sujet et remis sur les rails comme tel. L'analyste devient ainsi le réservoir de l'anxiété parentale et les parents, moins polarisés sur l'enfant, peuvent laisser vivre ce dernier. Mais la chose n'est possible que si l'analyste s'abstient au maximum de donner des conseils. L'épreuve est d'autant plus grande que les parents viennent pour en recevoir.

Dans une consultation de *child guidance,* le consultant se trouve confronté non seulement avec la demande de la famille, mais avec le jugement de la Société. Il est souvent pris dans un encadrement pédagogique, il assume, qu'il le veuille ou non, un rôle social défini dans une entreprise de réadaptation. Il est consulté comme un des rouages d'un organisme. Le rôle magique, c'est l'organisme qui le joue, et il n'est pas indifférent que ce soit un Centre psycho-pédagogique ou un dispensaire de consultations familiales ou un service d'hôpital. Dans la plupart des cas, on fait confiance au renom du service plutôt qu'à celui du médecin en particulier.

Le premier consultant est lui-même influencé par les rouages du service et les facilités offertes pour les formes variées de rééducation. Si la fantaisie l'en prenait, il pourrait, sans rencontrer d'objection, les faire appliquer toutes à la fois, sinon le même jour à cause des limites imposées par la Sécurité sociale... Il y a là un facteur important : une organisation donnée induit le clinicien, s'il n'en a pas conscience, à adopter avant tout des solutions de réadaptation sociale ou scolaire, satisfaisant ainsi à la demande des parents et au sur-moi de la Société.

Et cependant, les diverses rééducations employées à bon escient (c'est-à-dire souvent après une psychothérapie) sont à ce point plus efficaces que, dans la thèse présentée par Francine Jaulin en 1960 sur la rééducation des mathématiques, les résultats spectaculaires étaient obtenus par ceux qui avaient bénéficié d'une psychothérapie. Tant il est vrai qu'une rééducation n'est possible que si elle trouve à sa disposition une énergie suffisamment libérée d'entraves névrotiques.

L'étude de *l'échec scolaire* a été faite d'une façon très pertinente par l'équipe de Claparède[1].

Male et Favreau distinguent l'échec relevant de la pure réadaptation pédagogique, de l'échec symptôme névrotique, relevant d'une psychanalyse. Cependant, la dis-

1. Male et Favreau, *La Psychiatrie de l'enfant,* vol. 2, fasc. 1, PUF.

tinction n'est pas facile. Ce sont les erreurs d'orientation qui nous apprennent plus tard ce qui était amalgamé au symptôme. S'il est vrai qu'une réadaptation pédagogique suffit à certains, il est non moins vrai que l'on prend parfois pour troubles accidentels ce qui est en réalité le début d'une évolution névrotique ou psychopathique.

Quant à la valeur des cures associées (avec différentes formes de rééducation) pour un enfant pris en psychothérapie, elle peut être contestable. Il ne faut pas sous-estimer le risque de figer l'enfant dans les symptômes présentés; ceux-ci perdent leur valeur de langage dès qu'on les rééduque, et c'est d'une autre manière que seront alors vécus ses troubles, comme je l'ai montré dans le cas d'*Isabelle*[1], dyslexique rééduquée.

Male et Favreau ont également posé d'une façon très claire le problème de la consultation en milieu hospitalier. Ils ont (p.152) dressé le tableau tel qu'il se présente au clinicien à la recherche d'un diagnostic. Il s'agit de points de repère permettant de faire la part des facteurs neurologique, pédagogique, psychologique, en vue d'une rééducation appropriée.

Cependant, les rapports de la psychanalyse aux différentes formes de rééducation restent un élément théorique important à élucider. Répétons-le : Ce sont les échecs des orientations pédagogiques qui nous apprennent que la dimension analytique fut omise à la consultation, le diagnostic se trouvant ainsi faussé. Rien n'est sûr dans ce domaine, et la force du consultant réside bien souvent dans le fait d'oser assumer le doute, permettant ainsi au sujet d'échapper à une condamnation...

1. Maud Mannoni, *Problèmes posés par la psychothérapie des débiles,* in *La Psychanalyse,* vol. 5, PUF; cf. également l'Appendice II du présent livre : *L'Image du corps et la parole dans un cas de dyslexie rééduquée,* publié in *Sauvegarde de l'enfance,* juin 1960.

Le problème qui se pose au consultant est celui de l'orientation ou vers une forme d'assistance (sociale, pédagogique) ou vers une psychanalyse.

Mais la psychanalyse infantile, qu'est-elle à l'heure actuelle, et quels sont ses rapports avec la pédagogie? Kris [1] a fait une synthèse du développement des idées psychanalytiques en rappelant qu'au début l'intérêt était centré sur les réactions typiques de l'enfant et les interrelations génétiques, économiques, dynamiques; qu'avec le développement de la psychologie du moi, les facteurs historiques ont pris de l'importance : organisme et milieu sont vus dans leurs inter-réactions; qu'ensuite la psychanalyse ne s'est plus posée qu'en termes de conflits, la priorité étant donnée aux mécanismes de défense (Anna Freud) ou au travail sur le fantasme (Klein).

Malgré tout, dit-il, la psychanalyse infantile s'oriente très nettement dans une perspective d'adaptation, d'apprentissage.

Au point de vue technique, la conduite varie selon qu'on estime nécessaire de voir l'enfant seul, l'enfant avec la mère, mère et enfant parallèlement.

Ces idées développées par Kris montrent *à quel point la psychanalyse infantile a du mal à se dégager de l'influence du facteur social et pédagogique.*

Le psychanalyste, dès qu'il s'agit de la cure d'un enfant, se sent en accusation devant la Société, s'il sous-estime les valeurs (réelles d'ailleurs) des cures associées ou des internats spécialisés.

En accusation devant les parents si l'enfant échoue à un examen, son premier réflexe, quand il exerce dans

1. Kris, *Developments and Problems of Child Psychology, Psycho-analytical study of a child,* vol. V, in *International University from New York.*

un organisme public, risque d'aller dans le sens de l'assistance ou de la rééducation — c'est-à-dire qu'il est tenté de se substituer à la Société, au Maître, aux Parents, cédant ainsi aux phénomènes de contre-transfert devant les éducateurs naturels.

Anna Freud eut le grand mérite de poser la question de l'analyse de l'enfant, mais pour se heurter ensuite aux questions de l'éducation. Et c'est toujours à ce même problème pédagogique que se heurte de nos jours la psychanalyse infantile.

S'il est vrai qu'une aide pédagogique appropriée (classes spécialisées, rééducations) est essentielle à l'avenir scolaire des enfants, il est non moins vrai qu'à la consultation, l'analyste gagne, dans un premier temps, à ignorer toutes les possibilités de rééducation, pour poser toutes les déficiences (intellectuelles ou orthophoniques) en termes « analytiques », à savoir : que signifient ces déficiences dans l'histoire du sujet?

A écouter le sujet, on peut, comme j'ai essayé de le montrer, faire se dégager souvent le sens même de sa déficience, qui gagne certainement à ne pas être traitée d'abord comme telle.

A prendre le symptôme à la lettre, on en vient à perdre de vue le discours de l'enfant. Et dans ce discours, interviennent tous les éléments de désordre scolaire, intellectuel, etc., qui ont motivé la consultation. Ils constituent, à l'instar du rêve, un rébus qu'il faut arriver à déchiffrer. Un lent travail est parfois à faire, avant qu'on puisse lire ce dossier que les parents présentent et auquel l'enfant fait écho dans sa manière de se présenter.

L'enfant, dans sa névrose, a réussi bien souvent à développer un mythe autour de son symptôme qui devient ainsi un élément signifiant. A se précipiter trop vite sur des formules de rééducation, on ferme au sujet la possibilité de se poser sa question et de sortir, par le langage, d'un mensonge, d'un refus de vérité objectivé jusqu'alors dans des symptômes définis.

Or, pour qu'un sens apparaisse, il faut une possibilité de mouvement dans l'instauration du dialogue analytique. Ce dialogue, l'analyste ne peut l'établir s'il introduit d'emblée sa réponse.

Les parents, justement, sous le poids de leur anxiété, cherchent à nous mettre en demeure de répondre. Si nous le faisons, ce ne sera bien souvent qu'une gratification immédiate, de courte durée, et qui risque de porter à faux. Car cette réponse va bien au-delà d'une orientation pédagogique. Ce qu'on vient nous demander, c'est de prendre en charge non seulement l'enfant, mais le couple parental et sa question.

Mais sa question, le couple ne la connaît pas. Ce qu'il veut, c'est une réponse à un moment où son angoisse est devenue insupportable. Évoquons à ce propos le dialogue relaté par Freud dans les *Trois Essais sur la théorie de la sexualité* et placée en exergue de ce livre.

Si une parole doit être donnée au couple en désarroi, que ce soit à ce niveau-là. Une parole dans la nuit, juste ce qu'il faut pour que la question puisse rebondir, délivrée de la panique de l'abandon [1].

1. La seule chose qui importe, c'est que l'analyste puisse être marqué par l'angoisse parentale. C'est à partir de là que le couple peut à nouveau trouver la force d'affronter son drame.

Quant au reste, la position correcte du psychanalyste est de ne pas prendre à la lettre le symptôme du sujet. Ce symptôme a une valeur de langage. Il vient là pour exprimer ce que le sujet n'ose pas *dire* en mots. Le travail, dans la cure analytique, va amener le sujet à une prise de conscience de lui-même à travers l'angoisse. Il va l'aider à quitter une relation purement imaginaire pour entrer dans un monde où autrui a une place. C'est dès cet instant, peut-on dire, que le sujet s'ouvre à la culture, à un ordre dans l'écriture, le langage, etc.

2

Effets d'une rééducation chez une enfant névrotique [1]

Je voudrais essayer, à travers l'analyse d'un cas, non de mettre en lumière la nature de la dyslexie, mais d'en faire apparaître les structures sous-jacentes — afin d'étudier le rapport que peut avoir la rééducation orthophonique avec la psychanalyse.

Je laisserai volontairement de côté dans cet exposé toute l'explication neurologique du problème, qui a été donnée d'une façon très claire par Francis Kocher dans son livre *la Rééducation des dyslexiques* [2]. Une autre étude très complète de la question a été publiée en janvier 1950 par Mme Roudinesco, M. et Mme Trelat [3]. Après avoir fait l'historique des travaux neurologiques, les auteurs mettent l'accent sur les troubles de la motricité, les troubles de la représentation spatiale, les troubles de latéralisation, le retard de langage chez les enfants examinés. Ils soulignent le fait que, chez les enfants dyslexiques, la perception globale est visuelle, automatique, et non symbolique. Quelles que soient les intri-

1. Publié in *Sauvegarde de l'Enfance,* juin 1960, sous le titre *L'image du corps et la parole dans un cas de dyslexie rééduquée.*
2. Paris, PUF.
3. *Étude de 40 cas de dyslexie d'évolution,* in revue *Enfance.*

cations neurologiques du problème, le seul traitement envisagé est une rééducation orthophonique qui, selon les cas, mettra l'accent sur la lecture ou sur les exercices d'orientation la précédant. Pourquoi? Parce que, « même s'il y a une lésion organique, des suppléances fonctionnelles s'établissent chez les sujets jeunes et la rééducation reste possible ».

Malgré l'orientation neurologique de leur travail, Mme Roudinesco, M. et Mme Trelat terminent leur exposé en insistant sur le fait que presque tous les dyslexiques étudiés ont des troubles du caractère. La gravité de la dyslexie semble même, d'après leurs observations, fonction de l'attitude des parents devant l'infirmité. Plus le milieu familial est anxieux, plus grand est le désarroi de l'enfant. Et c'est cet aspect du problème que je vais essayer d'approfondir, en cherchant à comprendre les troubles que l'on nous signale.

Il existe des enfants dyslexiques qu'une rééducation orthophonique suffit à guérir. D'autres sont aidés dans cette rééducation s'ils reçoivent parallèlement une aide psychologique appropriée. Pour d'autres enfin, une rééducation orthophonique entamée sans psychothérapie préalable risque, sinon d'aggraver les troubles psychotiques sous-jacents, du moins d'entraver sérieusement par la suite la récupération scolaire : les béquilles offertes à un enfant qui, pour des raisons profondes, refuse de s'en servir, auront pour seul effet de compliquer un tableau clinique déjà riche en oppositions ou en abandons.

Une rééducation orthophonique apparaît, en fait, prématurée dans les cas où l'enfant n'est pas à même de lui donner un sens. Ce qui compte, ce n'est pas de savoir que B et A font BA, c'est que ce savoir conduise vers d'autres connaissances, c'est-à-dire d'autres pièges et d'autres difficultés. L'enfant qui ne veut pas savoir que B et A font BA a des raisons profondes de rester dans son état – et ce sont ces raisons qui m'intéressent en premier lieu.

Si l'enfant dont nous allons parler était arrivée, à force de patience, à lire, elle s'était bel et bien refusée à donner un « sens » à la lecture – elle lisait, soit, mais il ne fallait pas lui demander de se servir de la lecture pour son plaisir, non plus que pour progresser. D'ailleurs, pour freiner tout avancement possible, elle était devenue rétive aux chiffres et, sur ce point, on se heurtait à un mur : elle ne voulait jamais rien savoir du calcul.

Cette enfant, qu'est-elle?

Isabelle a 7 ans 4 mois quand je la vois pour la première fois.

Elle est la troisième d'une famille de cinq enfants. Les aînés sont des jumeaux (garçon et fille) de trois ans plus âgés qu'elle. Ensuite vient une fille de quatre ans plus jeune qu'Isabelle et un garçon qui a 21 mois à l'époque.

Les enfants sont tous doués et apparemment normaux, très toniques et vivants. Isabelle fait exception, elle apparaît tout de suite comme le canard de la couvée. Elle est malheureuse et fait tout à contretemps. Elle pleure quand on lui fait un cadeau – et si elle dit « oui », on n'est pas sûr que cela ne veuille pas dire « non ». Elle est gauchère – lorsqu'elle dit « je descends », il faut comprendre qu'elle va monter. A 7 ans, elle n'a pas acquis ce qu'on appelle le langage courant.

Le problème scolaire, d'après ce petit tableau, apparaît compromis à l'avance. Il est évident que ce qui compte pour elle, ce n'est pas d'apprendre que 1 + 1 font 2 – c'est d'abord d'être en accord avec le signe + tel qu'il est reconnu par autrui. Pour Isabelle, au départ, plus peut vouloir dire moins.

Cette contradiction, l'enfant va la vivre très tôt, en symbiose avec sa mère. Celle-ci est une jeune femme très douée, ayant commencé mathématiques supérieures très tôt. Ses études ont été interrompues quand elle avait 19 ans par la mort de sa propre mère avec qui elle entretenait des rapports ambivalents : « J'étais, me dit-elle, très gâtée par maman qui me battait tout le temps. » Elle s'est crue obligée de remplacer cette mère (alors que sa sœur de 14 ans pouvait se passer d'elle); mieux, elle a adopté un rôle de victime. Cette sœur de 14 ans, faible en classe, était la préférée de la mère et s'entendait mal avec l'aînée. C'est comme victime que cette dernière a abordé ensuite sa vie de femme.

Elle a rencontré, assez jeune, un garçon brillant, passionné de mathématiques et de recherche. Il est auprès d'elle l'éternel étudiant – réussissant par ailleurs dans sa vie professionnelle, conscient et responsable de ses charges familiales. Il est l'image même de tout ce que la jeune femme souhaitait faire à 20 ans. La libération de la tutelle maternelle, c'est le mari qui la joue dans sa vie – tandis que la femme devient, à l'instar de sa propre mère, la ménagère qui se consacre à ses enfants. Ces enfants, elle les a eus chaque fois à contrecœur. Le premier est mort avant l'âge d'un an. Ensuite sont venus les jumeaux. Elle n'a pas connu de répit et a renoncé au rêve de poursuivre ses études. Quand les aînés ont été en âge d'aller à l'école, elle s'est trouvée enceinte d'Isabelle – et s'est sentie condamnée par le destin à son rôle de mère au foyer. La naissance d'Isabelle a été le tournant de sa vie : par cette naissance, elle a renoncé à elle-même pour n'assumer qu'un rôle anonyme d'épouse et de mère. Anonyme, c'est-à-dire non reconnu par elle-même. Elle serait ce que voulait le destin. Les naissances suivantes ont été acceptées sans histoire. Pour tous, elle a été la mère dispensatrice de nourriture qui entretient bien ses enfants. Pour tous, sauf Isabelle. Pour Isabelle, elle a été davantage. Isabelle, il fallait la sauver d'elle-même, il fallait la forcer à vivre.

Isabelle fut une enfant prématurée (1,900 kg); la mère dut (d'après ses propres paroles) se battre pour qu'on la nourrisse. Les 8 premiers jours, elle ne reçut, en effet, que des piqûres de sérum. C'est le 9e jour, lors du retour à la maison, que le médecin mit l'enfant au lait de femme, qu'elle prit goulûment. L'enfant devient rapidement très belle. A 4 mois, elle avait à tel point récupéré que le sevrage progressif fut ordonné, selon les méthodes modernes d'alimentation. L'enfant refusa l'alimentation de transition : elle resta 24 heures sans manger; puis s'installa une petite anorexie qui décrut à partir de 18 mois, c'est-à-dire pratiquement à l'âge où l'enfant acquis son indépendance motrice, put échapper à la mère et « faire des bêtises ». A ce moment céda le refus de nourriture et l'enfant éprouva au contraire le besoin de s'alimenter comme un adulte (saucisson, vinaigre).

Cependant, de 4 à 18 mois, elle avait reçu des doses considérables de gardénal et, selon l'expression de la mère, paraissait « absente ».

Cette « absence » était manifestement liée à la souffrance de la mère, encore mal adaptée à sa nouvelle condition. C'est dans la mesure où l'absence de l'enfant appelait la mère que celle-ci sortait de sa souffrance pour s'occuper de celle de sa fille.

Plus Isabelle allait devenir insupportable, plus sa mère non seulement allait s'attacher à elle, mais se découvrir un devoir de mère au foyer. Isabelle aidait la mère à renoncer à ses rêves de jeune fille indépendante.

La tyrannie, c'est Isabelle qui allait donc l'imposer aux siens : la mère retrouvant normalement la place de victime qu'elle avait avec sa propre mère ou plutôt avec cette sœur de 14 ans pour qui elle avait abandonné ses études.

Le père ne s'intéressait qu'aux grands : seul l'enfant évolué dans son langage et dans son expression retenait son attention. Pratiquement, il fallut attendre la guérison d'Isabelle pour qu'il se manifeste à son égard. Il est peut-être utile de noter en passant que ce père, si peu présent pour l'enfant, s'était occupé d'elle à 3 ans, pour la conduire à l'hôpital pour une ablation des amygdales; elle fut pendant trois jours sans vouloir le « reconnaître ». A 6 ans, il la conduisit à la communale où on ne put la garder tant elle hurlait.

Au premier examen, Isabelle a un QI de 0,71, un *Rey* complètement perturbé, dépourvu totalement de sens. Au *Kohs,* elle échoue à l'épreuve de 5 ans. Complètement désorientée dans l'espace, elle réussit, par contre, l'épreuve de 9 ans au *Porteus*.

L'examen affectif met d'emblée en relief les problèmes. Tout se passe comme si Isabelle *n'aurait pas dû* vivre. Avec le recul, on peut même se dire que l'enfant a senti que sa naissance était la mort de quelque chose d'essentiel dans la mère. « La plus belle chose qui puisse m'arriver, dira-t-elle, c'est une fée qui me fasse mourir. Je suis trop mauvaise pour vivre. » Elle me dira aussi qu'elle souhaite être une fleur rouge pour mourir, et un animal noir pour ne pas être aimée, comme si le fait d'être aimée comportait un danger en soi. Ce danger, l'enfant le fait apparaître dans le protocole de Rorschach.

Ça saigne et ça meurt, à la planche 2. A la planche 5, l'enfant parle du cœur du ventre de nous, comme si le ventre avait un cœur. Il y a en tout cas de bons ventres et de mauvais ventres (les mauvais sont noirs comme l'animal pas aimé). Les bons sont colorés. La planche 10, avec ses algues éparpillées, évoque tout le bon ventre qui s'étale dans le morcellement même de la planche. Je note à l'époque que l'enfant semble dans ses fantasmes faire une régression avec images de mort.

Une psychothérapie me paraît, dès ce premier examen, nécessaire. Mais la chose ne dépend pas de moi. Elle ne sera entreprise que deux ans plus tard. Au cours de ces deux ans, l'enfant a suivi une rééducation orthophonique qui a permis l'apprentissage de la lecture, en laissant inchangé le refus de scolarité et le comportement difficile.

Quand je la revois à 9 ans, Isabelle se présente comme une enfant craintive, pleurant tout le temps, « collée » à la mère, agressive, sans amis et sans contact aucun avec un père qui semble l'ignorer complètement. Isabelle fait toujours bande à part; si elle a fini par accepter l'école, elle ne s'est nullement intégrée au groupe. Elle a réussi par son comportement difficile à s'attacher une maîtresse au point que celle-ci la gardera dans sa classe jusqu'à l'âge de 11 ans.

A la première séance, l'enfant présente immédiatement la situation triangulaire. Elle se trouve, enfant unique, avec un papa et une maman qui s'occupent entièrement d'elle (en réalité, il ne s'agit pas d'une situation à trois, mais d'une situation linéaire). Dans le dessin, la maison des parents, construite à l'endroit, est reliée par une allée de fleurs à la maison de la petite fille construite à l'envers (la petite fille a la tête en bas) *(dessin 1)*.

A la deuxième séance apparaissent le soleil qui se cache et les fleurs qui permettent à la petite fille de parler (ces fleurs, l'enfant les utilisera spontanément sans qu'il ait été question de la poupée-fleur de F. Dolto) *(dessin 2)*.

Ce sont donc les fleurs qui, au début, vont permettre à Isabelle d'exprimer ses émois. Le fait est d'autant plus remarquable que cette enfant ne s'extériorise pas et présente un sérieux retard dans le développement du langage. La technique de l'analyse d'enfants (telle qu'elle est utilisée par F. Dolto) va lui permettre, dans un langage symbolique, de trouver tout de suite une richesse d'expression étonnante. D'ailleurs, cette aisance du langage, elle l'a parce qu'il ne s'agit jamais d'elle; Isabelle, pendant près d'un an, parle par généralités – et on remarquera qu'il s'agit toujours de fleurs en général, de filles, d'arbres, de tout sauf d'elle.

Les fleurs ont des envies d'indépendance, mais restent, par devoir, fixées dans la terre. Elles feraient de la peine en s'en allant. Spontanément, Isabelle s'identifie à la marguerite, et se dessine d'ailleurs entre la maison et les fleurs. Sa bouche est très grande et ses mains ne doivent « servir à rien » (selon son expression).

Dès la quatrième séance, Isabelle situe son problème : elle dit en clair que sa dyslexie est un équivalent d'épisode anorexique. Mieux, elle nous invite à comprendre les raisons de son anorexie qui prend, semble-t-il, naissance dans l'ambivalence même de la mère à son égard.

Voici, telles quelles, les paroles de l'enfant :

« Dans le *dessin 3*, l'enfant souffre dans le cou, il ne sera jamais grand, on le force à manger, il recrache tout.

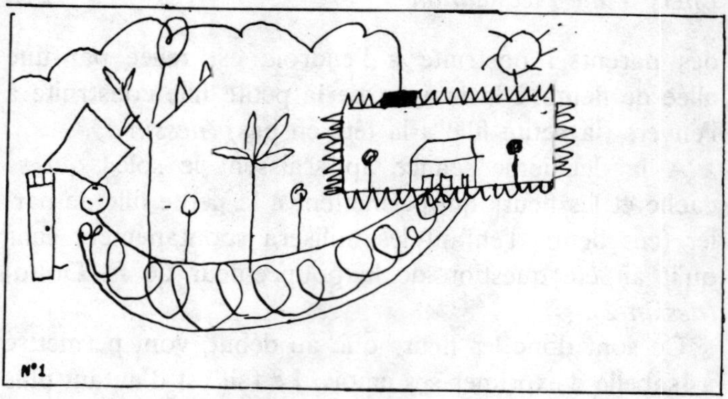
N°1

N°2

N°3

Il se sent bien quand tout est recraché. Il ne veut pas se remplir, pour ne pas être grand, pour ne pas travailler. Sa tête est ailleurs, ses mains s'amusent et tremblent de froid. Ce bonhomme se sentirait bien s'il avait une fleur à la place de la tête, parce qu'il boirait. Il ne boirait que du lait avec le ventre bon du lait qui le remplit. »

L'enfant distingue ensuite deux images maternelles :

– la gentille maman qui donne du lait,

– la méchante maman qui donne à manger.

Donner à manger est assimilé au danger de mourir. Isabelle ajoute :

« Les choses à l'école, c'est pareil, ça fait mourir... »

– Ça fait mourir qui?

« La dame et l'enfant. »

Nous retrouvons ici les relations de bons et de mauvais objets. Le ventre qui reçoit du lait bon est bon. La mère qui donne trop tôt à manger du solide (ou de la nourriture scolaire) est ressentie comme mauvaise, comme l'objet introjecté – et ce mauvais, si on l'avale, ça fait mourir. Pour vivre, il faut donc refuser. L'enfant se heurte alors à la mère, laquelle se sent mourir si elle n'a plus d'objet phallique à materner.

Le progrès dans le comportement d'Isabelle va dater de cette séance, au travers toutefois d'une suite d'essais de croissance et de régressions. C'est à ces alternances que nous allons assister maintenant.

Le dessin suivant est celui d'une petite fille donnant la main à sa mère qui a l'air de ne pas avoir sa tête à elle *(dessin 4)*. La mère a la tête penchée (comme si elle souffrait dans son cœur ou dans sa tête). Elle a une petite porte sur son ventre. Cette petite porte, dans les explications d'Isabelle, deviendra la porte qu'Isabelle a dans les oreilles et qu'elle maintient fermée.

« La petite fille boit du vin par les yeux et grandit. Elle

fait un mélange de pipi caca et n'arrive pas à distinguer son envie de devant de son envie de derrière. »

Avec la bouche, elle prend ce qu'on lui donne. Avec les yeux, elle ne prend que ce qu'elle aime. Dans ses oreilles, elle a une petite porte fermée et n'écoute que ce qu'elle a envie d'écouter. Cette porte se ferme aux grandes personnes et, bien sûr, à l'école. Avec les mains, elle refuse souvent de prendre; avec les pieds, elle fait tout. Avec son ventre, elle refuse ce qui vient dedans, sauf le vin. Elle est contre ce qui coule de force dans son ventre et fait des yeux à ces personnes-là. L'enfant me parle des yeux de peur, des yeux de grandes personnes, des yeux qu'on avale quand maman vous force à manger.

L'enfant ne donne-t-elle pas là un tableau complet de ses difficultés? Nous retrouvons le traumatisme vécu à 4 mois par le bébé qui s'était rempli avec le bon lait et qui, par son refus de nourriture, a affolé à tel point l'adulte que ce dernier s'est transformé pour lui en ogre dévorant, jetant l'épouvante jusque par les yeux. Ces yeux qui jettent l'angoisse dans le cou.

La petite porte fermée aux grandes personnes en dit long sur le refus scolaire et sur l'inutilité qu'il y a pour l'adulte à aggraver la situation en faisant ingérer de force ce qui ne peut être avalé.

Mais quelle relation mystérieuse existe-t-il entre la porte de la mère et le fait que l'enfant la fait sienne pour se refuser au langage?

La période qui suit cette séance entraîne un refus total de scolarité, une révolte complète contre la mère. Cependant, Isabelle acquiert brusquement l'habileté motrice, elle tricote, monte à bicyclette... Elle a des amis. Cette période « catastrophique », pour reprendre les termes de la mère, correspond également à une interruption des séances parce que je suis malade. Je n'ai pas besoin d'établir une relation avec le transfert. Isabelle l'établit toute seule. Elle fait en pâte à modeler un gros loup noir (j'ai pensé à l'animal pas aimé du début) qui, avec son cœur et ses pattes, casse et vole de la nourriture. L'enfant ajoute : « Mme Mannoni a été vilaine de laisser Isabelle. »

Ce loup se trouvait dans un état de dissociation. Son corps, d'après les paroles de l'enfant, n'était pas en accord avec le cœur et les pattes. Le corps, c'est-à-dire la tête et le tronc, était paralysé, le cœur et les pattes agissaient méchamment, et une brave dame réparait les dégâts. « Si le loup était une petite fille, la petite fille chercherait la bagarre, sauf la tête qui ne marcherait pas – et pourquoi? – pour ne pas faire mourir – ben toute la famille qui l'embête. » La petite fille se garde donc d'être agressive dans sa tête et dans son langage – elle est tout au plus passivement négative. C'est en tout cas avec cette image du corps qu'elle s'inscrit dans sa relation à autrui.

A la séance suivante (septième), j'apprends que c'est Isabelle qui fait lire sa sœur; elle la prend en charge et la protège. Ses rapports sociaux se sont brusquement normalisés à l'école. A cette séance, l'enfant me dit : « Ce serait commode si on pouvait dire qu'on avait envie de naître et où. » Elle pose là implicitement le désir de la mère de faire ou non un enfant, le désir de l'enfant d'avoir telle ou telle mère.

De toute façon, Isabelle et sa mère ne font plus une entité sadomasochiste, elles deviennent distinctes et se découvrent des désirs.

La petite fille du *dessin 5* ne veut pas avoir de jambes pour ne pas se fatiguer, ne veut pas de derrière pour ne pas être obligée de faire caca. Elle souhaite, par contre, un devant de petite fille.

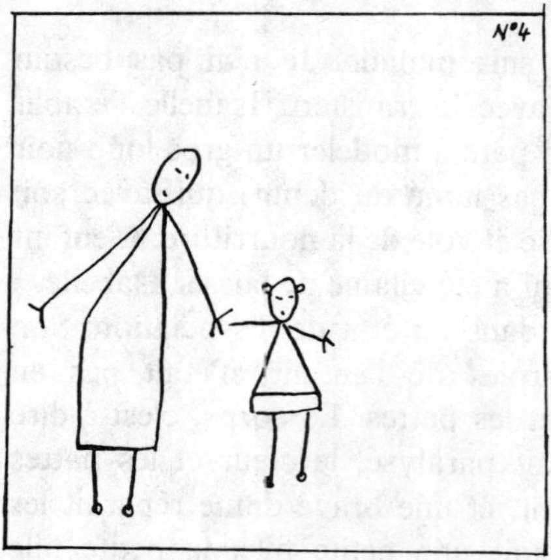
N°4

N°6

Ce refus du derrière et des jambes est malgré tout assez positif, c'est avant tout un refus de subir une situation masochiste. Et cette relation sadomasochiste mère-enfant va s'éclairer à la séance suivante où l'arbre est en révolte contre la mauvaise terre qui lui donne du mauvais manger. Le soleil se plaint, car il ne commande pas. (En ce qui concerne Isabelle, le père ne commande pas. C'est la seule enfant de la famille qui concerne entièrement la mère. Celle-ci n'a fait intervenir son mari que pour des actes traumatisants : la conduite chez l'oto-rhino – Isabelle a eu le sentiment que papa voulait lui faire arracher la langue – et la conduite à l'école, qui semble bien avoir été la reviviscence de ce premier traumatisme; Isabelle a hurlé comme si on voulait lui arracher quelque chose, me rapporte la mère.) L'enfant se tait tout à coup et me dit : « Tout ça c'est du secret, il ne faut pas parler de l'arbre, les petites filles ont leur secret, elles n'ont pas le droit de penser à des choses méchantes. » « D'ailleurs, ajoute-t-elle, si j'étais arbre, je changerais de famille. » Ce serait en effet bien commode, lui dis-je, de choisir sa famille, on ne serait plus brouillé avec les chiffres, puisqu'on aurait choisi sa place. En effet, l'enfant ignore la place qu'elle occupe, elle ignore si elle est l'aînée ou la cadette; ainsi, même la hiérarchie des chiffres est dépourvue de sens pour elle. « Pourquoi suis-je la troisième de cinq comme tu dis? Moi je dis que je suis aussi bien le n° 4 ou le n° 9, d'ailleurs je m'appelle Émilie et non Isabelle. D'ailleurs, qui est vieux, qui est jeune, tout est mayonnaise. »

Voici donc Isabelle qui commence à se situer dans le temps et à établir malgré elle des hiérarchies. Ce faisant, elle accepte en même temps les souffrances et les deuils que cela implique. Je dis les deuils, car c'est tout de même à cette séance-là que l'enfant a évoqué le fantôme du bébé mort, tandis que la mère incidemment (mais ce n'était certainement pas par hasard) m'a parlé de sa peur qu'Isabelle ne meure comme le bébé... A la séance suivante, Isabelle avoue qu'elle a maintenant des oreilles pour écouter. Pour écouter quoi? Ce qu'on dit d'elle : « On la trouve pas jolie et bête. D'ailleurs elle n'a pas de tête, elle a toujours gardé sa fleur rouge en guise de tête » *(dessin 6).*

Elle n'a pas de nom, elle est à la recherche de parents et d'une bonne terre pour pouvoir pousser. Elle finit par trouver une maison idéale, la maison de rêve de toutes les petites filles, la famille qu'on se choisirait si on pouvait la choisir.

Cette famille idéale va pouvoir vivre dans une maison qui *dure.* Cette maison repose sur de la mauvaise terre mêlée à la bonne terre. Isabelle semble vouloir accepter par là le mélange du bon et du mauvais dans un corps qui ne se dissocie pas pour autant. Toutefois, elle ajoute que la fille du dessin n'est pas à la maison, et les mains de la fille n'ont envie de rien faire, les pieds ont envie de se défaire.

L'amélioration d'Isabelle est de plus en plus spectaculaire : l'enfant devient gaie, agréable à regarder. Elle passe les vacances de Pâques avec sa famille, et son père la découvre, ils ont enfin des échanges ensemble. Sur le plan scolaire, la lecture courante n'est pas encore acquise et le calcul reste inexistant.

Arrive maintenant une période que nous pourrons appeler de persécution. « C'est la faute aux autres », sera le thème des prochaines séances.

L'enfant aborde le problème de la jalousie à l'égard de ses frères et sœurs plus doués. Pour ne pas être malheureux de jalousie, on dit non à tout. Si on est agressif, on tue; la seule solution est donc d'être passivement opposante.

Isabelle développe à nouveau le thème des deux maisons, l'une qui repose sur rien, l'autre qui repose sur de la terre bonne. Deux espèces d'enfants y apparaissent, ceux qui ont leur tête, et ceux qui en ont une pas solide. Ceux qui ont une tête pas solide font bande à part et disent non. Dire oui, ce serait avoir peur.

Dans les séances suivantes, l'enfant revient encore au thème des maisons qui ne reposent sur rien et dans lesquelles on ne peut vivre. Dans ce pays-là, la seule manière de vivre est de devenir une fleur *qui pique*. Voici enfin exprimée une possibilité d'agression dynamique : ne pas se laisser arracher ou manger.

C'est à l'occasion de la fleur qui pique qu'Isabelle va découvrir le *je*. Spontanément, elle me dit : « Moi je serai la fleur qui pique » *(dessin 7)*. Du même coup, elle semble prête à accepter l'idée d'indépendance et d'autonomie. Le thème de la séance suivante sera la vie de deux orphelins se débrouillant parfaitement sans les grandes personnes (il s'agit là probablement d'elle et de son double imaginaire) *(dessin 8)*.

A la dernière séance de cette première année, l'enfant m'amène son père qui la trouve transformée. « C'est une fille vivante que j'ai là, je me promène avec elle maintenant. »

L'enfant part en vacances. Au retour, elle a acquis spontanément la lecture courante et lit pour son plaisir des livres de son âge. Elle a acquis également un langage normal, son vocabulaire s'est considérablement enrichi. Les nouvelles acquisitions se font presque toujours à la faveur de vacances, soit quand Isabelle est séparée des parents, soit, comme ce fut le cas ici, à la faveur d'un événement nouveau, en l'occurrence le rapprochement avec son père (elle a pu participer aux jeux des aînés avec le père, dont elle était jusqu'à présent exclue).

N°7

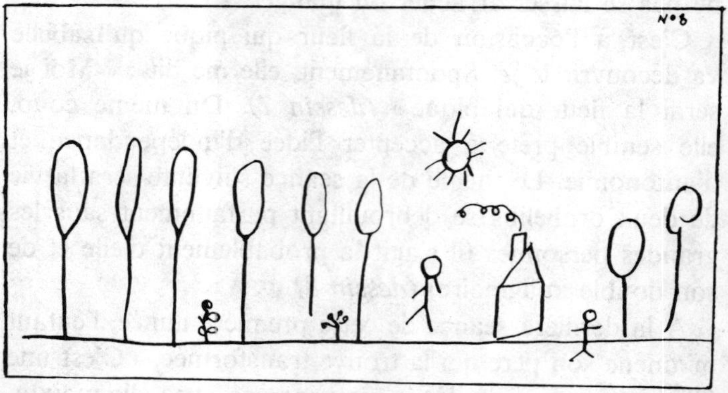
N°8

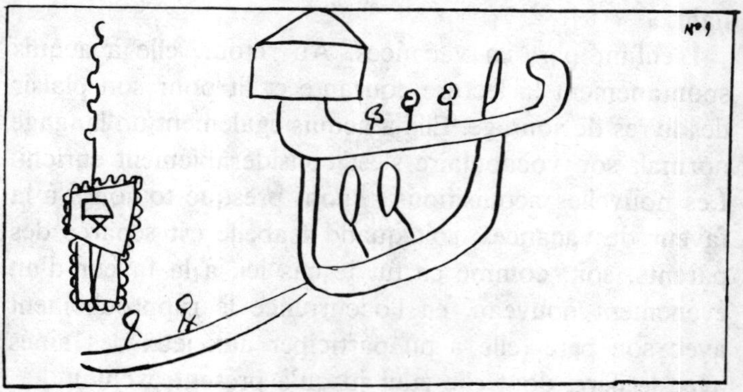
N°9

Elle me développe à la rentrée une histoire qui a pour thème *le miroir et l'enfant*. Le miroir n'est pas content que l'enfant se regarde dedans. Le miroir voudrait être tout seul, il ne veut pas qu'ils soient tous les deux pareils. Le miroir voudrait manger l'enfant car il voudrait être l'enfant. L'enfant voudrait manger le miroir parce qu'il voudrait être le miroir *(dessin 9)*. Isabelle ajoute : « Tout ça c'est bien compliqué. Les fleurs de cette maison se fanent au printemps et le miroir lui aussi se trompe. Il s'embrouille avec ce qui vit et ce qui meurt, il prend l'un pour l'autre. » La vie et la mort, c'est aussi le oui et le non. Mais Isabelle ne sait pas ou ne sait plus si *dire* oui ou *faire* oui, c'est grandir ou mourir. Manger pour grandir, c'est risquer de ne plus être là, c'est risquer de mourir. « Ça peut faire mourir, dira-t-elle, que d'être content de ce qu'on fait : il y a une dame qui était si contente de faire des gâteaux qu'elle en est morte dans son magasin. »

Ce que nous pouvons relever dans ce passage décousu, c'est le sentiment de danger que semble représenter pour l'enfant l'accord de l'acte et du sentiment. Tout se passe comme s'il fallait pour elle ne jamais être tout entier d'accord avec ce qu'on fait. C'est un passage de style obsessionnel où elle adopte le *oui non* pour moyen de défense.

Qu'est encore ce miroir par rapport à Isabelle? C'est, m'a-t-il semblé, la relation même d'Isabelle avec autrui. Elle découvre ainsi qu'il faut pouvoir être deux et différents et non deux fondus l'un dans l'autre. Et, dans la séance suivante, Isabelle ajoutera d'elle-même des paroles d'où il résulte qu'il faut pouvoir laisser maman avec ses peurs et non adopter les peurs de maman. « La fumée, dit Isabelle, pique les yeux des enfants. Ils ont peur. Au fond, ils n'ont pas peur, c'est parce que la maman a peur qu'ils ont la peur de maman. Le petit garçon a fini, lui, par faire les choses que lui aime et non pas que maman aime. » L'enfant découvre qu'il faut faire ce que l'on aime soi, et non ce que maman voudrait qu'on aime. Mais pour cela il faut être garçon. « En effet, dit Isabelle, la maman se dit : heureusement que j'ai ma petite fille, qu'est-ce que je vais devenir, oh, là là, si mes garçons m'abandonnent... »

Et nous retrouvons là une des raisons d'être fondamentales de bien des débiles. Que va devenir maman, si elle n'a plus la débilité de l'enfant pour la soutenir?

Dans la distinction faite par Isabelle entre garçon et fille, il y a, à l'état de reflet, le problème même de la mère qui ne peut s'accepter comme fille qu'en étant sadisée. Isabelle, en se séparant de la mère, devient garçon-fille (c'est-à-dire qu'elle ne peut réussir son autonomie qu'au prix d'une contradiction intérieure).

Isabelle suit le catéchisme avec les enfants de son âge et va aux Jeannettes. On ignore chez les uns et les autres qu'elle est anormale. Dans ces deux groupements, elle a tenu, au départ, à être inscrite comme une fille normale.

A la séance suivante, Isabelle expose ce qu'on pourrait appeler son « Œdipe ». La maman, dans l'histoire d'Isabelle, dit à la petite fille : « Je ne veux pas que tu grandisses, je t'attraperai toujours pour tes défauts, je ne veux pas que le soleil te trouve gentille. » « Dans dix ans, explique Isabelle, je serais toute seule, mais maman me dit : si tu grandis, je n'aurai plus de quoi m'occuper. Quand j'étais petite, ajoute-t-elle, c'était maman qui faisait ou parlait à ma place. »

Grandir, c'est faire mourir maman de chagrin, aussi l'enfant hésite-t-elle à faire mourir maman. A la séance suivante, elle insiste sur le cas de la petite fille qui reste à contrecœur avec sa maman. La maman en est tombée malade, la petite fille disait non tout le temps – et ces *non,* ça faisait du *oui.* La petite fille se jette dans le feu – et grâce à cela, la maman lui donne une fleur et un bébé dedans. Elle peut, ajoute Isabelle, dire *oui* à la petite fille qui va grandir et partir.

Suit une période très pénible à vivre pour la mère et l'enfant; car c'est toutes les deux qui vont se transformer maintenant, et c'est la mère qui va aider l'enfant à oser être grande. C'est la mère qui, la première, a pu faire son deuil d'un objet phallique. La mère accepte enfin que son mari soit sévère avec Isabelle comme avec les autres. Isabelle va donc avoir à tenir compte de la parole du père, qui sera la même pour elle que pour ses frères et sœurs. Isabelle est au plus mal dans la vie, et joue manifestement à être anormale. Elle m'apporte ensuite ses propres fantasmes de revendication phallique : « Les filles voudraient bien arracher les robinets aux garçons. » En terre à modeler, elle me fait un bonhomme dénommé garçon, avec un robinet au derrière et un devant de fille, qu'elle détruit rageusement en me disant que je n'ai rien de bien. Elle ajoute qu'elle ne veut plus jouer avec les garçons qui sautent sur les filles et leur font mal.

Maintenant que le père prend Isabelle en main, va voir la maîtresse, s'intéresse à ses progrès, l'enfant passe par une crise d'anxiété. Elle a des peurs qu'elle ne peut définir. C'est dans cette période qu'Isabelle est amenée à me préciser ses relations avec sa mère : « J'aurais eu envie d'être fille unique pour être seule avec maman. »

Le lendemain, Isabelle fait une sorte d'*acting out* à l'école : elle vomit en classe et hurle pendant trois heures. L'après-midi, seule avec sa mère, elle se montre gaie et efficace à la maison.

A la séance suivante, elle m'expose son désir de quitter maman, et sa peur que ce soit sa mère qui la quitte ou qui meure.

Cette période d'angoisse intense (un mois) se solde par une détente énorme et le départ d'Isabelle. Elle quitte sa mère pour s'en aller faire du ski avec un groupe d'enfants. Elle s'y montrera parfaitement normale, cachant aux autres son retard scolaire. Le jour du départ, une enfant fait cette remarque à la sœur aînée : « C'est donc ta sœur, Isabelle? Ben, t'en as de la veine d'avoir une sœur comme ça, pas collante pour un sou. »

Au retour, la maîtresse note un net progrès en français; nombre de notions grammaticales ont été acquises. Isabelle reste réfractaire au calcul bien qu'ayant acquis la notion des nombres. Elle fait intervenir maintenant dans les séances les odeurs associées à la nourriture : il y a de bonnes et mauvaises odeurs et le danger de se laisser envahir par elles...

Les progrès de l'enfant sont de plus en plus rapides. Elle m'apporte le thème que voici : « Des voix de papa et maman parlent dans la nuit. J'aimerais savoir ce qu'ils disent et ce qu'ils disent de moi. J'ai peur qu'ils s'en aillent tous les deux... »

Le père continue à s'intéresser au travail d'Isabelle. Quand il s'en occupe, elle provoque un éclat et a ensuite un excellent rendement.

Elle acquiert la notion du temps, elle sait lire l'heure et devient accessible aux tables de multiplication.

Nous sommes en avril 1959. J'entrevois, avec l'enfant, la possibilité d'un internat l'année suivante, avec l'idée qu'elle pourrait maintenant bénéficier d'une récupération scolaire plus complète – et que la séparation d'avec la famille (tout comme dans certaines anorexies) ne peut que lui être salutaire. C'est l'enfant qui accepte et la mère qui souffre. Toute la famille va visiter la pension à l'occasion des vacances, et, à la directrice qui lui pose la question de sa venue l'année suivante, l'enfant répond : « Comme je sais écrire, si ça ne me plaît pas, je dirai qu'on vienne me rechercher. »

A la rentrée de Pâques, l'enfant joue avec ses cinq poupées (toutes des filles). Elle leur fait la classe, et notamment le calcul. Isabelle a, aux Jeannettes, une amie de cœur qui vient souvent chez elle. Elle me parle maintenant beaucoup des autres enfants, des examens des aînés et de la nécessité pour elle d'en subir un jour. Elle aborde spontanément la question de son âge et du niveau de sa classe. « J'ai 11 ans, je dis à tout le monde que j'entre en sixième – je sais que je ne suis qu'en dixième faible. »

Elle finit l'année avec un prix. A l'avant-dernière séance, l'enfant reprend un des thèmes du début, mais l'atmosphère en est totalement différente. Il y a une maison où on se sent bien pour jouer, les fleurs et les arbres se sentent bien, les arbres ne meurent pas car ils boivent et ont une bonne terre qui leur donne ce qu'il faut *(dessin 10)*.

La dernière séance se termine sur les images d'un parrain et d'une marraine qu'Isabelle semble introduire comme substituts des images parentales. Il est question qu'elle puisse faire un séjour chez eux. En attendant, me dit-elle, ils m'ont donné un couple de tourterelles.

Il est encore trop tôt pour se prononcer sur ce cas. En apparence, l'enfant a totalement changé; peut-être gagnerait-elle à une investigation plus poussée, mais je n'en sais rien. Elle, en tout cas, souhaite nettement un démarrage ailleurs. Il se peut que l'acquis scolaire se fasse tout d'un coup, grâce à la séparation, ce qui lui permettra de se dire qu'elle ne doit ses progrès à personne.

Je crois que, si on avait commencé par une psychothérapie et fini par une rééducation orthophonique, on aurait gagné du temps et évité la séparation devenue nécessaire. Il a fallu, en effet, non seulement défaire les structures sous-jacentes de la dyslexie, mais s'attaquer aussi au gavage supplémentaire qu'a représenté pour l'enfant la rééducation orthophonique. La psychothérapie est venue à l'origine presque comme un redresseur orthophonique supplémentaire.

Ce qui m'a semblé remarquable dans ce cas, c'est la manière dont l'enfant a été spontanément amenée à éclairer ses problèmes – et comment, à travers cela, elle a pu recouvrer successivement une stabilité psychomotrice, le sens du rythme, de l'orientation, le goût de la lecture, la notion des nombres (le QI de surcroît étant devenu normal : 0,93).

L'ambivalence et la contradiction existaient avant la naissance. La mère a mis Isabelle au monde en repoussant et souhaitant tout à la fois cette naissance. Elle a été une mère gratifiante tant que le bébé n'était qu'un prolongement d'elle – ensuite il y a eu un manque pour la mère, auquel a réagi l'enfant par un appel. Et pendant des années, l'une et l'autre se sont développées en écho au manque à vivre de chacune d'elles. Quand la petite fille se découvrira la possibilité d'être autonome, elle dira en substance : « Maman, que va-t-elle devenir sans moi à s'occuper? » C'est mère et fille qui devront en quelque sorte être aidées à se passer l'une de l'autre. La souffrance étant bien plus grande pour la mère que pour l'enfant.

Dans ces questions de rééducation dyslexique, nous touchons souvent à des structures prépsychotiques, comme chez les débiles. Ce qui ne va pas droit dans le langage, l'écriture et l'orthographe, prend un sens dans l'image du corps et l'histoire même du sujet. La plupart de ces enfants vivent dans la méconnaissance : ils ne s'acceptent pas dans leur sexe, ils nient la situation familiale perturbante dans laquelle ils se trouvent, etc. Cela peut aller assez loin : j'ai en mémoire le cas d'un garçon qui se disait fils de sa mère et de sa grand-mère. Ces inversions, on les retrouve donc dans la vie, dans les rapports de l'enfant et d'autrui; ils se traduisent ensuite, je dirais : par surcroît, dans le domaine scolaire.

Isabelle était à l'origine un garçon-fille, oui-non, en écho à la situation même de la mère. Il a fallu que la mère sorte d'abord de sa propre contradiction, se mette en accord avec l'univers du signifiant, pour que la fille découvre ensuite à son tour son sexe comme un signifiant. Autrement dit, tant qu'Isabelle était absorbée par sa mère, sa seule autonomie consistait à refuser la nourriture et à fermer la porte dans son oreille. Le problème du refus du langage apparaît, curieusement, comme en relation avec la porte du ventre de la mère. Il y a de bons et de mauvais ventres. Y aurait-il aussi de bonnes et de mauvaises paroles? L'enfant, fermée au langage réaliste, est sensible au langage des fables dont les signes ne sont pas ressentis comme dangereux.

Du point de vue de la méthode, l'analyse d'Isabelle a été conduite parallèlement avec une aide gratifiante à la mère. J'ai cru que, dans ce cas de symbiose mère-enfant, il était préférable que les deux soient vues par le même thérapeute. Cela m'a permis d'éviter à la mère de ces effondrements spectaculaires que j'avais toujours constatés dans mes psychothérapies de débiles. Ici, la mère a été presque amenée à faire « don » de sa fille à la société. Elle a permis en tout cas une nouvelle naissance de son enfant.

C'est ce qui m'a paru le plus caractéristique dans l'expérience très limitée que j'ai des enfants dyslexiques : nous assistons toujours, à un moment donné, à une transformation radicale dans la relation mère-enfant, la mère donnant à l'enfant le droit à une vie autonome, alors qu'auparavant il était implicitement tenu d'épouser ses désirs ou son rythme à elle. C'est lorsque l'enfant, en accord avec la mère, n'a plus à refuser le jeu maternel qu'il peut se retrouver dans un corps à lui, articulé, avec une tête d'humain à la place d'une fleur.

Ceci est évidemment valable pour beaucoup de psychothérapies d'enfants, mais plus particulièrement pour ceux qui se sont si bien construits à l'envers qu'ils en sont devenus infirmes dans le rythme, la parole, l'écriture.

Si nous reprenons la situation à trois telle qu'Isabelle la présenta au début d'analyse, nous trouvons un image paternelle à l'écart, et, au premier plan, une maman qui s'occupe entièrement de l'enfant.

Pour Isabelle, seule compte une relation duelle avec la mère – relation agressive où, selon ses paroles, chacune se met en danger de manger l'autre ou d'être mangée. Les deux moments importants de l'analyse seront ceux où sera exprimée par l'enfant cette relation sans paroles avec la mère. Il y a dans un premier temps les yeux de peur, les yeux de grandes personnes qu'on avale quand maman vous force à manger. Refuser la nourriture, c'est la seule issue qu'ait l'enfant pour introduire un troisième terme – et pour échapper ainsi à l'image absorbante, terrifiante, de la mère. Dans un deuxième temps (qui coïncide avec l'acquisition du langage courant et de la lecture), Isabelle introduit l'image du miroir et de l'autre enfant. C'est à qui échappera au danger d'être avalé par l'autre. Le miroir désire être l'enfant, l'enfant désire être le miroir. Le fait d'en parler fait sortir Isabelle d'une situation dans laquelle elle était emprisonnée. Le « troisième terme » introduit en l'occurrence, c'est la langue des fables. Dans ce langage imaginaire employé en psychothérapie, l'enfant peut parler parce que les choses ne la concernent pas. Dans la vie réelle, parler est un engagement et elle ne peut y consentir.

En psychothérapie, l'enfant est suffisamment fine pour sentir que ce dont elle parle la concerne quand même, mais elle peut jouer à ne pas être concernée, et j'accepte ce jeu. Dans la vie réelle, la seule dérobade possible pour garder l'autonomie dont elle a besoin, c'est de refuser le langage et ses signes. On ne peut pas jouer à refuser pour la raison que la mère se sent, elle, concernée dans le jeu et le refus. Isabelle pourrait craindre que maman ne meure pour de vrai, alors que c'est pour rire qu'elle a besoin que maman meure – afin de pouvoir, elle, exister pour de vrai. Pour que le langage soit accessible à Isabelle, il faudrait qu'il comportât un travestissement, une dérobade possible. Il faut qu'une distance puisse se glisser entre soi et l'autre.

Or, dans le langage sans paroles, tel qu'il existe dans la relation duelle d'Isabelle et de sa mère, il n'y a pas d'échappatoire possible. La mère se sent concernée en tout à tel point qu'Isabelle doit s'inventer un langage secret.

Si elle a pu trouver ce langage avec moi, c'est que je suis restée aussi longtemps qu'elle l'a voulu sur le plan qui ne la concernait pas tout en la concernant. J'ai joué le jeu de ne jamais l'engager, elle, jusqu'au moment où elle a pu s'engager vraiment en étant la fleur qui pique. Avant, c'était *on.* Il y eut bien des séances, au début, où l'enfant employait le *je,* mais c'était presque pour ajouter aussitôt : ce n'est pas vrai. Le *je* du début, c'était le doute, la négation « je suis le n° 4, le n° 9, je m'appelle Émilie et non Isabelle, tout est mayonnaise », et au fond rien de tout cela n'existe.

C'est par un langage imagé qui, en apparence, ne concernait pas l'enfant que l'on a pu d'abord englober la relation sans paroles mère-enfant. L'apprentissage de ce qu'on appelle le *langage* s'est fait en même temps que s'introduisait le père dans la vie de l'enfant. Il a fallu pour Isabelle se libérer d'abord des liens perturbants qui la paralysaient, pour pouvoir ensuite accepter un apprentissage.

Qui suis-je, fille ou garçon? Qu'est-ce que la vie et la mort? Les questions peuvent se poser enfin, conduisant l'enfant peu à peu à la maîtrise du langage et à sa propre histoire.

Au départ, ce n'était pas du langage en général qu'il s'agissait, mais seulement d'une impossibilité d'apprentissage dans le domaine de la lecture, de l'orthographe, du calcul.

Isabelle, sur un plan technique, apparaissait avant tout

comme une dyslexique : c'était une enfant en âge d'apprendre qui se refusait à apprendre et qui, pour cette raison, mobilisait parents, éducateurs, médecins. On ne semblait pas tenir compte de son retard de langage et sa débilité aux tests venait de surcroît.

L'apprentissage de la lecture, on essaya de le lui faire subir sous la forme d'une rééducation orthophonique. C'est en quelque mesure l'échec de cette rééducation qui mit en branle la psychothérapie. Qu'était donc cette enfant à qui on était arrivé à apprendre à lire – mais qui restait à tel point hors du sens de ce qu'elle lisait que l'apprentissage réussi devenait lui-même un non-sens?

C'est en suivant les étapes du développement de l'image du corps telle qu'Isabelle nous le présente en psychothérapie, que nous allons assister parallèlement à la récupération de tout ce qui chez elle était bloqué. Au début, d'après les paroles mêmes d'Isabelle la tête et le tronc sont paralysés, seuls sont vivants le cœur et les jambes. Ces jambes, on s'en sert pour être méchant... ou bien on ne s'en sert pas du tout. Les mains ne peuvent rien prendre, les yeux ont peur. Telle est l'image du corps donnée après quelques séances d'analyse. Car à la première séance, Isabelle nous a fait carrément un bonhomme la tête en bas, image même de ses inversions.

Elle va d'abord récupérer l'habileté motrice, et avoir des amis. Ayant retrouvé un corps humain, Isabelle utilise ses oreilles pour entendre. Elle devient jolie, son père s'occupe d'elle. Et c'est seulement à partir de là que se situe l'acquisition du langage courant. La lecture courante vient ensuite dans un ordre, ma foi, bien naturel.

La lecture courante et le langage sont d'ailleurs associés à la découverte du je – et c'est quand l'enfant parle en son nom qu'elle expose en séance sa relation à la mère, notamment dans le passage sur le miroir et l'enfant. Ensuite, elle pourra se situer dans sa famille, se découvrir une place et un nom. Le corps est en place, la famille en ordre, et avec elle la lecture.

La dyslexie (c'est-à-dire un univers où les signes sont bouleversés) va très souvent de pair avec ce qu'on appelle un retard dans le langage qui n'est parfois lui-même rien d'autre qu'un blocage dans l'expression du sujet. J'ai en mémoire la conversation d'un garçon dyslexique de 12 ans avec sa mère qui l'accule à *dire* tout ce qu'il fait dans la journée. « Ben... oui, répond le garçon évasivement – Alors, quoi, tu ne m'as rien *dit* ? – Mais si, rétorque l'enfant, je viens de tout t'expliquer. »

Dans le monde du dyslexique, nous trouvons à la fois une image du corps inversée, lacunaire, et une relation sans paroles avec la mère, si riche de significations que l'enfant, pour ne pas s'y perdre, s'en évade en cherchant un troisième terme qui sera une négation. Et c'est dans cette négation, forme d'un certain langage, qu'il faudra découvrir un sens permettant au sujet de se trouver d'abord à lui-même une structure correcte dans un monde par lui accepté, l'apprentissage ne venant qu'ensuite, non imposé par l'adulte, mais souhaité par l'enfant.

La question que nous pouvons ici nous poser est de savoir si parler est une activité corporelle, ou bien si la connaissance du corps se fait par la parole, ou bien encore si l'activité corporelle et la parole se combinent. Dans le cas d'Isabelle, tout peut être parole, même ce qui ne se dit pas. Peu importe, ce qui compte, pour l'analyste, ce n'est pas tant de verbaliser ce qui ne va pas, que d'être réceptif au désarroi d'un corps morcelé qui ne se situe nulle part. Quand Isabelle emploiera correctement la parole, elle aura déjà retrouvé en partie une image du corps correcte.

Mon intention n'est pas de résoudre ici cette question du rapport de l'image du corps et de la parole chez l'enfant dyslexique. Je me borne à la poser et à la laisser en attente.

J'ai essayé, dans ces pages, à la lumière d'un cas « extrême », de mettre en évidence les traits caractéristiques du dyslexique. On m'opposera l'étiologie diverse du dyslexique et l'éventail très large des différentes formes de dyslexie. N'empêche que l'on peut retrouver, à des degrés divers, des perturbations dans les relations avec la mère, qui peuvent aller des traits phobiques légers jusqu'à la structure schizoïde, par ailleurs fréquente dans les cas dits de « vrais débiles ».

Si le débile semble avoir « sa place » dans la famille, le dyslexique est en conflit plus ou moins ouvert avec les siens, on « n'admet pas » son infortune (la mère sera souvent de type hystérique).

Dans des cas de traumatisme (enfant ayant frôlé la mort), on retrouve également des signes dyslexiques qui vont de pair avec une impossibilité d'identification animale.

Tous les enfants dyslexiques n'ont heureusement pas besoin de psychothérapie; mais il serait certainement utile d'étudier l'histoire de tous, afin d'arriver un jour à mieux dégager le sens même de la dyslexie.

Cela dit, il peut être intéressant pour le lecteur de savoir ce qu'est devenue Isabelle après cette cure interrompue.

Les nouvelles récentes de cette enfant qui avait été

confiée (après son séjour en pension) à un établissement spécialisé de rééducation, m'ont apporté ceci :

Le progrès scolaire, après l'interruption de la psychothérapie, fut nul — autrement dit, l'acquisition de la lecture et du calcul qui se fit en cours de psychothérapie, sans rééducation spécialisée, resta à un plafond identique, malgré les efforts de rééducateurs spécialisés. L'établissement de rééducation se déchargea de l'enfant en l'orientant vers une maison pour enfants débiles, où on ne la garda pas à cause de ses troubles de comportement.

« Qui suis-je, fille ou garçon? Qu'est-ce que la vie et la mort? » Les questions, disais-je, peuvent se poser enfin, conduisant l'enfant peu à peu à la maîtrise du langage et de son histoire. Les progrès spectaculaires réalisés en cours de psychothérapie m'avaient fait croire que « la suite viendrait ». Les idées de « maturation » m'influençaient à mon corps défendant.

Le problème de la mort, Isabelle l'avait posé dans les dernières séances en même temps qu'apparaissait le thème du couple prometteur de tourterelles... mais sa question, elle me l'avait laissée.

Son analyse dut donc être reprise au point même qui avait été évité alors : l'entrée dans un monde où toutes les horloges s'arrêtent, où la vie est en suspens, où la mort est là, mais une mort qui éternise à jamais le désir...

L'interruption de l'analyse au moment précis où la vie prenait un sens pour Isabelle, avait mis l'enfant en danger. N'ayant pas eu le temps de reconnaître dans la situation transférentielle la place que j'occupais parmi ses figures mortelles, c'est sur ses rééducateurs qu'elle avait transféré son pouvoir de momification : si un psychanalyste peut et doit se faire plus mort que la mort même, pour qu'enfin chez le sujet l'appel à l'Autre se fasse, le rééducateur, lui, ne peut que se protéger contre une enfant qui stagne et met au défi les techniques les plus éprouvées. La réponse du rééducateur fut le renvoi dans un centre de débiles... Le destin d'Isabelle fit que l'analyse se trouva à nouveau sur sa route.

Anorexique, phobique, rebelle à tout apprentissage scolaire, Isabelle avait pu au cours de l'analyse avoir des désirs puisqu'on n'en avait pas à sa place. L'interruption de l'analyse allait la replonger dans le danger que suscitait chez elle toute objectivation des symptômes dans une rééducation. Le refus scolaire revint le jour même où la demande de l'enfant (apprentissage scolaire) fut prise à la lettre, car cette demande recouvrait en fait la mort et non la vie [1].

Ce cas montre à quel point l'analyste le plus convaincu court toujours le risque, *parce qu'il s'agit d'un enfant,* de proposer des solutions éducatives. Or, son rôle est d'accepter et de supporter l'idée d'une impuissance totale, d'une inefficacité complète, pour que le sujet puisse naître à son destin.

1. Isabelle a échappé à une investigation analytique plus poussée par la demande d'une scolarisation intensive. Cette demande recouvrait, en fait, le vœu des parents : en le faisant sien, l'enfant rejouait les difficultés de son enfance et elle y réagit par des mécanismes de défense obsessionnelle. Ce qui constituait pour les parents vie et progrès était ressenti par Isabelle comme danger et besoin de s'immobiliser *« pour que rien ne change ».* Seule la poursuite de la psychothérapie va permettre à l'enfant une évolution correcte. L'apprentissage sera possible le jour où l'enfant le souhaitera de sa place à elle, non aliénée dans le désir des adultes. Dans ce cas, des années ont été perdues « pour gagner du temps », un temps scolaire. Une rééducation du symptôme a figé l'enfant dans ses difficultés. L'interruption trop hâtive de la psychothérapie l'a remise en face de ce problème fondamental (l'angoisse de mort) qu'elle avait déjà cherché à fuir en se figeant.

Conclusion pratique

L'éclairage psychanalytique du problème de l'arriération mentale, tel qu'il a été donné dans ce livre, ne dénie pas la valeur certaine des rééducations spécialisées, l'urgence du problème social et scolaire, le bienfait des cures médicales.

Le nombre de psychanalystes d'enfants spécialisés dans les cures de psychotiques est si notoirement insuffisant, qu'il n'est même pas techniquement possible de proposer, à l'échelon national, une généralisation des méthodes psychanalytiques à tous les déficients mentaux.

Ce que j'ai voulu faire entrevoir, ce n'est pas tant une méthode de cure opposée à une autre, qu'un esprit nouveau face à l'être diminué, une manière d'approche radicalement « antiraciste » du problème humain.

L'évolution de la technique nous amène aujourd'hui à créer des classes pour doués, surdoués, mal doués. On trouve normal de se baser sur le quotient intellectuel pour orienter autoritairement un sujet, voire pour lui annoncer qu'il est « débile de la fièvre qu'il a eue ».

Dans les pays primitifs, les fous vivent parmi les autres hommes, ils ont leur place dans le village, ils assument un rôle, même si c'est celui du fou, et sont respectés comme tels. Dans notre civilisation, il n'y a pas de place pour l'être humain incapable d'un certain rendement social ou scolaire. La course au rendement scolaire atteint le prépubère qui, si la malchance le poursuit, connaîtra bien jeune son rejet de tout système scolaire. Il sera exclu, non pour la couleur de sa peau, mais pour la forme ou la qualité de son intelligence.

Cette totale impossibilité pour l'entourage d'accepter un « malade mental » fige automatiquement celui-ci dans sa « maladie ». Être étiqueté débile ou fou, comme on vous désigne du doigt si vous êtes noir, ne peut que conduire à subir un état de fait, ou à se révolter. Il n'y a pas de possibilité de s'assumer comme être autonome en dépassant une frontière tracée par l'Autre. Tel on a été jugé, tel on se doit de rester.

Les progrès de la pédagogie vont dans le sens d'une adaptation, d'un mieux-être pour le sujet, dans les limites de ce que l'Autre croit qu'il peut réaliser.

L'évolution de la médecine sociale va dans le sens d'une récupération sociale des êtres diminués : des écoles spéciales sont construites, des ateliers accueillent les déficients.

Demain, une réglementation du problème de l'enfance inadaptée permettra peut-être une meilleure coordination de l'Éducation nationale avec les services de Santé.

Le danger, c'est que les réglementations soient en avance sur nos connaissances et que la technique, une fois encore, prenne le pas sur l'humain.

Depuis que les écoles sont conventionnées, il est de plus en plus difficile d'y faire admettre à titre exceptionnel un débile (peut-être récupérable par une psychothérapie, ou perfectible), pour qui un milieu normal constitue parfois un apport essentiel.

De même, les écoles ménagères qui accueillaient parfois, à titre exceptionnel, des filles peu douées mais aptes à apprendre l'art de la cuisine, ferment leur porte « à cause de l'inspection ». La ségrégation est entrée dans nos mœurs, au point d'être réglementée.

« Toute école conventionnée s'engage à ne recevoir aucun enfant à QI inférieur. »

C'est contre cet état de chose que, tout au long de ce livre, je m'élève.

Mes protestations sont, je le sais, souvent entendues comme une tentative pour prouver la suprématie de la psychanalyse sur les autres disciplines. Cette réponse n'est-elle pas en elle-même un signe de notre temps, dominé par l'idée de compétition et de spécialisation à outrance?

Parce que j'avais dénoncé dans un groupe plusieurs traits « moralisateurs et charitables » d'une certaine conception de la psychanalyse infantile, on a cru que je mettais en cause tout le système actuel des assistantes sociales et des éducateurs [1]. Chacun se sent menacé dans sa propre discipline, dès que j'aborde sous l'éclairage psychanalytique la question de l'enfant retardé. Cette mise en question de l'enfant retardé serait-elle donc aussi une mise en question de nous-mêmes?

Les psychanalystes, pas plus que d'autres médecins, ne sont à l'abri des préjugés défavorables à l'égard des déficients mentaux. Ils acceptent de se charger de ceux qu'on appelle « faux débiles », mais non d'entrer en dialogue avec les « vrais ». Je me suis efforcée, au-delà de tout facteur d'organicité, de faire apparaître le sujet, perdu, oublié à travers tous les examens de laboratoire.

1. Communication au groupe d'études de la Société française de psychanalyse, décembre 1962.

Le chapitre « Histoires de cas » est consacré à l'entretien avec la famille du malade, entretien qui porte non tant sur les symptômes que sur les liens inter-humains au sein de la famille, et sur le sens qu'ont pris pour la mère les questions :

Qu'est-ce qu'un enfant?

Qu'est-ce qu'un enfant déficient?

Mettre en question un symptôme évident n'apporte pas pour autant la guérison. Certains me reprochent de risquer d'apporter ainsi de fallacieux espoirs.

On oublie que le drame de ces enfants est fait justement de *désespérance.* Comment peut-il combattre, celui dont les parents ont accepté pour lui avec résignation l'impossibilité de progresser? Quel sens donner à une vie que les adultes eux-mêmes ont vouée au non-sens? Pour un autre, le drame est que son insuffisance a pour mission de cacher la folie ou la névrose grave d'un des deux parents. Pour un autre, il n'y a peut-être rien à faire, mais, en lui donnant une dimension de sujet (au lieu qu'il soit cet objet ballotté que les adultes se renvoient), on lui permet déjà un dépassement de son malheur. S'accepter avec ses limites intellectuelles ou avec sa misère physique suppose une possibilité de révolte créatrice ou salvatrice, au long d'un chemin où le drame personnel a pu être entrevu : choisir sa vie est toujours choisir une lutte.

Que le débile puisse être amené à se poser des questions, nous risquons, si nous n'y prenons garde, de l'oublier.

« Qui suis-je? » Cette interrogation nous introduit à la différence entre le *je* et le *tu*; l'autonomie de la conscience s'obtient à partir du moment où le sujet peut se situer dans le temps, en mettant autrui à sa place, de même qu'il se situe face à autrui. La dialectique psychanalytique amène enfin le débile à reprendre en main sa propre destinée et sa relation au monde.

Ce gain est plus précieux encore pour un enfant que son infirmité a figé comme un objet, lui fermant toute possibilité réflexive.

Peu d'enfants peuvent bénéficier d'une psychanalyse; la cure psychanalytique reste l'apanage de privilégiés (privilégiés du destin, du hasard, de la fortune). La réflexion psychanalytique présente à chaque instant de ce livre nous apporte toutefois un enseignement essentiel : à savoir, qu'un être humain a tout à gagner à ne pas recevoir d'un membre de la Société un verdict sans appel.

Dès qu'un diagnostic précis est posé, l'enfant va se figer dans un rôle et les parents assumer une mission jalonnée de pièges névrotiques sur le plan des échanges interpersonnels.

A notre époque, tout le monde pose des diagnostics; le médecin, le directeur d'école, l'assistante sociale, la voisine de palier informée par la dernière émission de télévision. Tout adulte « évolué » est prêt à donner un « avis autorisé ». Chacun connaît la « meilleure école », le meilleur rééducateur, chacun donne son avis sur la cure et a sur les lèvres le nom du médecin « le meilleur ».

Il s'agit peut-être là de l'effet de la vulgarisation des notions scientifiques, mais il s'agit aussi d'un test de l'anxiété du public. A s'occuper d'un déficient, on se masque sa propre angoisse. C'est lui qui est malade, ce n'est pas nous.

Ce livre tient justement à ne pas mettre en cause les institutions ou les personnes (encore que nous soyons très sensibles aux méfaits d'une politique qui laisse si peu de place à la santé publique et à l'enseignement;

mais là n'est pas notre propos) : à chercher un responsable, on esquive le vrai problème qui est la mise en question de soi-même et de l'époque.

Il n'y a pas de place dans notre Société pour le déficient mental. C'est là le drame. Par la force des choses il se voit condamné à rester en marge des hommes, ou « condamné » à guérir (c'est-à-dire à assumer une dose de souffrance).

Ce problème n'est pas propre à la France.

Si notre pays a même le privilège d'avoir une équipe d'avant-garde dans le domaine de la *cure* des enfants débiles et psychotiques [1], nous ne sommes pas, à l'échelle nationale, en avance (en comparaison de ce qui se fait en URSS) sur le problème du *diagnostic,* handicapés que nous sommes par le caractère stérilisant et fataliste des tests de niveaux. Trop d'enfants sont orientés dans le sens d'un échec, alors qu'une chance de développement pourrait leur être donnée dans un milieu scolaire où il leur serait plus aisé de vivre [2].

Qu'est-ce qu'un débile?

Ce livre laissera le lecteur sans réponse.

Car là n'est pas l'essentiel. Ce qui compte, c'est de chercher, au-delà du déficient, la parole qui le constitue comme sujet en proie au désir.

1. Nous devons, dans ce domaine, beaucoup aux recherches théoriques et aux travaux d'Aulagnier, Dolto, Lacan, pour ne citer que ceux-là.

2. *1971.* Ce qui est à mettre en question, c'est une mentalité collective à l'égard de la « maladie mentale ».

La loi du 17 juillet 1970, en instaurant le dépistage obligatoire des troubles mentaux, aggrave le problème de la ségrégation et de la sélection. Les premières victimes de ces dépistages sont les enfants issus de milieux socio-économiques défavorisés. On travaille ainsi à la mise en place future d'un sous-prolétariat.

« Si cette parole est accessible, c'est qu'aucune vraie parole n'est seulement parole du sujet, puisque c'est toujours à le fonder dans la médiation à un autre sujet qu'elle opère, et que, par là, elle est ouverte à la chaîne sans fin – mais non sans doute indéfinie, car elle se referme – des paroles où se réalise concrètement, dans la communauté humaine, la dialectique de la reconnaissance [1]. »

1. Jacques Lacan.

Table

APPENDICES

CET OUVRAGE A ÉTÉ COMPOSÉ ET ACHEVÉ D'IMPRIMER
PAR L'IMPRIMERIE FLOCH À MAYENNE
D.L. 4e TRIM. 1981. No 5984 (19212)

Collection Points

1. Histoire du surréalisme, *par Maurice Nadeau*
2. Une théorie scientifique de la culture *par Bronislaw Malinowski*
3. Malraux, Camus, Sartre, Bernanos, *par Emmanuel Mounier*
4. L'Homme unidimensionnel, *par Herbert Marcuse* (épuisé)
5. Écrits I, *par Jacques Lacan*
6. Le Phénomène humain, *par Pierre Teilhard de Chardin*
7. Les Cols blancs, *par C. Wright Mills*
8. Stendhal, Flaubert, *par Jean-Pierre Richard*
9. La Nature dé-naturée, *par Jean Dorst*
10. Mythologies, *par Roland Barthes*
11. Le Nouveau Théâtre américain, *par Franck Jotterand*
12. Morphologie du conte, *par Vladimir Propp*
13. L'Action sociale, *par Guy Rocher*
14. L'Organisation sociale, *par Guy Rocher*
15. Le Changement social, *par Guy Rocher*
16. Les Étapes de la croissance économique, *par W. W. Rostow*
17. Essais de linguistique générale, *par Roman Jakobson* (épuisé)
18. La Philosophie critique de l'histoire, *par Raymond Aron*
19. Essais de sociologie, *par Marcel Mauss*
20. La Part maudite, *par Georges Bataille* (épuisé)
21. Écrits II, *par Jacques Lacan*
22. Éros et Civilisation, *par Herbert Marcuse* (épuisé)
23. Histoire du roman français depuis 1918 *par Claude-Edmonde Magny*
24. L'Écriture et l'Expérience des limites, *par Philippe Sollers*
25. La Charte d'Athènes, *par Le Corbusier*
26. Peau noire, Masques blancs, *par Frantz Fanon*
27. Anthropologie, *par Edward Sapir*
28. Le Phénomène bureaucratique, *par Michel Crozier*
29. Vers une civilisation du loisir?, *par Joffre Dumazedier*
30. Pour une bibliothèque scientifique, *par François Russo* (épuisé)
31. Lecture de Brecht, *par Bernard Dort*
32. Ville et Révolution, *par Anatole Kopp*
33. Mise en scène de Phèdre, *par Jean-Louis Barrault*
34. Les Stars, *par Edgar Morin*
35. Le Degré zéro de l'écriture, *suivi de* Nouveaux Essais critiques *par Roland Barthes*
36. Libérer l'avenir, *par Ivan Illich*
37. Structure et Fonction dans la société primitive *par A. R. Radcliffe-Brown*
38. Les Droits de l'écrivain, *par Alexandre Soljénitsyne*
39. Le Retour du tragique, *par Jean-Marie Domenach*
41. La Concurrence capitaliste *par J. Cartell et P.-Y. Cossé* (épuisé)
42. Mise en scène d'Othello, *par Constantin Stanislavski*

43. Le Hasard et la Nécessité, *par Jacques Monod*
44. Le Structuralisme en linguistique, *par Oswald Ducrot*
45. Le Structuralisme : Poétique, *par Tzvetan Todorov*
46. Le Structuralisme en anthropologie, *par Dan Sperber*
47. Le Structuralisme en psychanalyse, *par Moustapha Safouan*
48. Le Structuralisme : Philosophie, *par François Wahl*
49. Le Cas Dominique, *par Françoise Dolto*
51. Trois Essais sur le comportement animal et humain *par Konrad Lorenz*
52. Le Droit à la ville, *suivi de* Espace et Politique *par Henri Lefebvre*
53. Poèmes, *par Léopold Sédar Senghor*
54. Les Élégies de Duino, *suivi de* les Sonnets à Orphée *par Rainer Maria Rilke* (édition bilingue)
55. Pour la sociologie, *par Alain Touraine*
56. Traité du caractère, *par Emmanuel Mounier*
57. L'Enfant, sa « maladie » et les autres, *par Maud Mannoni*
58. Langage et Connaissance, *par Adam Schaff*
59. Une saison au Congo, *par Aimé Césaire*
61. Psychanalyser, *par Serge Leclaire*
63. Mort de la famille, *par David Cooper*
64. A quoi sert la Bourse?, *par Jean-Claude Leconte* (épuisé)
65. La Convivialité, *par Ivan Illich*
66. L'Idéologie structuraliste, *par Henri Lefebvre*
67. La Vérité des prix, *par Hubert Lévy-Lambert* (épuisé)
68. Pour Gramsci, *par Maria-Antonietta Macciocchi*
69. Psychanalyse et Pédiatrie, *par Françoise Dolto*
70. S/Z, *par Roland Barthes*
71. Poésie et Profondeur, *par Jean-Pierre Richard*
72. Le Sauvage et l'Ordinateur, *par Jean-Marie Domenach*
73. Introduction à la littérature fantastique, *par Tzvetan Todorov*
74. Figures I, *par Gérard Genette*
75. Dix Grandes Notions de la sociologie, *par Jean Cazeneuve*
76. Mary Barnes, un voyage à travers la folie *par Mary Barnes et Joseph Berke*
77. L'Homme et la Mort, *par Edgar Morin*
78. Poétique du récit, *par Roland Barthes, Wayne Booth Philippe Hamon, Wolfgang Kayser*
79. Les Libérateurs de l'amour, *par Alexandrian*
80. Le Macroscope, *par Joël de Rosnay*
81. Délivrance, *par Maurice Clavel et Philippe Sollers*
82. Système de la peinture, *par Marcelin Pleynet*
83. Pour comprendre les média, *par Marshall McLuhan*
84. L'Invasion pharmaceutique *par Jean-Pierre Dupuy et Serge Karsenty*
85. Huit Questions de poétique, *par Roman Jakobson*
86. Lectures du désir, *par Raymond Jean*
87. Le Traître, *par André Gorz*
88. Psychiatrie et Anti-psychiatrie, *par David Cooper*

89. La Dimension cachée, *par Edward T. Hall*
90. Les Vivants et la Mort, *par Jean Ziegler*
91. L'Unité de l'homme, *par le Centre Royaumont*
1. Le primate de l'homme, *par E. Morin et M. Piattelli-Palmarini*
92. L'Unité de l'homme, *par le Centre Royaumont*
2. Le cerveau humain, *par E. Morin et M. Piattelli-Palmarini*
93. L'Unité de l'homme, *par le Centre Royaumont*
3. Pour une anthropologie fondamentale
par E. Morin et M. Piattelli-Palmarini
94. Pensées, *par Blaise Pascal*
95. L'Exil intérieur, *par Roland Jaccard*
96. Semeiotiké, recherches pour une sémanalyse
par Julia Kristeva
97. Sur Racine, *par Roland Barthes*
98. Structures syntaxiques, *par Noam Chomsky*
99. Le Psychiatre, son « fou » et la psychanalyse, *par Maud Mannoni*
100. L'Écriture et la Différence, *par Jacques Derrida*
101. Le Pouvoir africain, *par Jean Ziegler*
102. Une logique de la communication
par P. Watzlawick, J. Helmick Beavin, Don D. Jackson
103. Sémantique de la poésie, *par T. Todorov, W. Empson*
J. Cohen, G. Hartman et F. Rigolot
104. De la France, *par Maria-Antonietta Macciocchi*
105. Small is beautiful, *par E. F. Schumacher*
106. Figures II, *par Gérard Genette*
107. L'Œuvre ouverte, *par Umberto Eco*
108. L'Urbanisme, *par Françoise Choay*
109. Le Paradigme perdu, *par Edgar Morin*
110. Dictionnaire encyclopédique des sciences du langage
par Oswald Ducrot et Tzvetan Todorov
111. L'Évangile au risque de la psychanalyse
par Françoise Dolto
112. Un enfant dans l'asile, *par Jean Sandretto*
113. Recherche de Proust, *ouvrage collectif*
114. La Question homosexuelle, *par Marc Oraison*
115. De la psychose paranoïaque dans ses rapports avec la personnalité
par Jacques Lacan
116. Sade, Fourier, Loyola, *par Roland Barthes*
117. Une société sans école, *par Ivan Illich*
118. Mauvaises Pensées d'un travailleur social
par Jean Marie Geng
119. Albert Camus, *par Herbert R. Lottman*
120. Poétique de la prose, *par Tzvetan Todorov*
121. Théorie d'ensemble, *par Tel Quel*
122. Némésis médicale, *par Ivan Illich*
123. La Méthode, t. I, La Nature de la Nature
par Edgar Morin
124. Le Désir et la Perversion, *ouvrage collectif*
125. Le langage, cet inconnu, *par Julia Kristeva*

126. On tue un enfant, *par Serge Leclaire*
127. Essais critiques, *par Roland Barthes*
128. Le Je-ne-sais-quoi et le Presque-rien
 1. La manière et l'occasion, *par Vladimir Jankélévitch*
129. L'Analyse structurale du récit, Communication 8, *ouvrage collectif*
130. Changements, Paradoxes et Psychothérapie
 par P. Watzlawick, J. Weakland et R. Fisch
131. Onze Études sur la poésie moderne, *par Jean-Pierre Richard*
132. L'Enfant arriéré et sa mère, *par Maud Mannoni*